打牛湳村

—— 深情典藏紀念版 I ——

宋澤萊

前衛出版
AVANGUARD

目錄

宋澤萊深情典藏紀念版出版記

前衛出版社社長 林文欽

一九七八年初，我有著可能是人生最奇妙的一段際遇，本來我已調整好心情，準備要認份地去做一個身不由己的野戰排長，不明所以然，我竟在未被告知的情況下，忽然間成為師司令部的一名小小參謀官，駐紮在高雄旗山。大約每兩週一次，我休假返回中部崙背故鄉或北部寓地，路經高雄火車站前書店及書報攤，我總要駐足許久，激越地尋覽最新出版的文學書刊或前黨外政論雜誌。某天，就在書架角落邊，我翻到了一本不起眼的長篇小說《廢園》。噫！竟然是寫著我極其熟稔的故鄉農園景象，和若我一般曾經也有過的慘綠少年歲月。作者廖偉竣，是誰呢？莫非是那個我在夢中曾經照面的鄰鄉田庄兄哥！

這是我和廖偉竣結緣的開始。緊接著的一年，廖偉竣就以宋澤萊之名，英姿煥發地成為其時台灣文壇的耀眼新星，他的生身故鄉「打牛湳村」也大大地轟動了。「打牛湳」！一個離我家僅五、六里遠的傳統農村聚落，我小時即常聽聞，那裡也曾有著我父祖輩的西螺七崁的親戚友伴呢！

也因著這層魂牽夢縈的關係，我開始渴嗜地搜讀宋澤萊新作。而宋澤萊也以驚人的爆發力，密集不斷地有震撼性的小說發表。他用文學語言對台灣這塊悲苦大地的深邃描寫，直叫我驚呼：他該是我們這一代不世出的寫作天才了。

退伍後，我有幸進入文化出版界，在台北三民書局練功三年十個月之後，我開辦「前衛出版社」，頗想著可以為我們被踐踏的台灣作家發聲。理所當然，宋澤萊另一波攪動文壇的《禪與文學體驗》就成了我的創業書之一。往後，我們好似有著根本不必言說的默契，宋澤萊是前衛緣定要刻意經營的一個作家；或者也可以說，前衛其實就是宋澤萊緣定要救贖營造的一個出版社。所以，前衛前前後後總共出版了宋澤萊二十餘本的著作。假若說前衛有什麼可資歷史留名的業績，宋澤萊絕對是前衛的最大支柱。他的文學和評論所帶起的風潮，也是前衛最足於向外人誇示的血淚戰績。

我想，只要是稍微有意觀照本土文化動向的人，任誰都可以看得出來吧，我和宋澤萊是有著極為濃厚的革命情感的。我們盡一切心力，總試圖要翻轉某種加諸台灣的有形、無形精神枷鎖，期待台灣新社會出現。我們盡力了，至於成效如何，那就要看我們台灣眾生是如何看待我們苟活著的這個「殖民地台灣」了。

◇

忝做為一個出版人，說刻意要經營一個台柱作家，我恐怕是非常不夠格的生意人，我心裡總有著太多的「隨緣」「隨喜」傾向。但是我一貫也有偏執鍾愛的脾性，那就是：只要有讀者需要，我要讓我心意所屬的重要著作持續流通。台灣的圖書流通機制太現實可怕了，但我就是不信邪！這也就是為什麼宋澤萊作品在前衛會有數種不同版本出現的原因。而事實上，宋澤萊讓我把他的版稅永遠記在壁頂的情份，我真的是對他十分虧歉，不知如何可以報答。

閑愁之時，我常再翻讀我曾經出版過的宋澤萊作品。好奇怪，每次總有不同程度的靈魂悸動。除了佩服他的文字魅力之外，不禁也要讚嘆：我們台灣人作家竟有人可以如此玄妙地掌握、駕馭中國文字，天才畢竟就是天才！我私自惕勵自己，我可不能讓這顆天生的慧星在我手裡泯滅。所以心底總有「我要再好好整理宋澤萊」的一股衝動念頭，成不成，就看天意因緣造化了。

這次，趁著宋澤萊得到國家文藝獎的契機，我把本來就常想著的宋澤萊四本代表性小說，用「宋澤萊深情典藏紀念版」的名義重新包裝出版。我並無意要宣示什麼，只想告訴讀者，這宋澤萊經典級的舊作，讀來卻有歷久彌新的味道；而且是更含帶著宋澤萊和前衛的赤誠深情的，這應是我們給打牛湳世代讀者群的一份最佳獻禮了。

底下，就讓我來說說我為什麼特別鍾情宋澤萊這幾本小說的初衷原委吧。

《打牛湳村系列》

這是宋澤萊突然間闖進文壇的成名代表作，對他應有彌足珍貴的特殊意義。相較於他第一次由遠景所出版的《打牛湳村》，這本《打牛湳村系列》的新版本，應可看出一些我的編輯鑿痕。對我個人來說，打牛湳的笙仔、貴仔、花鼠仔、大頭崁仔，〈糶穀日記〉中登場的眾多庄裡人，就是我所理解的台灣農鄉人物的原型了；但宋澤萊賦給了他們深層的文化意涵。整個「打牛湳村」，是活生生地進入歷史了。

《蓬萊誌異》

這是宋澤萊創作高峰期的自然主義代表作，是宋澤萊有意經營的計畫寫作。光看宋澤萊表明這是要寫給台灣兄弟姊妹的人世間小書，就可感覺他下筆時內心所懷帶的悲憫之情。的確，我們殖民地台灣的父老確實有太多隱忍的痛苦、憤懣、悲傷要訴說的，宋澤萊替他們申冤了。

《蓬萊誌異》是我最常介紹給人讀的一本小說，實際上我也要測試一下台灣知識人的感情，我常想：讀者們應是有感情而有感覺和知覺的，不然文學何用？讀過這本小說，若再是「無感」，那真是鐵石心腸了。

《廢墟台灣》

宋澤萊又出其不意地丟出一顆炸彈了！在戒嚴時代出版的這本「社會預警小說」，只能說是令人震慄地「驚動萬教」了。這本小說，他之前曾試圖投稿給幾個報刊，據說有一位副刊主編讀著讀著時，竟胃痙攣起來了。當然他們不敢發表。宋澤萊只好把小說原稿丟給我，就直接出版了。老實說，當時要出版這樣的一本「危言聳聽」的書，我可是抱著豁出去的心理打算的。讀者當知，當時的恐怖政治，統治者要揉死一隻螞蟻是易如反掌的。結果，書沒查禁，還因緣際會地被選為當年度最具影響力的書之一。我人也沒事，但我開始明顯感覺，我出版社巷口好似有人不定時站崗的鬼影了。

有文學評論家說這本小說是「以古諷今的黑色幽默寓言」，也是啦，宋澤萊就曾在書內毫不留情的自我消遣了一番；但最後當核電廠爆炸，台灣成為一片廢墟時，那個「TNN村的小宋的作家」也不知葬身何處了。宋澤萊顯然是要嚴肅提出廢墟警訊的，他由一九八四年美國三浬島核能事故所獲得的啟示，台灣有朝一日也可能會有萬劫不復的核電災殃，證諸蘇聯車諾比、日本三一一福島核災的應驗，台灣是隨時危在旦夕的，台灣人，你還要麻痺、毫無警覺嗎？

《血色蝙蝠降臨的城市》

這是宋澤萊停筆小說寫作七年後再出江湖的應然之作，他終究是要寫小說的。而且如同以往的他的文學試煉，他又用新藝綜合體的手法再一次推進他的小說實驗風格。故事寓意在血色蝙蝠盤旋的異象貓羅城，我倒是覺得他更要表達的是如假包換的台灣現實黑暗社會現狀：黑白兩道、黑金政治、黑心商品、黑色廟堂、商戰爾虞我詐，甚至女性的復仇……都出現了。林林總總的混亂，像極了當今的台灣。

◇

下一步，我還想要再重新整理宋澤萊另一本《抗暴的打貓市》，這本寫「一個台灣半山家族故事」的小說，意義太重大了，原因是它居然是用我們的台語文字寫成的。天可憐見，我們如今走在「雲端」的台灣知識份子，其實有百分之九十九點九根本就是台語文字的文盲；但宋澤萊率先起義，他用作品證明，他成功了。

我始終認為，宋澤萊就是宋澤萊，本無需任何其它外在名份來加持，他擎舉的台灣新文化的大旗已說明了一切。即使是在我們台灣一向浮華幻彩炫麗的創作界和讀書界，宋澤萊也一直就是一個如實的存在。是以，我現在以著奉為寶典的素心，重新再推出宋澤萊的作品，於我和宋澤萊多年來的戰友情誼，恰是頗富紀念價值的。但我也衷心期盼，我親愛的台灣兄弟姊妹和新起的世代，若你心內有台灣，可要好好讀一讀宋澤萊，再來感受一下你我或許都還保有的台灣赤子心懷。

我頂禮膜拜。感恩。

附：宋澤萊著作一覽表

1983《禪與文學體驗》（前衛初版）（絕版）
1983《福爾摩莎頌歌》（前衛初版）（絕版）
1985《隨喜》（前衛初版）（絕版）
1985《廢墟台灣》（前衛初版）（絕版）
1986《誰怕宋澤萊》
1986《白話禪經典》
1987《弱小民族》
1988《打牛湳村》
1988《等待燈籠花開時》
1988《蓬萊誌異》
1989《台灣人的自我追尋》
1992《宋澤萊集》（前衛初版）精裝
1995《廢墟台灣》（草根新版）平裝／精裝

1996《禪與文學體驗》（草根新版）
1996《血色蝙蝠降臨的城市》（草根初版）平裝／精裝
2000《打牛湳村》（草根新版）軟精裝
2000《蓬萊誌異》（草根新版）軟精裝
2001《熱帶魔界》（草根初版）軟精裝
2002《福爾摩莎頌歌》（草根新版）軟精裝手掌書
2002《隨喜》（草根新版）軟精裝手掌書
2002《變成鹽柱的作家》（草根新版）軟精裝手掌書
2003《被背叛的佛陀》（前衛初版）軟精裝
2004《被背叛的佛陀》（續集）（前衛初版）軟精裝
2004《誰能當選總統》（共四冊）（前衛初版）軟精裝
2006《宋澤萊談文學》（前衛初版）平裝

國家文藝獎得獎感言：人心的剛硬與難寫的預言

宋澤萊

我要談談文學家和預言的故事。

文學家是一個廣義的預言家，他們的作品實際上是一種廣意的預言，因為我們都知道：文學作品一直宣說事情的可能性。所謂的可能性就是說它能夠讓未來的眾多事情對號入座。譬如說自從《羅密歐與茱麗葉》或《少年維特的煩惱》這些故事被創造後，世界不知道發生了多少雷同的悲劇愛情故事。

提到文學作品與正式預言扯上關係並不只是近代文學才有，它的起源可能和文學的娛樂功能同樣古老，也即是說自古就存在。

《聖經》這本完成於上古時代的書籍其實就是一本記載著大量預言的書籍。在〈使徒行傳〉第一節到第十一節，記載著耶穌經過被釘十字架、埋葬、復活後，整整有四十天的時間，他又和他的門徒們相聚的若干故事。當時，門徒們大概認為棲身在猶太教勢力龐大的耶路撒冷是一件對生命充滿威脅的事，或者至少會使得傳播基督教變得一籌莫展，門徒們告訴復活後的耶穌說，他們想離開耶路撒冷。為此，在耶穌即將飛昇天堂離開他們的那一天，當著門徒的面，說了一些簡短的預言，大概的意思是這樣的：「不必急於離開耶路撒冷，聖靈就即將要降臨了！當聖靈降在你們身上時，你們會忽然具備巨大的神能，能摧垮猶太人和一切外邦人的阻擋，最終就會把基督教傳到耶路撒冷、猶太全地、撒瑪利亞，直到地球盡頭。」耶穌說完，就冉冉升天，直到一朵雲把他接走為止。當耶穌說這些話時，事情還沒有發生；不過兩千年之後的今天，基督教果然已經廣傳世界，就是地球的南北極，都存在著信仰它的人。這卷〈使徒行傳〉記載著更多的預言，作者是當時的希臘人醫生路加，不過所記載的預言都是別人所宣說的預言。

《聖經》裡還有一些文學家比路加更大膽，直接書寫自己從神那裏體會到的、聽到的預言，約翰所寫的〈啟示錄〉就是一個典範。

《聖經》只是部分的例子。我認為在上古和中古的大半地球上，文學與來自神的預言密不可分，並不限於某個地域的某個民族，因為那時是個神權時代，大半的文學就是神的言語和行誼的記載。我也認為，這個漫長的時期是文學預言家的黃金時代。因為記載預言的文學家，只要出於忠實，不管預言是否成真，他都不必負責任，因為預言來自於神，與他無關。同時，在那個時代，神的話語深受人類的信任，人們的心非常柔軟，能無條件相信那些文學家所記載的故事和教條，甚至熱烈的奉行它們，終至於形成蘇美、埃及、猶太、希臘、基督教、回教……等等的倫理文化。對於文學家而言，可算是最大的光榮和貢獻。

可是，中古時代過後，寫預言的文學家就沒有這麼幸運了。

◇

我們先談現代。

艾略特（Thomas Stearns Eliot，1888-1965）是一九四九年諾貝爾文學獎的得主，他可算是時代的先知。一九二二年，他寫了詩作《荒原》。在那首詩裡，當他寫著：「我說不出話，眼睛看不見，我既不是活的，也未曾死，我什麼都不知道，望著光亮的中心看時，是一片寂靜。荒涼而空虛的是那大海。」一時，已經暗示未來人類的精神狀態將是一片荒蕪。詩人筆下的「荒原」土地龜裂、石頭燒紅，草木凋萎，人類精神恍惚渙散，上帝與人、人與人之間不再有聯繫。艾略特所描述的狀況，就是一九二二年迄今，接近一世紀的人類生活狀況。沒有人可以否認他寫了一齣了不起的預言。

接著是赫胥黎（Aldous Leonard Huxley，1894-1963）於一九三二年發表的反烏托邦小說《美麗新世界》。赫胥黎假設將來有一個人類社會，被科技所控制，人類被劃分成五個階級，每個階級都有一定的任務，尤其是第五階級被強制以人工的方式導致腦性缺氧，把人變成痴呆，好使這批人終身只能以勞力工作。權力最大的管理人員用試管培植、條件制約、催眠療法、巴甫洛夫條件反射等科學方法，嚴格控制各階層人們的生活。這本小說預言了如今的科技社會，所有的人都在科技人員的管理底下，過著被制約的生活，毫無主動性可言。

另一位是歐威爾（George Orwell，1903-1950），他在一九四九年出版了《一九八四》這本描寫極權監控統治下的新社會小說。一九八四年，世界有一個「大洋國」，由一個從未露面的「老大哥」統治一切。社會裡到處都是標語和一張大人像，標語寫著「老大哥正在監視著你」。老大哥的統治技術之一是監視器。在「大洋國」裡，電屏佈滿在人行道、樓梯口、走廊、街道，它們竊視人們的一舉一動。這本小說預言了如今現代化政府的社會控制手段和人們的無奈。

以上三位都是英國作家，卻可以代表同時代全球的預言作家，他們預言的犀利和神權時代的預言家可說不相上下。但是我說，他們已經沒有那麼幸運了。首先是：他們已經不能用神的名義說預言，他們必須表明，這是他個人所做的預言。因此，作家就必須背負心頭重擔，擔心他們的預言是否只是一場胡說八道。由於缺乏信心，這些寫預言的文學家所預言的災難要不是發生在整個歐洲，就是全球，企圖讓更多人對號入座，以保住他的預言不虛。同時，沒有信仰的現代人的人心已經剛硬了，他們對任何預言毫不在乎，痞子一般的現代人似乎說：「我們不在乎你們的預言，不管世界變得如何，習慣了就好！」因此，自從眾多的作家做了預言以後，如今這個世界看起來仍然一樣虛無，科技控制越來越囂張，獨裁專制日甚一日。

對於寫預言的文學家而言，現代人的這種態度簡直能夠叫他們憤而折筆、永遠罷寫。

◇

時間來到了後現代的今天，預言更難寫。

由於人心的剛硬更甚，對於所有的預言已經發展出更痞的說詞，他們說：「也許預言是對的，但是我們不怕，因為災難會在別的國家身上發生，可就是不會發生在我們的國家裡。」美國人不願意簽訂「京都協議書」，就是這個態度的典型代表。這種自私的看法，叫人憤怒。由於洞視到人心已經變成鐵石，於是，作家只好改變預言的寫法。除了把預言說得更恐怖（乾脆預言人類將在災難中大量滅絕）以外，就是直接指出災難將會降在某個國家或某個地區。企圖用這種更直接的恫嚇，引起人們多在乎預言一秒鐘。我們看到，在一九七三年，日本作家小松左京出版了一本叫做《日本沉沒》的預言小說，內容宣稱有一位地理物理學家發現日本在一年內將會發生地殼變動，大半列島將會沉入海中。日本政府知道這是無法逃避的事實之後，啟動一個計畫，將日本人陸續移出日本之外，資產也轉移到國外。跟著地震果然加速發生，最後日本列島終於被撕裂成碎塊，沉入海中，日本人終於流落四方，成為無土而寄人籬下之人。這本小說立即轟動日本，成為日本人的噩夢，隔年立即拍成電影，後續更拍成電視劇。

《日本沉沒》是一個樣板，告訴想寫預言的文學家，未來如果要寫災難，必先指定某個地區或國家，絕不能含糊。就像是二〇〇四年，美國也拍了一部電影，叫做《明天過後》，災難所發生的地方就側重在美國的紐約。不過，這麼一來，未來假如要寫小說，就必須更仔細描寫某個個別地方，不能模糊籠統；同時作家最好是半個科學家，推理必須可信，否則他的小說可能沒有辦法震醒人心剛硬的讀者。如此，可以想見，由於條件苛刻，將來寫預言的文學家可能會變得越來越少，終於成為一個絕響。

◇

我說了半天，無非抱怨由於人心的剛硬，預言文學作品越來越難寫；不過文學的預言卻更加聳動和不可漠視。也許當人們完全漠視文學預言的時候，世界末日真的就到了。

說到這裡，一定有人知道我要介紹我得獎的小說之一《廢墟台灣》了。沒錯！正是如此。這本小說預言台灣人由於漠視公害撲擊的威力和核能發電廠潛在的危險性，在二十一世紀初期，終於導致核電廠爆炸，台灣瞬間變成一座巨大的廢墟，台灣人幾乎全部滅絕。自一九八五年出版這本書以來，如今已屆二十八年的書齡。儘管這本書曾經當選當年最具影響力的十本書之一，但隨後，並沒有引起多麼廣泛的注意。這麼多年以來，身為作者的我的心情並不輕鬆，常常處於焦慮的狀態中，我多麼害怕自己的預言成真！因為它已經完全猜中了烏克蘭的「車諾比事件」和日本的「福島事件」；這兩個事件的悲慘情況，恰巧和《廢墟台灣》所寫的一模一樣；如果發生在台灣，台灣當然變成一片廢墟。我擔心的還不只是無法完全操控的核分裂本身，而是台灣的人心比世界各國更加剛硬，吉凶不分；歷來主政的人的心更是剛硬中的剛硬，他們患了唯利是圖、貪圖目前的惡性心病，對於核電廠的興建從不曾鬆手，卻是草率行事。我感到危機就要發生，因此，藉著得獎的機會，懇請更多想瞭解核電可怕的人再翻閱《廢墟台灣》這本書；並呼籲那些對核電廠興建充滿盲目熱情的人回頭是岸、臨危止步，則生民甚幸，台灣甚幸！

——2013、07、28 於鹿港

想起：宋澤萊

林文義

東港海岸少尉的軍服
像沈鬱的晚潮漸藍
方剛辭別學院歷史系
青春之你或者會思索台灣
未若我在府城學習渙散
讀昔之哲學卻不思不想

濁水溪南邊你的打牛湳
故鄉的村名竟成小說
退伍後以文字替農民控訴
北城之我依然耽美虛無
被剝削被侮辱被欺瞞
長夜讀你終於泫淚領悟

——註①

相與年代的父親何以默言
從南洋死不去的絕望回家
或者菸酒沈寂的老靈魂
太陽下父親陰雨濕冷的心
偶而也會興致的說從前
我們往後皆清晰記下

相與年歲的你我滿六十
蓬萊誌異更為迷離　——註②
廢墟台灣不再美麗　——註③
一生文學究竟印証多少
曾經奮力尋求潔淨的島嶼
台灣未竟的下一代何處去？

（註①、註②、註③為宋澤萊小說三書）

農村不該成為傳奇：在滅農年代重讀宋澤萊的《打牛湳村》

國立清華大學台灣文學研究所副教授　陳建忠

滅農，難道這是在危言聳聽嗎？

也許有讀者不會輕易忘記這一幕：二〇一〇年六月九日，為徵收苗栗大埔地區農地，用以開發極具經濟效益的工業區，挖土機像坦克車般碾進農田，將已經結穗的稻束連根掘起。這畫面，足以當選這世紀滅農行動的代表意象。

而就在大埔案過後不久，二〇一〇年七月，「農村再生條例」在立法院三讀通過，縣市政府擁有將農地變更為建地的權力，引發各界「圈地滅農」的疑慮。設想此後，昔日農村或將變為農村社區，再由社區變為住宅區、商業區，農業也就逐漸退出這個島嶼，逐漸成為一種美好但不復重臨的「傳奇」。

在宋澤萊（1952-）寫作小說的一九七〇年代，農民面對的雖是商人的產銷剝削，但農地總還是農民生息於斯的根據地。如今四十年過去，當工業區越來越多，農產品進口假「自由貿易」之名而越來越影響到此地農業的存續，則台灣農村與農業的未來該何去何從？

此刻，當我們重讀宋澤萊的小說，或許可以喚醒當代讀者對台灣農村的新感受，並將人物命運與當下的台灣現實做連結；同時，也可以再次體會作家以書寫參與到公民社會運動的美好傳統。台灣文學傳統裡向來就不缺乏富有現實感與理想性的小說家，只是保護我們的農村卻不能只依賴小說家。

回歸本文正題，且讓我們將過於擔憂現狀的目光轉回宋澤萊小說上，重新體驗一下他的「打牛湳村」系列小說在當年引發的轟動效應。

一九七八年三月，《台灣文藝》革新號第五期（總第五十八期）刊載了宋澤萊的〈打牛湳村：笙仔和貴仔的傳奇〉，隨即在文壇引起廣泛迴響與注目，當時就曾連獲第一屆時報文學獎推薦小說獎、吳濁流文學獎。自此篇小說起至翌年，宋澤萊又陸續發表另外三篇以「打牛湳村」為背景的系列小說，而他正是以這系列農民小說，在「鄉土文學論戰」硝煙未散的當兒，建立起他作為「鄉土小說家」的聲名。

「打牛湳村」系列共計四篇作品，從創作的時間順序來排列（可見最早兩篇作品並非最早發表），分別是〈花鼠仔立志的故事〉、〈大頭崁仔的布袋戲〉、〈打牛湳村：笙仔和貴仔的傳奇〉、以及〈糶穀日記〉。

系列中最早完成的〈花鼠仔立志的故事〉，寫於一九七六年春的鹿港，彼時宋澤萊猶為中學的實習教師，並等待入伍。這篇小說在形式上仿效「話本」形式，以花鼠仔為中心人物，來表露農村年輕人受西風影響而不耐農村生活的面相。此時已可窺見宋澤萊如何以固定場景，觀察一個小世界（microcosm）內的人物活動的興趣，可說是往後幾篇小說架構的基本原型。

宋澤萊在「打牛湳村」系列中構設了一處名喚「打牛湳」的農村，這個取材於真實地名的場景設定，以及小說中著意描寫的剝削瓜農與騙穀事件，都極為明顯地表達出作者把焦點集中於農村內部經濟問題上。這種關照顯然與稍早的鄉土小說帶有懷舊傾向，或專重主要人物性格、命運的角度不同，毋寧說是以整體農村問題為對象的。更明確地說，「打牛湳村」系列小說最大主題乃在於：揭露戰後台灣社會在全面資本主義化／現代化的發展下，廣大農村所面臨的困境與掙扎過程。

不少學者的論述都指出，台灣在完成五〇年代的土改政策後，整體的經濟發展基本上都是將農業資源盡可能「壓擠」，再把農業部門的成長和剩餘轉移到工業部門。蕭新煌在〈台灣地區農業政策的檢討與展望：事實和解釋〉文中便認為，台灣的壓擠式農政與普世第三世界國家政府所採的農業政策略無差異，都在加速資源流出以扶植工業成長：

> 農產品價格壓低，可以壓低工資，扶植外銷工廠，提高國際競爭的「比較優勢」；將農業技術及其他生產投入因素的成本提高（如農機、肥料……），吸取農村的現金、存款和儲蓄，投入都市及工業部門，促進國內工業部門的成長；此外，田賦、水租、及其他

各種不同名目向農民課稅的措施，也都是變相的在加緊加快上述「資源流出」目的之實現。（朱岑樓主編，《我國社會的變遷與發展》，台北：東大圖書公司，一九八一年，頁四九四）

在農村實際表現出這種經濟困境的是，農村人口持續而大量地移入市鎮（人口外流），而困守農村的多半是老弱婦孺（人口老化）。無論「移出」或「留守」，在這個過程中輾轉流離於「現代」農村社會的農民，其掙扎、抗拒、努力的各種姿態與命運，乃成為宋澤萊「打牛湳村」系列小說中最具體的題材。

出生、成長於五〇至六〇年代農鄉的宋澤萊，在他的小說中我們會看到農民已無法僅安於貧困的鄉間生活，而不得不選擇出走到新興的市鎮裡去。〈大頭崁仔的布袋戲〉一作正集中地表現了這一現象。在此篇小說中，宋澤萊將農村迎神賽會中習見的民間娛樂形式「布袋戲」這人間喜劇，巧妙地與崁仔一家命運變動的人間悲劇絹合起來，不惟把農村生活的氛圍做了生動刻劃，也渲洩了一股當代農村無可如何地步向衰微的淡淡哀愁。

小說裡離開經濟凋零的農村，遠赴北部煤坑的父親在工作了一陣子後，卻因為煤坑崩坍事故返回家中，而崁仔也在這時發現父親痰中見著絲絲血跡，無力再到煤坑裏去。崁仔的父親為了撐持家計，只好繼續在白天出外打零工，晚上則開始在水圳裏電魚。終於，崁仔父親還是在艱困的辛勞後死滅了。崁仔在此時已幫著師傅演出布袋戲，他眼見父親一生窮困與飢餓卻無福可享，遂不禁對人生產生無法排解的困惑：

阿爸就這樣死滅了。而這雖不知道歸咎誰，但崁仔總覺得虧欠了父親什麼。是這世間原本就瀰漫著一種黑鴉鴉的勢力吧！像魔蝦尊者或萬世天尊這些妖道。他們隱伏在不知名的地方，一張口就把阿爸給吞噬了。

這樣，崁仔彷彿自他手中舞弄的木偶與父親的一生當中領略到了生之無常，然而卻又無以名之，莫知其然。在故事末尾，崁仔對未來的計劃顯露出年輕人已對農村生活失去信心，而同樣興起至城市謀生的念頭。

不過，前兩篇小說以農村經濟衰敗、人口外移的視角，或許仍不能算是宋澤萊的得意之作。必須等他寫出〈打牛湳村：笙仔和貴仔的傳奇〉（以下稱〈打牛湳村〉）、〈糴穀日記〉二篇後，宋澤萊那種以略帶諷刺、詼諧筆調，將死寂一般的農村生活重新復活起來，也將農業問題重新翻騰起來的寫法，逼使讀者無法再忽略那息息相關卻又不曾關切過的農村世界。

〈打牛湳村〉所描寫的是資本主義社會下的農村，農產品成為「商品」，而農民對詭譎多變的市場遊戲規則又毫無所知的情況下，受到「瓜販」及「包田商」欺詐的事件。〈糴穀日記〉則描寫因霪雨導致稻穀收穫不佳，農民處境陷入困窘時，村中所發生的一樁蓄意騙穀案件。從小說情節來看，商業資本以「瓜販」、「包田商」、「騙穀商人」等「分身」為代表，對農民進行程度不一的剝削，而這種剝削是基於農民對當代資本主義文明的產銷機制、交換法則的陌生。除此剝削外，與農村經濟問題交纏在一起而為作者所指出的，是「農會」以及其所隱喻的「政府」在農村政策上的無能。

宋澤萊所描寫的「剝削者」在〈打牛湳村〉中有具體而典型的形象——「瓜販」與「包田商」，他們的力量充份展現在操控「梨仔瓜」的收購價格上。瓜販與包田商並無本質上的不同，只是一為在瓜仔市場出沒，另一種則出現於瓜田之中，他們都有雄厚資本、運銷工具，並且熟稔各地商情。〈打牛湳村〉中「瓜仔市風雲」一節的描述為例，就可看出瓜販們如何訛詐瓜農。現代資本主義制度將一切商品化之後所要求的品質統一與大量生產，使缺乏運銷制度，如小說中對現代產銷機制全然無力干預的農民，成為最大的被剝削者。

在〈糶穀日記〉中，林白乙（「白蟻」的諧音？）在水患稻穀發芽而穀價低廉，農會的收購行動根本無濟於事的情況下出現，將全打牛湳的稻穀以高於市價的價格收購，並預付三成先付金，言明等完全收購後再付清餘款；當然，這建立在誠信之上的「口頭契約」再一次訛詐打牛湳村的農戶。

總括來說，宋澤萊在「打牛湳村」系列中突顯了六、七〇年代台灣農村的經濟困境，這個困境來自於戰後台灣新興的、超前的而又充滿著貪慾的資本主義經濟發展，當農產品變為商品而不再是用以自足之時，在台灣這被打造成現代資本主義社會的新社會中，農民乃無可挽回地成為市場機制的犧牲者。宋澤萊在小說中展示台灣農鄉受資本經濟剝削的樣貌；相對的，他也塑造了一批農鄉掙扎著生存的人物。

在現實當中，剝削是如此鮮明的裸露著，令人驚心；不過，我們在宋澤萊描寫人物的手法上卻又看到，他總是出之以傳奇與寫實相融合的筆調，「扭曲」了人物與現實，而淡化了寫實主義的色彩，成為具有滑稽荒謬意味的「卓別林式的」小說。在「打牛湳村」系列裡令人印象深刻的人物當中，有許多形象是我們在過去的鄉土小說中依稀可見的，然而表情與動作總不免更誇大了些，例如〈打牛湳村〉中的「笙仔」那般良善和煦的好好先生，他唯一的宿願是老時可以養一大群藍瑞斯豬，在帶有糞香的空氣中悠閒地瞭望著四際田野；或者是〈大頭崁仔的布袋戲〉裡頭把一齣「一江山報父仇」演得活靈活現的大頭崁仔；又或者是〈糶穀日記〉中包含的更加眾多的打牛湳村民，牽豬哥的萬福、天生一張善鬥的嘴鼓的陳鴛鴦（潤嘴鴦）、堅持大家族制度並堅不分家的李鐵道、大道公廟中跳童的老鼠仙、乃至於幻想著領一筆日軍積欠的軍郵錢就可以成為打牛湳首富的廖樹林……。由於宋澤萊描摹角色的成功，有如使這些鄉土小人物重新獲得藝術上的生命，施淑〈大悲咒〉一文裡，便對此評論說：

> 在他的激情的滲透下，被瑣碎雜亂的日常生活活埋了的農村，恢復了詩樣的生機和豐富性，一向與知識份子作家和讀者缺少共同詞彙的農民心理，也在他的語言藝術下，無限生動地活躍了起來。

不過，在這些成功地塑造起來的鄉土人物的藝術成就之外，更能體現這批作品在七〇年代出現的重大意義的，當是「打牛湳村」系列企圖建立起另一種人物與意識，宋澤萊在其中注入他認同於農民的「階級觀點」，這種素樸的「階級觀點」未見任何的主義指導，但顯然作者在某種程度上堅持以農民、弱勢者的角度，「質疑」了戰後台灣農村所遭受的「災難」。宋的小說有了更強的社會意識與批判意識，這在七〇年代的文學界來說，把文學視為改造社會的「工具」的傾向絕非異端，然而在小說中具體反映並批判當代農村經濟問題的這一方面，宋澤萊的表現的確更加突出。

例如〈打牛湳村〉中蕭貴（貴仔）的出現，這位農村的小知識份子（高農學歷），習慣性地去批評甚至想改革這個世界，然而也由於貴仔總是要煽起打牛湳的悲哀來，教人想到一、二十年來打牛湳始終在貧困中過活，因而貴仔便被孤立且被視為打牛湳的芒刺。如果說〈打牛湳村〉裏蕭家兩兄弟是宋澤萊所成功塑造的台灣農村的典型人物，而把笙仔這位沒唸過書，為人易滿足又脾氣極好的「古意人」，視為農村中慣於逆來順受的「傳統派」人物；那麼，貴仔無疑地就成了農村中的「改革派」，他對於任何方面的剝削與陋規都要反抗，而這就會使他的命運趨向於一種極端的「悲劇」性格。

貴仔的角色性格是鮮明的，而他最令人印象深刻的也即是他時時迸出的「抗議」之聲，他個人的反抗雖受到打牛湳的譏諷嘲弄，就像是孤立於人群中的「先知」（或「瘋子」？），表面上他像一名小丑，或是喜劇裝佯者（alazon），但實際上卻不失為一位「悲劇英雄」，也就在貴仔的「改革主義」受到徹底孤立的當兒，使我們益發要注意到貴仔的存在對於現實世界所產生的批判性與現實性。

隨著「打牛湳村」系列小說於一九七八、七九年在文壇獲得廣泛迴響與肯定（文學獎）同時，宋澤萊幾乎是以驚人的速度繼續構設著他新的小說，這當中包括了《骨城素描》（內含〈兩夫子傳奇〉、〈救世主在骨城〉兩中篇），長篇《變遷的牛眺灣》及短篇《蓬萊誌異》等，可以說觸及的層面更為廣泛，作家記錄台灣農村變貌與庶民生存困境，已成為宋澤萊當年極為清楚的書寫方向。

時移事往，現此時在滅農年代重讀《打牛湳村》裡的數篇小說，則宋澤萊昔日為台灣農村所創造的小說，雖可視為戰後台灣農民、農村書寫的文學高峰，但對照農村今昔變化，卻可發現當年所揭露農村問題顯然仍未達高峰。倒是在滅農的年代裡，農村的問題似乎更臻嚴重，若再退一步，當農地與農村、農民真正消失，難道農村真的將變成一則「傳奇」，只能夠在宋澤萊小說裡去緬懷？

但願並非如此。

（筆者按：本文諸多文字與觀點，改寫自筆者專著《走向激進之愛：宋澤萊小說研究》一書，其中簡省概述之處不少，較詳細之討論再請讀者參詳書中內容）

新新版序

廿三年再回首《打牛湳村》

宋澤萊

《打牛湳村》那一類的作品，是指一九八〇年之前四年間，我寫的若干鄉土短篇小說而言。計有《打牛湳村系列》《等待燈籠花開時》《蓬萊誌異》三書流通在市面。自《打牛湳村》一書問世以來，到今天，已經過了廿三年之久。

作品與作者的關係像極了兒女與母親那種關係。兒女呱呱落地後，他就此脫離了母體而獨立存在，他有自己的生命歷程；即使母親再如何想控制他，他也終必成就一個母親也無法預先測知的新奇風貌。這個無法預測的風貌正是讀者和社會大眾不斷閱讀他、品評他、淬煉他，而慢慢得到的結果。

這麼多年來，曾數度再讀《打牛湳村》這些小說，只得承認他愈來愈像是個謎。倒不是我不再管他、關心他，而是他已被淬煉成我亦難以辨識的面容，很難用始初的觀念去解釋他。

就像一個白髮蒼蒼的老母親，作者反而必須向別人打聽，問問當初被生下來的這個小孩，現在到底是怎樣的一個孩子。

這廿三年來，我總算知道了《打牛湳村》這類小說的若干消息：

比如曾聽到一些留學美國的學生說，由於太想念故鄉，他們就把這幾本小說放在枕頭邊，在閱讀後使自己能安然入眠。

也知道有些仁慈的法國、德國女性在學習中文的過程中，閱讀《蓬萊誌異》而淚流不止，甚至撰寫了《打牛湳村》的碩士論文。

好幾年前，還常接到不少電話，說他們和我一樣是成長於農村而後流落於都市的人，他們極高興《打牛湳村》喚起他們幼年、青少年時期的回憶，在書中，他們不斷反芻著生命中一度有過的苦澀又可貴的經歷，他們永遠都不會忘記那個貧窮又善良的原鄉。是每隔一段時間，他們都會再翻閱這些小說的。他們自稱是「打牛湳村的一代」。

這些消息，使我感到驚訝不已。

對於自一九八〇年後，他在文壇的影響力，也同樣使人驚奇：

在一九九五～二〇〇〇年之間，王世勛創辦《台灣新文學》雜誌，爲了在雜誌上介紹一九八〇～一九九九年之間的本土文學，我翻閱了三十位以上的作家作品，發現在八〇年代仍有大量友人沿著《打牛湳村》的路線進行創作，而把鄉土文學墾拓得更寬更大。甚至到了九〇年代，還有不少新人類作家在《蓬萊誌異》一書中找到小說的靈感，他竟然可以做爲一種創作的泉源。

凡此，豈是當初所能預料？

近來「小說即是虛構」的理論在文壇相當盛行。常被許多人問到：「《打牛湳村》之類的小說到底是實在的，還是虛構的呢？」通常我會告訴他們：故事在現實上皆有所本，至於虛構，那要看你怎麼看，或者說作者怎麼寫。

但就在今年，無意中在兒子的書架上讀到了一本流行的自傳《乞食囝仔》，作者署名賴東進。這是一本描述一個乞丐家庭幸或不幸的眞故事。由於賴東進先生的年紀和我相差無幾，他所傳達的台灣五〇、六〇甚至七〇年代的社會背景即是《蓬萊誌異》的背景，他的自傳故事也像極了《蓬萊誌異》裏的一些故事。其實那是一個農鄉極其困頓的年代，不但乞丐窮，一般人都很窮；不只是賴東進的母親生了十二個小孩，一般的媽媽也都生了五、六個小孩；不只是賴東進的父親拿棍子猛打妻兒，所有的父親也都拿著棍子打妻兒。其實，只要不談尊嚴，乞丐與一般農鄉家庭又有何大的差別。我甚至看到更多的家庭破滅，而年輕父母自殺身亡的悲劇。總之，因爲貧窮，什麼事都發生了！賴東進的自傳適足以回答《打牛湳村》

之類的小說是否眞實的這個問題。

廿三年，不能算短，台灣也在這段期間飛躍成長起來，它足以叫賴東進由窮人變成一個公司的老闆，同時也可以讓「打牛湳村一代」的陳水扁當上總統，《打牛湳村》、《蓬萊誌異》卻不曾在書市消失，和我自認的「一本書頂多只能在書店擺五年」的看法大相逕庭。

是的，不論台灣如何演變，社會永遠都不乏有廣大的窮人。只要人能不忘本，願意反思自己一度有過的困乏生活，並在當中求取教訓，那麼《打牛湳村》這一類的小說將會繼續被閱讀下去，它正是貧困世界的一個原型。

感謝您購買這本書，但願您由書中所得到的樂趣及人生智慧能遠遠超過您付給書店的價錢。

～二〇〇〇、九月～

新版序

從《打牛湳村》到《蓬萊誌異》

——追懷那段美麗●淒清的歲月（1975~1980）

／宋澤萊

1 真實的與美麗的

1975年，看來是多麼古舊的年代，對我而言，也正是一個多麼徬徨的年代，那時我們正要告別學校生活，一腳踩進陌生的大社會。我懷帶著漫長的青春歲月所培養起來的夢和憧憬，忽然就要投入無法靠想像、感覺去理解的現實，一切都顯得不對勁。我對夢的世界仍然懷念，對十里紅塵的現實滿懷敵意和厭惡，但我設想，也許人總要面對這樣的人生道路吧，也許我終於會變成芸芸衆生中的一個衆生吧。我怯怯的、有幾分懼怕的搭著車，提著置放在大學已有四年的灰塵旅袋，回到了西部的陽光平原，心境如斯不寧。對於每個大學畢業生，他們一定也跟我一樣，有一番難言的心境吧。

回到了故里，重又居住在老家，覺得父母親是眞的年老了，而農鄉是如此美麗與窮敗，身爲農鄉子弟的我們這代人將如何可能協助父母再營造這個困頓中的農鄉？已被整個社會剝削殆盡的農村將面對著怎樣的未來呢？……當我心想去思索故鄉的一切時，就接到了母校師大的分發通知，我被安排好了教職，提著行李趕往彰化海邊的一個國中去任教，那時我腎臟結石、神經衰弱、支氣管炎、便中有血，好像是大好時光裏自折而早衰的蒲柳，臉上透著慘白而死亡的顏色。那時我廿五歲，寫完了《廢園》《紅樓舊事》《黃巢殺人八百萬》這些小說。

靠著同事的幫忙，我賃居在鹿港街北一個魚販的人家裏，當時鹿港猶未是一個民俗的觀光特區，風沙掩蓋了全鎮的屋宇和街道，荒涼的景象如同被埋葬過的古墓。我置身在這個似乎又親切又遙遠的台灣古城，偶而想著我該計劃做些什麼事。古城漸漸給我一些台灣歷史的啓示，房東的恩情讓我終生難忘。直到一九八〇年初，我搬離了房東的家。這當中我已服完了二年的兵役，出版了《打牛湳村》《羅穀日記》《骨城素描》《變遷的牛眺灣》《蓬萊誌異》這幾本書，在這年，雖然我較能看清現實與社會，人生的態度較爲篤定，但我仍一無所有，沒有經濟基礎、仍然單身生活、陷入不可測知的愛戀之中、日日被憂鬱和焦慮襲擊，我沉浸在無望的情緒中，總想有一天讓大限來了斷這一切吧。那時我的自我拯救仍未展開，宗教意識猶未萌芽，歷史的腳步聲才剛被聽見，我的心裏仍盤旋著愛倫坡的幻夢，夜裏呼吸到史特林堡的氣息，白天籠罩著芥川龍之介與莫泊桑的陰魂。我習慣了繼續靠寫作著不太可能有出息的小說來排遣時間。所幸，一九八〇年後，我的宗教意識及社會的驟變改變了那一切，忽然進入了所謂一九八〇年後的激越的人生期去了。

回想起來，從大學畢業到一九八〇，我的人生也未必全是浪費的，單就整個的文學生命而言，它的收穫算是大的。當然那的確是很淒清的歲月，我喪失了面對人間所需的本能配備，乃至不能鼓起任何的愛、意志、勇氣，生活被剝奪了主動和主觀，日子爲之變成單純、透明。但也就在那種極其透明如同玻璃的生活中，映現了現實生活的眞貌，那些善良的、殘暴的、美麗的、醜陋的、眞實的、虛僞的……人間相，得以明晰地映現於我的心靈底片中。在眞實的、美麗的這部份，我悠然地見到了台灣西部草花的鄉景、屏東明耀陽光的海面、閃爍霓虹的黃昏鎮街、霧夜的港口燈火、雲氣瀰漫的環山部落……我懷著想用藝術創作將自己由精神破毀的邊緣拯救出來的可笑想望，日以繼夜地記下我見過的山、海、平原景色。如此，我構造完成了1975~1980間的那些長短小說，這些小說反映了我的人間掙扎，卻也反映了與我同樣處在共同經濟生活水平下的無數人們的共同命運。乍看，它們都是普泛的小民小說，但要談及它們的文學特質及人物類型，還要讓我仔細地把這幾年的生活慢慢道來。

2 寫實主義時期

這是指「打牛湳村」這一系列小說的創作期。共有四篇作品，包括〈笙仔和貴仔的傳奇〉、〈花鼠仔立志的故事〉、〈糶穀日記〉、〈大頭崁仔的布袋戲〉。如今我們台灣文學所謂的寫實主義是極其不類於原來法國巴爾札克或俄國托爾斯泰的寫實主義內涵的。在法國，它是相應於新興的市民階級所產生的一種文學主義的，就是托爾斯泰的重要小說，主角都還是貴族、地主、將軍之類的人物。但我們台灣所強調的寫實則是一種泛百姓的生活描寫，在日據時代賴和、楊逵、呂赫若這些人所創造出來的，一開始就被殖民地的文學性格所決定，反映著下層民衆的生活，帶有濃厚的反政治體制、反封建、反帝國主義的色彩。

對我而言，寫作這種文學是必然的，但不是在我預設下產生的，也就是說我的社會意識在當時不強烈，與其說我有意揭發這些社會的弊病，毋寧說是由於我的一種人生的基調——對人間懷著譏笑——所產生的文學型式。原來1975年的夏天，我就註定以一名歷史教師的資格，宣告進入社會，擺在眼前的路途只有二條，一條是我可以再考研究所唸書；一條是持續一貫的懶散，以教書爲謀生的工具，從此度完沒有希望的人生。懶散及厭世使我選擇了後者，我相信奮鬥是多餘的。在鎮日的逡巡頹喪中，我常藉著教師的社會關係出入一些場合，那幾乎是各種婚喪喜慶及迎神賽會，我的心居然隨著理想的喪失與生活的庸俗化而獲得意外的穩定。很快地，我學會了喝酒、抽煙及一套似眞似假的客套禮法，把青春拋擲於一片的空無中。但在另一面，無可掩飾的，我的文學遊戲還未結束，大學四年，以文學做爲逃避現實的習性未泯，有時我仍會有很深的想寫作的慾望。多少次，我在理智清醒時假想，也許文學不過是人生階段中的一種消遣把戲而已，一旦時期一過，她終會消失如春水無痕。但是隨著社會接觸面的擴大，我日益陷入憂思和譏諷之中。現實世界簡直是一個騙局，它的複雜遠非大學剛畢業的我所能想像，我開始動心，想著是否可以重拾文學，狠狠地拆穿這世界可笑的假面具。這時鄉土文學漸漸流行起來了。

提及鄉土文學，在大學時代，我是不知道有這種東西的。過份耽溺於內心世界，使我在大學時期寫了幾本內心小說，在行將離校時，我偶而看到了黃春明、陳映眞、王禎和的一兩篇小說，卻不以爲然地擱下來。那時，恰巧有個人介紹我到東海花園去找楊逵。事實上，當時我去東海花園，並不是因爲看上了楊逵的文學，而是因爲我聽說他在綠島被關了十幾年的事。我只是持續大學時期對人間悲慘事件的關心去找他。是常常去的。卻也在言談中認識了日據時代的若干文學作品與文學活動。這種交往是直到他去世爲止的，我知道不少楊逵與人的恩恩怨怨。我自然是無力爲楊逵的一生做評斷，但我理解，做爲一個第三國際的學徒及馬克斯主義的信徒，他比誰都更單純。他眞的有工人無祖國及勞動者同體大悲的精神，清純地懷想著世界會進入一個理想國，這不是日後一些現實短視的評論者所能理解的，那時我就想，也許我能仿同日據時代的文學家去反映一些被壓迫者的心聲罷。但是我仍對楊逵一再提及的「社會主義」這名詞不清不楚。

我開始自以爲是地尋找寫作的型式，想用一種古樸、反技巧的敘述方法來從事我的現實描寫。當時我正看傳統的中國小說（尤其是宋元白話小說，它的古樸和傳奇色彩使我吃驚），我想也許通過型式上的仿古，能使小說的內容更接近客觀的事物現象。當時我的題材被決定於唯一我所能認知的現實——農村。我開始寫下了第一篇「打牛湳村」——〈花鼠仔立志的故事〉，並把稿子藏起來，只送一份給在東海花園認識的至友林梵，而後停止再試。我認爲這一篇並不是我所要的寫實小說。除了有趣以外，它的寫實性因爲我諷刺的意圖而被削弱了。我也正在想，是否用傳統中國的傳奇寫法能勝任這個平凡、苦悶多於驚奇的台灣農村現實。不久我接到徵兵令，必須停止教學，於是我離開了學校，進入軍隊，這時已經是1976年的10月了。

軍隊的生活剛開始時是忙碌的，因爲我必須重回成功嶺去做三個月的預官訓練，體力的巨大負荷使我不能想及其他。成功嶺後，進入鳳山步校接受入部隊前訓練，期間也是三個月。當時我久年的腎臟病仍未消除，靠著一些漢方來消除結石所引起的腎疝痛（西藥的樂治寧在大學畢業後已停止使用，因爲它帶來神經衰弱的副作用），我在軍隊裏一面怕因病而被除役（台灣人認爲不當兵是恥辱），卻一面又勉爲其難地在軍隊受苦，在步校三個月中，我感到難過，也感到十分緊張，寫作的事被逐出九霄雲外。六個月如年渡過，極其僥倖，我抽中了一支日後決定我一系列小說內容的籤，被分發到東港一帶的海岸線，充當一名警戒著海防線的預官。在開始的六個月裏，我的工作是東港特檢官，巡視鳳山以迄枋寮一帶的漁船筏管制，這是一個出乎意料輕鬆而能與社會環境保持緊密關係的任務，絕大部份的時間我留在林邊鎮集裏的中隊部，沒有太多的外務，我的戰友都是從部隊裏被淘汰下來的等待退役的老士官，日日作息在這種休養多於操練的營地裏，使我彷若避居到一個養老的病院裏來了。

鬆懈下來的生活及過多的空閒，使我能回想昔日的煙塵往事，服役時的遊子情懷往往引起征人的濃重鄉思，我的思緒很容易地飄回了故里，飄回了操勞著體力的父母身邊，農村的一景一物因思鄉的情緒被培養成巨大的影像，盤踞在腦海。高屏一帶的亞熱帶草林也使我憶起幼年的農鄉景色，許多的記憶被帶引出來了。大致看來，屏東一帶的農業是比中部的農業要粗放一些，單位面積也比中部大，陽光和雨水使這兒的草木倍加旺盛，我在復甦的記憶之初，提筆寫了〈大頭崁仔的布袋戲〉，就是這篇小說讓我的農村描寫落實了下來。我親切地寫著一個曾是我幼年玩伴的故事，猶如我可以觸摸到他的脈膊，聽到他的感嘆，我開始放心想描寫農人的實況。鍾肇政先生適時來信邀稿，於是我寫了第三篇的「打牛湳村」——〈笙仔與貴仔的傳奇〉，投給了《台灣文藝》，這篇小說讓我對農村實況的描繪有了更深的經驗，並讓我學得了如何反映農村人物的挫敗心情，並把農村社會聯結起來。同時在一個故事裏使用了兩個等量的人物做爲故事的主角，我相信這是我所獨創成功的小說型式。我隱約地感到我已進入了農村的深層現實了。然後我萌發了更大的野心，想整盤將一個農村的所有者都寫進小說，就像挖掘古址一樣，將之纖毫不損地呈露出來，我寫了〈耀穀日記〉，人物變成所有村莊的人，我不須要虛構，因爲本來它就是如此，就如同形像隱藏於木石裏面，我只需順其紋理劈砍，雕像自成。〈耀穀日記〉更接近於苦悶的現實，取材於我的村莊所發生的一件騙穀案，我的小說會被人所接受，就因爲這一系列小說的緣故。許多人在閱讀「打牛湳村」時受到衝擊，他們認爲打牛湳村已將台灣鄉土文學推向一個水平，爲鄉土文學立下了一塊里程碑，可是直到現在，我仍不明白爲什麼「打牛湳村」被人接受的眞正原因，也許是它的眞實帶給人由衷的感動吧，有些人類學者還認爲應將〈耀穀日記〉當成是一篇人類學的著作來看，他們相信人類學的田野調查也不過如此。其實該知道截至寫作「打牛湳村」止，除了四年的大學及一年的教職，整整有二十年以上的時間，我沒有離開農村一步。

一時還沒有辦法去確定「打牛湳村」是否會被接受時，我對寫實文學已倦了。也許如果我是一個創造力不夠的人，我一定會堅持在這種農村小說下功夫，寫下一篇又一篇的大同小異的小說，但我說已經倦了，除了我想再開拓創作的新領域外，那時我發現寫實小說不可能帶給我心靈上的解放，而苦悶的現實卻只能令作者更苦悶，當中一點解救的效用也沒有，而我寫小說的目的顯然不是這樣。在意識到這一點的時候，我就停筆，當時我的〈笙仔和貴仔的傳奇〉仍未得獎，而〈耀穀日記〉還藏在我的行囊中呢！而我已轉向去追求心靈的解放，嘗試去走浪漫主義文學的路子了。

③ 浪漫主義時期

這是指〈岬角上的新娘〉、〈海與大地〉、〈金貓港的故事〉、〈港鎮情孽〉、〈我看見櫻花樹下的老婦〉、〈漁仔寮案件〉、〈狹谷中的白霧〉、〈花城悲戀〉、〈等待燈籠花開時〉……這些小說。促使我會寫這些短篇故事的原因，如我已說：「我想求一些心靈的解放。」因爲現實是苦悶的，過份地凝視著它，造成了我的負擔。我必須把自己放逐到一個美麗而帶有若干異地風味的世界中去解放我自己。

提及浪漫主義，我們多半都知道，那是文藝史上一個古老的流派了。它在哲學上受教於康德所提出來的認識論，康德相信人的直覺、感情、信仰也是求知的工具，而不一定只是理性方能求得眞知。浪漫主義歌頌自然、反對虛僞崇智、追求唯美、抒發感情、崇尙英雄、抗拒理性。在歐洲的社會發展史上，是受駭於法國大革命的災難而興起的反動浪潮。與其說浪漫主義是提倡人的感情和直覺的自由表現，倒不如說是爲逃避現實而產生的。在當時，我並不知道浪漫主義的內含，也不會曉得這些小說的本質是浪漫的，事實上要等到若干年後，當評論家（諸如張系國氏）說這類小說是浪漫文學的時候，我才知道我寫作了不少這一流派的小說。

當時我的確是在心靈裏把自己流放了，我統合了半虛構與半眞實，經營著綺異的小說。心靈渴求解放，使我不得不如此做，在這裏，我不得不要提及那年我們的部隊所發生的一件極其慘怖的事：

在海岸線，那兒有一個屬於我中隊的班哨，由大約十五個老士官組成。班哨位於每一個小村內，面對著大海，有著狹長的沙灘、遍地的黃蟬花以及椰子樹，副熱帶的陽光燦爛美麗。在一個裝備檢查的日子，我們正在距離班哨有二公里遠的中隊部忙碌，槍響了。即使距離有二公里，但聽到的人都說：「好響亮的槍聲啊！」不久，我們的隊本部接到了班哨出事的消息。我和二個同期的預官立即攜了槍，騎了機車，趕往海邊班哨，整個村莊都騷動了，軍警包圍了班哨，隔離了民眾，狀況極爲緊張。我們得悉一個精神異狀的老士官開槍射殺了班兵及漁民，正躲在班哨後的掩體處，負嵎頑抗，不肯繳械。他身上攜有四十發以上的M1子彈，正漫無目的朝空鳴放。時間在恐怖中度過。黃昏時，上級長官來了，在苦勸以及威嚇中，兇手的老士官扛槍出來投降了，我猶記得他光禿的腦袋映著夕陽，臉上有嬰兒一般的笑容。

我們三個預官首先衝進班哨集合場。天啊！便在那水泥場上躺著一具具士官的屍體，槍傷的身子因血流光而縮小了。餐廳裏、寢室中、後院子，都有死者，那個兇手把班哨的人都消滅了。鮮血的味道直衝鼻孔，被巨大子彈打穿的身子破散有如醬果。我不敢相信，那些死去的老士官是曾經與我喝過酒的鮮活蹦跳的人。

整個事件是極其悲慘的，而事情的發生原因是荒唐的，祇不過是兇手的士官長懷疑全班哨的人都想害他，他就開火了，他是澎湖調來的問題老兵。在混和著海羶和血腥的味道中，冥紙燒起來了，消毒的酒精洗過一切的血漬，祭典展開了。我目睹由南部各地買來的靈柩無可挽回地將那些屍體裝殮，埋入了荒涼的海濱墓園，情景猶如黑白顏色的噩夢。

是這件事使我想逃避現實。我從小就看過許多無常之事，但從沒有一次見過這麼多的死者。他們被殺，屍體支離破碎，而後永埋黃泉。連續一個多月，我在恐懼與悲傷中不能入夢。二個月後，我奉調離開林邊，駐守佳冬海岸，管理一個小分隊。第二年初春，我又奉調於小琉球，管制那個小小島嶼的漁船筏。

佳冬海岸及小硫球復甦了我若干潰散的心魂。在佳冬，我常出入在海鷗公園一帶巡邏，海上風景及漁民生活給了我一種治療；在小琉球，我住在一個舊日監獄改裝而成的指揮部，閒時巡視於碼頭與班哨間，我盡量涉足在礁石與沙灘上，想像地讓我的心靈變成一片的潮音。每當假日，搭著交通船，來往於小琉球與東港海面，故事便展開於腦際，出奇地清晰與美麗，由〈岬角上的新娘〉寫到〈漁仔寮案件〉，我接到了退伍令，卸下了戎裝，回到故里的農鄉。

4 自然主義時期

這是指《蓬萊誌異》幾十篇的短小說而言。

如果說寫實與浪漫的風格是我在無意間達成的，那麼自然主義則是我有意的寫作。這原因必須談到役畢後的我的心情。

再度地進入社會，我又重拾教鞭生涯。但我的心境由於服役而轉變得很厲害。我不但學會了現實，而且認識更深層的人的眞面目。那種深層的認識倒不是我在大學時就知道的所謂人的「陰暗面」、「心理情結」，而是人的天生限定，或者說是人的一種宿命。我瞭解了人是一種有條件的存在，那些條件與生俱來，可以將人一直帶向淒慘境地，有時他本身並不清楚這種限定，更可怕的，他可能知道這種限定，但無力去革除，他只能張著眼睛，注視悲劇的來臨。我開始在現實中注意這種宿命，驚奇地發現，這種故事題材是沒有限量的。我想用一種固定的文學型式去容納他們。這時我想到自然主義。

提及自然主義文學，在大學時期我就知道它了。在未十分瞭解寫實、浪漫、超現實、意識流這些文學作品之前，它就被我喜愛了，並且懂得它的內涵，這種藝術是擯除主觀、直觀，以客觀的態度來平鋪題材的一種藝術。它的新觀念來自社會學、醫學、心理學、考古學、經濟學，最重要的是自然主義者一直努力揭示罪惡以警人，而居然可以完全不帶說教的味道。我如今仍相信自然主義小說才是一切小說之最精粹者，即使今天，魔幻寫實當道，但我仍不認爲她超越了自然主義，這只要把莫泊桑的數百篇小說拿來與拉丁美洲的小說家比一比就知道了。

我想我是用自然主義的精神在寫《蓬萊誌異》，有幾篇我至今仍記得的好篇章，諸如〈白鷺鎮的回憶〉、〈舞鶴村的賽會〉、〈省親〉、〈創傷〉、〈藥〉、〈丁謙來了〉、〈春城的重逢〉……等等。我的企圖是描寫1979年之前，台灣的下層社會（農村、小鎮、港市）的眞相，我拚命地想留下我的社會見證，他們的畸慘超乎了中層以上社會知識階級所能想像之外。我以伸冤的心情在營建這些故事。多年以後，有許多人仍向我提及他們十分震懾於《蓬萊誌異》的悽惻與靈思，我想他們不要忽略了，世界的眞貌其實就是那樣的。

5 感謝與祈禱

1987年的今天，距我完成那些小說已有七年以上的時間了，在這七年裏，我不斷更換著文學的型式。我永遠相信每一篇小說只有一種最好的型式，作者應放捨身命竭力去找出她。慢慢的，往日所使用過的各種文學型式伴隨其內容，化成了我獨個兒所擁有的最鮮明的舊夢，偶而還會帶引我回到夢境裏去，一切仍是那麼令我流連低徊。遠景出版社曾出版過這些小說，因著十年來業務的拓展與日新又新的經營計劃，我的作品已舊。前衛出版社林文欽先生表示願意重印這些作品以問世，今又蒙遠景老闆沈登恩先生的宏量，慨允讓渡書權，內心萬分感激。我寫了這段不曾告人的故事，以爲新版序言，並給對我的小說有興趣的研究者當參考。

再出版這幾本書的現在，我恰爲人夫父，大兒子剛臨人世，我頓成前行代之人了，這幾本書巧做紀念。若干年後，當我們的後輩長大成人，這幾本書將告訴他，在他們父輩的一代裏，廣泛的社會眞貌如斯展現，這個社會正是由無數這類小民的犧牲所構成，他們曾是如此這個社會，已臨或將臨人世的小孩，他們會持續關心這個窮困過，但也如此善良過。我也在暗中祈禱：已臨或將臨人世的小孩，他們會持續關心這個社會，更喜愛生活著的人們，他們會在未來，爲二千萬人造下深厚的福祉，爲台灣奠下萬世富足的基業。

～一九八七年

目次

打牛湳村系列4

大頭崁仔的布袋戲

277

打牛湳村系列 1.

笙仔和貴仔的傳奇

□趣事的誕生

一到了六月，正是梨仔瓜成熟的季節，天地間浮著一顆赤焱焱的太陽，打牛湳的村子便熱哄哄地一片熱鬧。

這是每年打牛湳的大季節。早先在農村極不景氣的時候，每期的稻子都有賠錢的。那陣子，青年人都跑到城裏去，大夥兒窟守在打牛湳，窮得苦哈哈，但不知道哪個人（據說是莊尾的李鐵道）從別鄉引來了梨仔瓜的種籽，就在多雨的一期與二期稻作的交替期間給種了，發了一筆小財。在打牛湳裏，發財是會被嫉妒的，你莫聽到有句諺語說：臺灣沒有三年好光景。於是大家搶著種，嘩然間，價格便下跌一截，但卻使打牛湳蔚成梨仔瓜的名產地，解救了大家的危急，慢慢地都傳到周圍的十二聯莊去了。

剛進入產季，村子便黯黯蠢動了，伊們在晚上都不安地穿著拖板，坐在大道公廟前的臺階上，望著柳樹梢的那片月牙，期待有個好收成。尤其第一期稻作浸過水，發芽穀降到三百塊，許多人都沒賺錢，這一季的梨仔瓜便成了伊們唯一的希望。

但在熱切中，伊們似乎有一種憂愁，因爲打牛湳從沒有運銷制度，每年伊們載運瓜果瘋樣般地在市場上拍賣，受盡瓜販和天候的欺凌，鱉了滿肚子的氣。這股氣如今都成了伊們的內傷，一想到就隱隱作痛。

然而在這個緊要的關頭裏，打牛湳卻發生了一件有趣的事。原來，每天天未亮的當兒，從莊頭開始，人們在夢中都聽到碰碰啪啦地一陣響，接著又聽到一陣的咔咚咔咚車輛聲，使路面都起了搖晃，響亮得像銅鑼，大家嚇一跳。據說有幾個人從夢中醒來，還衝到牛棚去，伊們都誤以爲天已大亮，其實這不過三更天吧。後來大家才曉得原來有人駕車去田裏，這個人叫笙仔，姓蕭，是蕭家的大兒子。這樣還不算，另外是在傍晚時，斜陽甫掛在大道公廟破陋的屋瓦上，打牛湳有些殘缺的村廓都蒙在一層光燦中時，小柏油路上便看到一位穿著寬鬆髒襯衫的人在那裏吹口哨，他還穿著一雙破布鞋，雙手插在口袋裏，頭髮糟亂得像牛啃過的稻草。這時他什麼事都不做，只望著人窮瞪眼，偶而停下來，盯著地上的石頭想半天。大家又嚇一跳，以爲是十二聯莊跑過來的瘋子。從前的瘋子是很舒服的，大約還能享受著大自然的灑脫，他愛到哪個莊就到哪個莊去，偶而人家同情他，還會丟幾塊餅干給他。於是打牛湳的小孩看到這個人，便也丟給他幾個糖果，但他一概不理，有時忿怒起來，便要打他們，小孩嚇得都跑了。後來大家才看清，這個人是蕭貴，和蕭笙是兄弟，都是蕭家的寶貝，只是蕭貴這時蓄了黑亂的鬍子，一時間不易辨別罷了。

起先大家都被蕭家這兩兄弟弄得愕然，但大家對蕭家總是認識那麼一點點的。

以前，蕭家是打牛湳困苦的農家，在早年，你到打牛湳來問首富，他們都會說：三牛。這三牛都是李姓的宗親，以前的打牛湳都是姓李的天下。蕭姓只不過是別地移來的，像一顆寄在稻子下的稗仔。但光復後，政府推動了經濟建設，各方都極需人才，大家便要來教育伊們的子弟，因爲蕭笙是老大，一塊種田的料子，又趕不上受國民教育，所以沒唸書。老二叫蕭勳，對工業有興趣，去唸水利工程。老三蕭貴對農業有興趣，便去唸高農。現在長大了，唸水利的老二便出國了，據說在美國的紅人州唸書，又在那裏謀生，順便把最小的妹妹帶去嫁給美國人。只見年過一年，蕭笙和蕭貴兄弟二人都成家了，由於伊們的特殊，打牛湳對這二兄弟都是另眼相看的。這個老大笙仔，有一顆大大的頭，像月亮般圓圓的臉，看到人從來是和和藹藹，伊底身體胖碩得像牛一般，頭上披一叢金色細膩的髮，講起話來也是細緻的，最重要的是他很喜歡站著來看他餵養的牲畜，每一次他都要用著和祥的手來撫摸著那幾隻肥大的藍瑞斯。談到養豬，你可以到現階段的農村去，大家都很認眞來養殖的，從出生到賣去，都是細心照顧。現在大半不吃殘飯剩羹，都吃飼料，有一陣子飼料被摻了牛脂，死了很多豬仔。笙仔可慌了，總要泡一點飼料水來品嚐，他認爲死了人可以，死了豬仔是不應該的。每一次伊的豬仔長大了一點點，他肥胖的臉便會浮出一種和藹的笑容，他總想，人生最大的樂事是像那些牲畜罷，有人養著，和和氣氣，身心都坦然無憂，他是把自己用來比較於那些豬仔的，伊不明白，除了舒服和享受外，人活著究竟是要幹什麼。但是打牛湳有一陣子生活是不易的，笙仔的享受願望便始終沒有達成。你莫要光看社區的那些漂亮花草，現在還是有許多人窮得住在竹廬裏像修道的人，他們始終都沒有翻身過咧！蕭笙在那段日子裏也跟著打牛湳吃著簡陋的飯。但伊底吃住雖沒改善，可是伊底人生觀也沒有改變，生活雖不和煦，但對事對人可是永遠和煦的。他若與人談話，不管怎麼樣，打從心底都要浮起快活的微笑，他的微笑憨直，可以說是迷人的吧，和他談話的人也都高興。爲此，和他在一起是椿樂事，不管是做什麼，只要遇上他，就一定是有趣的。就比如說有一次放田水，上游的人把水堵死了，只留一絲絲給他，伊沒有絲毫的怨言，只把那一點點的水堵起來，點點滴滴灌溉到自己的水田去，但下游的人便跑過來，要伊把水讓出來，伊也毫無異議，那人在搶水的怒氣中還罵他一句：幹你娘！但伊用和煦的微笑來回敬他。兩人便哈哈地笑起來，最後他的秧苗慢插了幾天，但他還是笑微微的。打牛湳便說蕭笙實在很「古意」，所謂「古意」是說這個人的確是好好先生，不過卻是「沒路用」的人。蕭笙便這樣贏得大家的好感，在打牛湳建立起良善和煦的名譽。

　　但是蕭貴可不是這樣，貴仔是瘦楞楞的一塊排骨，走起路來像風中搖擺的莠草，伊有張削瘦的臉龐和高高的顴骨，一雙像飛進沙子的澀苦的賊眼，雖然是面貌不揚，但以前在唸農校時，伊可是懷著志向的。他愛種柑桔，畢業後回家就要發明新品種，厝前厝後種滿了綠桔樹，但大約沒有成功，都變成枯乾的瘦樹枝。伊也有一種怪脾氣，伊對什麼都不滿，總認爲這世界從來不會好起來，因爲這世界和柑桔的世界是一樣的，要接上強勁的根幹才會生出結實的果子，伊不能容忍敷衍和愚昧。平日他都是憂鬱的，常要在村路上大聲地喊著：唉！黑暗的打牛湳。打牛湳聽了都很不高興，他的妻子常常在昏黃的破灶邊指著他道：「你這死人，便只會唉聲嘆氣，不會踏實來做事。」但伊的妻子看看破門檻，又罵不下去了。打牛湳的人也想教訓他，但找不到理由，因爲有好長的一、二十年光景，打牛湳始終在貧困中過活，就好比愛喝高粱酒的父親都沒理由來禁戒他的兒子喝米酒。但打牛湳又不高興，貴仔的憂鬱總是煽起他們的悲哀來，伊們不願人家來掀底牌，好像是一個君子總不願人家拆穿伊穿著破洞的內褲的事實，所以打牛湳都極力來反對他，伊的立場便被孤立了；而他的憂鬱便由於孤獨而日深一日了。但是，貴仔可從來沒有偷懶過，某方面還是挺精明的，有一陣子，他果然很忿怒起來，便要用廢耕來表示伊的抗議，擱了田地，跑到城裏去謀生，據說先在一家餐館拉皮條，剛開始果然賺了一筆錢，很贏得窟守在打牛湳的鄉親底崇敬。那陣子，打牛湳都告誡伊們的子弟，不要耕田，只要上餐館，但不久，貴仔的憂鬱症又發作了，因爲城底罪惡和游離使他很不安，伊又想到一株株立地不動的柑桔。一次在不小心中，遭到警察的取締，被關了幾個禮拜，便又跑回來種田。但伊卻始終沒有忘卻要來圖存，有一陣子國民中學興起了作物栽培的一門課，全國都缺了師資，貴仔憑著唸高農的學識去赴考，竟然考上了，受了幾月的集訓，便分發到十二聯莊和打牛湳共有的一所國中去。伊起先教得很認眞，常常拿起鋤頭和學生去墾殖校園後那片塚仔地，還種了綠桔，學生受伊教化，都不叫他的課程爲「作物栽培」，稱做「掘墓仔課」，貴仔的名字也被換成「掘墓仔」，但伊還是勤勞異常。不久，伊憂鬱的眼珠便瞧見了教育界的黑暗，因爲現在的教育像一個籠子和迷宮，養了一大批白老鼠，只教老鼠走迷宮，和現實脫節了，比如伊們明明知道農鄉的窮困，卻硬要用言詞來美化它，明明知道須要培養農業人員，卻忽視作物栽培。貴仔便忿怒地在校務會議上大罵教育制度，據說還要來糾正福摩莎的政治路線，結果被警察叫到分局去問口供，校長沒敢再聘他，所以伊又跑回來耕田。伊是這樣悲劇和憂鬱底人，像一把沾著衰運的油漆刷子，打牛湳怕被染上了，都遠離他。在飯後大家偶然興起，便以他爲題材，一一數點他造出來的笑話。據一位消息人士透露，貴仔在警局的記錄是夠瞧的，包含不健全、誣告、煽動、詐欺、妨害善良風俗等等，大約已經集打牛湳有史以來罪惡的大成，是打牛湳的芒刺。

　　對蕭家這二個兄弟，他們的注意力也曾被沖淡一陣子，因爲近日報紙電視大肆報導農業單位要來造福農村的消息，伊們都鵠立地期待著。但如今屆臨梨仔瓜收成時，伊們兄弟的舉止太特殊了，大家看在眼裏，說在嘴裏，慢慢都聒噪起來，在大道公廟的柳樹下常聚著人們在那裏竊笑，笑得興起時，總有人會學著笙仔的養豬動作，咿咿地做出豬叫的聲音；另有些人也會把頭低著，背起手來踱步，叫著：「幹！黑暗的打牛湳！」然後便叫鬧成一團。從這些舉動中便可以看出笙仔和貴仔的受人注目，據發言人士的推算，伊們受注目的原因大約有下列幾點：

①伊們的家是全打牛湳最特異的，有留美的兄弟和妹子，卻也有笙仔和貴仔這二個奇異的傢伙。這是好奇的因素。

②伊們兄弟是全村子遭水患最厲害的人家之一，發芽穀都沒人要，現在只靠這一季的梨仔瓜來決定生活，想來眞可憐。這是同情的因素。

③伊們都無時無刻在揭發打牛湳的瘡疤，尤其是貴仔的瘋樣使他們手足無措。這是痛恨的因素。

④至於尙有其他引人注意的因素，大約是不能確定的，好比有些人對貴仔那叢頭髮和那雙破鞋感到有趣，另外有些人則是喜歡去欺侮笙仔，伊們甚至都像布袋戲般地來看他們。

但是，莫管你怎樣來看，伊們將要帶給打牛湳更多的趣事是沒有疑問的。

大戰包田商

天剛亮，白光探出東天那片寂寂的黯藍，嘎嘎的禽畜聲響動在貴仔底庭院，白羅曼鵝子都伸出牠們長長的頸子，歇斯底里地奔竄著，鷄子棲在那叢永不成熟的柑桔樹上乾啼著。

咔啦咔啦地幾聲，貴仔的妻子玉鳳嫂從煙蓬蓬的廚灶邊飛奔出來，伊急速地拿了大籮筐、稻草、扁擔，嘩嘩地放在手拉車上，車裏堆著肥料。伊又折返廚房，把便當、開水放在提袋上，拿一個亂糟糟的笠子在牆上狠命地撲打著，打了一陣，笠子更破，她生氣地朝著廚前的乾柴堆叫著：「貴仔，貴仔，醒來呀！」貴仔慢騰騰地爬坐在柴堆了，他摸摸乾硬的黑鬍鬚，倒頭便又想睡，伊的妻子便又叫：「貴仔！」他妻子是有些氣怒他的，昨夜他回來，飯也不吃，只像這個破笠子，永遠都是提不起勁的樣子，玉鳳嫂氣起來便罵他：「都是一條沒有筋骨的懶蟲。」貴仔沒說話，腳也不洗，倒頭就睡在床上，她氣起來半夜裏把他抬到柴堆去。然而，她始終沒有弄清楚昨夜貴仔沒洗腳的原因，在打牛湳裏每個人都曉得，貴仔雖然惹人厭，從來就與打牛湳的一草一木爲敵，但是他是十分聽妻子的話的，這好比是一個愛和人吵架的孩子，日夜都和友伴鬧意見，但只要見到母親便好了。固然貴仔是不把妻子當母親看的，但他封閉的心靈要人去品嚐，而能夠無端來容忍他的錯誤的便只有他的妻子，不過有關昨日發生的事，他也沒有告訴他的妻子。

這件事發生在昨日大道公廟場上，原來，夕陽掛在天邊時，貴仔做完工照例來到廟園的破牆邊沉思，他踱著步，偶而像破唱片般斷續地哼著流行歌，在那刻，他愈發覺得打牛湳的黑暗了，憂鬱啃著他底心，伊深陷在第一期稻作的挫傷中，愈來愈不可自拔，伊以爲梨仔瓜也是救不了急的，改善必須從根做起，而這差不多是無望的。

踱著，踱著，伊便發現大道公廟近日都革新了，比如說，唸經時改用唱片了，還裝了擴音器，初一、十五便把電唱機放得震天價響，燒香的人一進入廟宇就感到耳朵被震聾了，桌上放的全是塑膠花和塑膠水果，貴仔從前就表示過不滿，要廟裏的主任委員把廟宇拆了。但主任委員只是對他憐憫地笑一笑，好像還說一句話：「看看你那一身破襯衫吧。」便把一口紅色的檳榔汁吐在伊的腳前來。貴仔對這樣的回報很悲傷，他的悲傷是從伊黑暗的心發出來的，他以爲打牛湳這批舊頭腦的老骨頭愈發老番顛，活到七老八老，連最後的信仰都變質了，變得不三不四了，都是時代的渣滓，任時代在淘汰他們。伊底悲傷太強烈了，又無地發洩，所以只好把它又送回崎嶇不平的黑暗內心中，使它和黑暗的打牛湳一起腐朽……他走在廟前，沉思起這件事，一顆頭使勁地往地上一搗，最後覺得無聊，看到一只細腳蜂在廟楣上的雕刻花飾築巢，他便跳到廟前那隻母石獅的背上，坐下來看著。這時對峙著廟門那邊有一個涼亭，涼亭邊那棵柳樹透著斜陽，在荒寂中生一種美麗來，一些打牛湳的人總和伊們的孩子到這裏來歇腳，有些餵著飯，有些下著棋，而那群小孩子此時都把頭伸出來和貴仔竊笑著。便在那刻有一群騎摩托車的人停在柳樹邊，他們很認眞地比手劃腳，說得很急切，偶而悲壯地抬起胸，偶而愉快地跳起腳，但打牛湳的人臉色憂喜參半，好像有些人還學著貴仔憂鬱的模樣，背起手、踱著步。貴仔起先是輕視著這件事的，一向打牛湳就做著愚蠢的事，比如說好幾年前，打牛湳流行種洋菇，那陣子可以銷到歐洲市場去，價格好到極點，大家都沒頭沒腦地來談洋菇底事，吃飯也談、睡覺也談、做夢也談，柳樹下、稻桿堆、豬舍裏，牛棚旁……可以說無時不談、無地不談，然後洋菇都變成了黃金，大家爭相種植，屋前屋後，日裏夜裏……無處不搭上洋菇寮。那次貴仔也瘋進去，把一個茅廁拆來搭寮子，伊們又到處張揚，使整個鄉城都震動了，大家覺得發大財是鐵定的，有些人便計議要使打牛湳變成「香菇王國」，還有些人計議要私底下用船把香菇運到歐洲去，聽說近代的歐洲是美妙的地方，他們底人住在高高的樓閣，不用到外面來就有飯吃，還有電視上報導的歐洲人都很漂亮……但談歸談，後來洋菇就沒人要了，至於爲什麼沒人要，打牛湳沒有一個人知道它底眞正的原因。打牛湳都是這麼愚昧，貴仔自然是不屑和他們同流合污，於是剛開始他來和柳樹的涼亭是保持著一段距離的，他不很頂眞地用著鄙夷的眼神來瞧著，而且用左手來搗著左耳，表示他堅決地來抗拒著。但柳樹叢那邊彷彿愈說愈起勁了，有些人還用腳來站在欄干上，說得不過癮，還用腳來比劃，並且有許多人都朝他這裏望，這可使他不安起來了，究竟這是一件啥事情，彷彿很要緊似的，你莫看到李來三一直和騎摩托車的人討論著，指頭伸出來又折進去，都快給折斷了。他心動起來，便從石獅子上跳下，但想一想，無端地和打牛湳底人混在一起是違背他的原則的，他和打牛湳的感情已經冰凍了，結成不能溶解的晶體了，走過去未免太唐突。後來他終於想到一個辦法，便裝著若無其事，把斗笠給拆了，踢起石頭，吹起口哨，來到柳樹邊，裝著要折柳條來補斗笠，他把破襯衫底袖子捲起來，拍拍屁股，選一個樹叉，半掩在葉中傾聽著。

「我來與你打賭！」一個穿黃格子襯衫的人很健旺地和李來三談話，臉上的痣毛在黃昏中還閃閃發亮，他說：「若是今年的市價可以賣到每斤三塊錢，我付你雙倍價，若賣不到，你只要請我一頓飯。」

「不是這個問題啦。」李來三低下聲來，和顏悅色說著：「你就是給我三倍五倍的價，我也富裕不起來，我只是爭個公道，你想，三分地包給你八千塊，成本都收不回來。」

「這就是我們的苦衷了。」另一個花襯衫也踏步上來，他擠到涼亭的臺階上，像演七俠五義的展昭，以指代劍指著李來三說：「我們也想給你們多些價格，但做不到啦，你算算七月的季節，全省出了多少水果？」

「多少？」涼亭下的打牛湳都問。

「員林的葡萄、高屏的鳳梨、西螺的西瓜、各處的龍眼……」展昭繼續以指代劍說：「幾幾乎都是一齊出籠的，打牛湳的梨仔瓜如何也好不起來。」

「喔！」打牛湳都把舌頭伸出來，眼睛像銅鈴。

貴仔一聽便曉得這幾個人是商販，中盤的，他們組成了採收集團，每當梨仔瓜季時，他們下到鄉底下來，包攬大批的田地，打牛湳有些人害怕著賣瓜果，便乾脆把田包給他們，橫豎這些商人自備卡車，在北市又有商行，他們運送很方便，但他們都是有經驗的商人，總會抓住打牛湳的人心理，所以大力地殺價下，損失的都是打牛湳這群老骨頭。貴仔看在眼裏，什麼也不說，反正總會有人吃虧的，這些憨人，就是財產全被侵佔了，也還不知道什麼原因。他就坐在那裏，一面用黑暗的心來感覺打牛湳的可憐，另一面，也忽然煩憂起自己的梨仔瓜來，望著手中的破斗笠，他的心頭像放了一顆大石頭似的。

正看著，只見涼亭下的人又起一陣哄鬧。展昭大聲地叫著說：「還有一件事我們也要來提醒你們的，今日打牛湳的梨仔瓜也不如往日利市了。」

「對，我不騙你。」長痣毛的人也雄壯起來說：「我們就實話實講，於今種植梨仔瓜的地方很多了。」

「是的。」展昭立刻接上嘴：「不過反正我們今天是來包田的，如果各位老弟兄沒把握，或者想少賺一些，就不妨包給我們算了，少去採收工，又免得像牛像羊一般地拉到市場去。」

「好。」李來三好像下定十二萬分的決心似的，大約前年的困頓使他大大起了戒心，於是便要來把自己豁出去，他說：「我同意包給你們，但先講好，講好了再慢慢來。」

「你講。」展昭把指頭指在李來三的頭額上。

「你今天看過我的梨仔瓜田，對不對？」

「對。」展昭說。

「現在正患些蟲害，肥料也不足。田包回去後，我一概不管，並且你要先付五成的現金。」

「同意。我們先付四千塊。」展昭說：「今晚我們去你家結算。」

他們又說了一些細節，便答應成交。貴仔很爲這件事苦惱起來，五成四千塊，現在的四千塊有多少？都不及一個城裏小孩子一個月的工錢。幹，伊娘，做牛做馬，風吹雨打，屆時賺這些連本都算進去的四千元，什麼意思！貴仔黑暗的心像發情期少女的心潮盪漾澎湃。

「各位鄉親，」長痣毛的人又站起來，說：「還有沒有人願意包給我們的？」

「……」打牛湳人都舉棋不定地相互觀望。

「有沒有？」長痣毛的人說。

「我們也想包給人家。」李樹丁不好意思地說：「但又怕吃虧。」

「決不會吃虧。」展昭很正義地說：「一定有人的，譬如有一些人自覺到種梨仔瓜沒有意思，還會引起他的憂愁的，這種人乾脆把田來交給我們辦理。」

「憂愁!?」貴仔一聽到這兩個字，心頭猛震動一下，他又看到打牛湳嘀嘀咕咕地叫起來。

「誰憂愁？」李樹丁憨直地又笑起來，他大約是想不通什麼叫憂愁。

「反正是不快樂，憂頭結面的就對。他對收成一定感到苦惱。」

「誰？」打牛湳又爭相鷹覷鶻望起來。

「他！」一個小孩子忽然叫起來，指著躲在柳樹邊的貴仔。

打牛湳把臉轉過來，看到貴仔，嘩然地笑起來。

貴仔嚇一跳，本來想走開，但已經來不及。

「他？」展昭像電子反應一般地迅捷，馬上望向這邊：「他嗎？他要把田包給我們？」

「是的。」小孩說：「他最憂愁了。」

「哦，哦。」展昭說：「很好，很好。」

說著，就走過來。

貴仔一看到很多人走來了，心一慌，便吹起口哨，但試幾個音都吹不出來，只好站起來，裝成若無其事。

「我在修斗笠。」他自言自語，搖著嘩嘩響的破笠子。

「你有梨仔瓜田？」長痣毛的人走過來便說：「要包給我們吧？」

「包什麼？」他裝著不知道，佝著身子。

「梨仔瓜田。」展昭斬釘截鐵地問：「多少？」

「什麼多少？」貴仔又裝一次，說：「我不知道。」

「你的田怎樣？」長痣毛的人看他猶豫不定，一付頹喪的樣子，便親唬唬地跳過來，要遞煙給他。

「我不抽煙！」貴仔回絕他，但又怕回絕只是表示與打牛湳一樣的保守愚昧，所以又裝出鄙夷的神采來。

「他的田比李來三好。」李樹丁大聲地說：「但好不了多少，成天在路上走，不專心耕種，怎麼會好？」

打牛湳的人都笑了。

「我們絕對是公正的，若比李來三好，我們一定加價。」長痣毛的人說。

「明早，我們去你的田裏實際看一次。」展昭下結論說。

「但我不太想包給你們。」貴仔說著，忽然便從黑暗的心湧起一種敗北、撕裂的恥辱，這恥辱是源自於有人拿他與李來三相比。對於打牛湳，貴仔是徹頭徹尾地絕望的，他怎能和李來三並列在一起，這種恥辱再經黑暗的心，終於使他對商販厭煩起來。他忽然跳起來說：「你們都這麼容易就騙了打牛湳，他們原都是愚蠢的人類，像一些土番鴨，你們騙得，但連我也要騙嗎？我豈是好騙的嗎？」

貴仔激動起來了，便恢復了往常的模樣，雙手背著，兩只腳走來走去，還盯著長痣毛的臉上那兩根痣毛瞧半天，長痣毛的人嚇一跳。

「對的，你不是簡單的。」展昭一看貴仔有些來頭，便也笑起來：「所以明日在你田裏談吧。」

「你們來吧！我是不怕你們的。」貴仔大聲地叫起來：「我不怕你的，我蕭貴啊……蕭貴啊！」

他的頭用力搗了兩下，就走了。

打牛湳的人便又陷在一片談價的囂鬧中。

這便是蕭貴昨晚發生的事，他是有主見和企劃的人，不肯受那些商人來擺佈，他還有個生氣的理由就是打牛湳的人竟以爲他是很厭煩種梨仔瓜的人，何況又把他比擬成像李來三那般沒有價格。但在另一方面他又想起，商人的話不全然沒道理，說不定今年的價格眞要下跌，屆時沒收成就慘了。想著，一時間亂了方寸，所以回家不洗腳就睡了，反正今早商人也是要來的，屆時伊的妻子就會曉得。

幾經妻子的督促，貴仔才把臉洗好，因爲昨晚沒洗過，今早就洗出一盆泥土來，他踏著東歪西倒的步子走到手推車時，東天已浮一道金燦的光芒，大地看起來要甦醒了。他勒緊褲帶，把繩子套在肩上，吩咐妻子在後面推著，咔啦咔啦地便往田底去了。

在今日的打牛湳裏，機器還是沒有完全普遍，你莫看到那一輛久保田就要一、二十萬，像富有的李鐵道都是硬著頭皮去買的；田少的、窮一些的，就是當了內褲也湊不出這個價錢。但在這種奇異底時期，牛隻逐漸少了，牛車都沒有人使用了，貴仔和笙仔本來也各自豢一只牛，但後來貴仔嫌它又吃又睡，便賣去殺了，如今有一些要用力的就僱久保田，其餘的便自己來拉。昨晚他糊里糊塗睡一晚，現在沒精打采，都是他賢慧的妻子拚命在後頭推，她看丈夫有氣無力，就斥責著：

「你只會閒著無聊胡思亂想，身體也不顧了，飯也不吃，你就不會回過頭來，把心用在工作上。」

「我怎麼了？」貴仔被罵得有些不甘心，他實在不是胡思亂想，只是窮困吧，但又想不起來要怎麼來安慰妻子，伊們實在是貧賤夫妻，爲了表示即使他不吃飯也是還有力的，他只好用力拉起來，一面說：「阿鳳，妳不瞭解啊，妳不瞭解。」

「什麼我不瞭解？」好似生悶氣似的，伊底妻子忽然便大聲起來：「我比你自己知道得更清楚。你總想當名人對不對，不願來做俗人，別人能做的你就不做，故意抵抗別人，到頭來你得到什麼？你成了名啦！你是偉大的人啦！」

她一邊說著，一邊把手歇了，不幫他推車子，貴仔一時間便重重地感到吃力了，但他還是竭力來抗辯，呼號著：「冤枉啊！冤枉啊！」

走著拉著，他們就望見自己那片田，蒙在一層清晨的煙靄裏，捲鬍的瓜藤都伸到空中來迎迓旭日，上工的人都佝僂在那裏。貴仔這塊田是屬於十二聯莊的範圍，以前伊和笙仔分家時分到的，這地方人家稱爲刺仔圍，顧名思義，以前是有許多荊棘的，但經過開墾又土地重劃，便成爲好田了。貴仔把車掀翻在一叢觀音竹裏，拿稻草蓋起來，挑起肥料。

商人便等在他的田頭那叢柑桔樹下，這些柑桔也枯乾得像薪柴。今天看來他們是有準備的，騎著的幾輛機車都停在那裏，鄰近的耕友也都聚在那裏，吱吱喳喳地謅起嘴。貴仔想，好歹今日伊們是要來看我的田的，好比是做先鋒的，若是價格好，鄰近的價格自然是不低的，伊一向便輕視所有種地的老骨頭，今日逮到好機會，定然要好好來開價，爲愚昧的打牛湳樹立一個榜樣。想著，伊走路的姿勢便更搖晃了，彷若和玉鳳結婚當新郎時伊樣。

長痣毛的人一見到貴仔，便在遠端打招呼，大約貴仔昨日強硬的語氣使他們有所警覺，不敢再盛氣凌人；果然長痣毛的人笑得藹藹然的，踏著他的三耳步鞋，便要過來請檳榔。

「謝謝。」貴仔不客氣地便接過。

「我們看很久了。」長痣毛的人說：「很好，枝葉健旺，又沒蟲害，比李來三好多了。」

「就是。」貴仔點點頭，伊是有這一起碼的自信的，他快樂了一秒鐘，是有生以來忘掉憂鬱的唯一一秒鐘。

「但是，」展昭也來了，這時他忽然站出來：「但是，別人也不錯。」

「你隔壁的那塊田比你好。」長痣毛的人更殷勤地說，好像唯恐這句話會傷害了貴仔，他說：「至少要比你多收二成，你說對不對？」

貴仔先是一楞，猜不透他們在搞什麼名堂，還問他對不對，一時間他忘了答話。

「對不對？」長痣毛的人向著圍觀的左右耕友們說：「你們說句公道話。」

「對。」大家都說。

「剛才那塊田的阿吉桑說三分地只要七千塊就可以包給我們。」展昭說：「所以我們也想用七千塊來包你的。」

「七千塊？」貴仔又楞一下地說：「頭仔，你吃了瘋藥了，你們昨天說還可以加價咧。」

「那只是估計的。」展昭立即回答：「現在那塊好的才只七千塊，大家都看到了。」

貴仔終於不楞了，他已摸清怎麼回事，原來長痣毛的這批包商說話不算話，今天的價不同於昨天的價，自然一分鐘以前的價不同於一分鐘以後的價，貴仔有些慌了，但他的慌張又誘使他黑暗底心澎湃起來。

「頭仔，不要昧著良心來說話，昨天在柳樹下大家也聽到，比李來三好的可以加價。」

「唉，蕭老弟！」長痣毛的說：「做生意是兩廂情願的，若我們願意的話，一萬塊也可以包下來。」

「正是。」展昭又接腔，以指代劍的指頭在空中亂舞，他說：「最多七千五。」

「什麼話？」貴仔終於因爲黑暗底心而萌發了怒氣，伊說：「我比李來三的好，價格卻比他差。你們莫要來欺騙我吧，你們只會欺侮人吧。」

「蕭先生，你要諒解。」展昭說。

「諒解什麼，我豈是好欺詐的，幹伊老母，我蕭某是憨人嗎？」

貴仔終於忿怒起來了，他大步踏到田裏去，嘩嘩地撥開葉子，東抓西摘地抱了一大堆梨仔瓜上來。

「你吃吃看，幹伊老母，只包七千五，我都寧願放火燒掉，這種黑暗的無天無良底世界。」貴仔叫著，便用力砸破一個，把水漉漉的瓜果舉到展昭的臉上，展昭嚇一跳，便要走開，但臉上被塗得一片黏膩。

「你幹什麼？」展昭叫起來，伊沒想到打牛湳還有這樣凶狠的人，一時間便招架不住。

「你也給我吃！」他對長痣毛的說：「這樣的梨仔瓜你好意思包七千塊。」

「不要亂來，蕭先生，我們是生意人。」

「你是生意人，幹伊娘，沒良心的那種生意人！」

蕭貴很生氣了，伊一跳，便落到草叢去，拏出一把鋤頭，把鐵片拆了，顫巍巍地舉著要來打長痣毛的。

打牛湳和十二聯莊的耕友一看要惹禍，便圍過來。

「蕭貴要殺人了，蕭貴要殺人了。」

伊們大聲地呼叫起來。

□瓜仔市風雲

在打牛湳和十二聯莊的外邊，大約靠近農會的倉庫，有一個崙仔頂鄉城的瓜果市場。這個瓜果市場可以代表一切福摩莎目前的農鄉市場。

它本來是農會的秤量場，鐵皮的頂架搭蓋得高高的，水泥地面總是留著一些洞洞和髒亂的稻草。在冬季沒有人用這個市場，崙仔頂的人就用來堆堆肥，很多羊兒都繫在這裏來吃窟窿裏的野草。

在春季，就看出它底功用了，打牛湳和十二聯莊的人都到這裏來集散他們的蔬菜、豆子、油菜、小白菜、青蔥、大蒜……全運到齊了，秤子被搬出來，許多北部的貨車都聚會在這處。目前談到蔬菜的運銷，就可以知道我們民主政治的偉大，現階段有許多吃菜的城裏人老覺得我們的菜價太高，若一逢水患或風災，只要你去市場，準會是小白菜一斤二十塊，大蔥二根五塊錢；即使是沒有風災沒有水患，平常有什麼風吹草動，菜價也會像溫度計碰到熱水一般，直線上升，吃菜的人都不敢吃了，寧願去吃肉。但你到崙仔頂來看，幾乎每個農民都苦歎著菜價的低廉，有時沒人要的整片菜地，伊們都願意用耕耘機把它毀掉，只為了實在賣不到幾分錢而又麻煩透頂。上面也知道這件事，但從來沒空來管這種芝麻大小的小事。所以春季一到，打牛湳和十二聯莊的人便在這裏受氣了。伊們總想，這個鐵皮的市場實在是個刑場，要來折磨伊們憂患的心。所以總結來說，春天的菜市場是壓抑著心懷的，好比一個生悶氣的小孩。

一到夏季，這個市場又換了一張面孔，全都是梨仔瓜的天下了。早晨太陽還沒有攀過東天那群山巒時，碰碰響的拖拉車便佔領了市場的每個角落，隨著陽光的爬升，拖拉車便溢出了市場，佔據了道路的兩旁，等到炎熱的陽光把路旁的粿仔樹曬得枝葉軟垂時，路面也站滿了人，最後還迤邐地排了一、二公里。路面阻塞了，客運都被擋住了，遇到好的司機便轉繞了道路，由別莊行過去，碰到不諒解的司機便把喇叭按得通天價響，聽不慣的打牛湳和十二聯莊的人便要用「駛你娘」的話來罵司機，還要拖下來。除了赤著污泥的雙腳的農民外，到這裏來的大約還有四種人：第一是農會派來的職員，伊們都拿著算盤，守在秤子旁，凡是想賣梨仔瓜的人都要經過他們的秤量，在秤量時他們便要收「秤費」，來充當農會的額外收入，好比你到我的地盤來，非收你的買路錢不可。當然他們從來不會覺得自己是強人，因爲他們都是正正當當來服務的，穿著整齊的衣服，會一手的速算，遇到農民賣一個好價格時，伊們還會仰起頭來說：「阿吉桑今天眞運氣。」當然，當然，他們的秤費是取之於阿吉桑的。第二是商人——瓜果運銷商，伊們普通都持有城裏菜市場（比如中央菜市場）的市場證，伊們都穿花衣裳，戴著運動帽，穿著萬里鞋，口裏嚼著檳榔，大半都有一顆凸出的肚皮。他們走過一載載等著來讓他們叫價的梨仔瓜車時，爲了表明每一載都應該不值錢，所以都用鄙夷的眼光來看著，然後走著、走著，突然間停下來，偏著頭，把一口檳榔吐在地上，故意從口袋掏出一疊估價單和一支原子筆，然後問：「多少？」被問的農民便說一個價。「太高！」伊們劈頭便說，然後走開，要走時還不忘露出鄙薄的神色，伊們彷彿在說：「憨人！今天你若不賣給我們，就只好把梨仔瓜拖回去餵豬。」據實際的來觀察，這些商人實在不宜稱爲「菜蟲」或「果蠅」，伊們更像一只精巧的牛蜂，知道那一隻牛的肉比較香，那一地方是多血質，還可以從這隻牛的眼睛瞧出他是笨牛，怒氣的牛或乖巧的牛，必要時還可以從牛角上叮出一口很好的血來。他們來到崙仔頂的市場，佔了一塊地方，或在人家的屋簷下，或在粿仔樹下，或在馬路邊搭個寮子，寮子外停著貨車，貨車裏跳出幾個裝箱的工人來，便開始一連串的收購行動。他們總是來去匆匆，今早到崙仔頂這個鄉村來，晚上便到了臺北市，自然他們可以在這裏以每斤二塊錢的價格買來，而以每斤三元的價格賣給中央市場，自然，中央市場又可以以每斤四元賣給商店，商店便可以用五元賣給顧客。第三是賣冰淇淋和賣麵的小生意人，他們都推著攤子，一面賣著一面流汗，但伊們笑呵呵，在大熱天裏，他們的生意是利市的。第四便是警察，他們是要來維持秩序的，因爲整個市場亂哄哄的，來到這裏的人，不管你是有修養的、沒有修養的、拐腿或缺手的，橫豎都非沾上幾分搶奪的煞氣不可。警察們便要來發揮他們鎮暴的才能，伊們的頸子都掛一顆哨子，還須要把警棍拿在手上，自然警棍非給擦得光亮不可，他們看到阻擋在路上的梨仔瓜車便要來請他推到一旁去，遇到糾紛也要來排解，但人實在太多了，伊們只好搖頭，有的是只擎著警棍，站在路口，在那裏發呆了老半天。

大致上，瓜仔市場是繁囂而充滿慾念的，凡是到這裏來的人，都好像沈到水底去，看不見什麼，聽到的只是盈耳的聲音，呼吸和心跳都變得困難起來了。

今日的陽光彷彿是故意和瓜仔市場作對似的，攀上了路邊那三兩棵巨大的粿葉樹的頂端，便開始赤猛起來，照在瓜仔市四周亂糟糟的屋頂上，馬路的柏油騰蒸著一陣陣的熱氣，赤腳的人都趕快把布袋或稻草舖在地上踏著，他們縮著頸子，頭殼都命想往斗笠裏去躲藏。但他們心裏都高興，因爲唯有好天氣，他們的梨仔瓜才會賣到好價格。今天大約是開市的五天後，價格升到一斤三塊錢，好極了的一個價錢。

蕭笙很早就來到菜市場了，照我們前面的敘述，蕭笙總是在打牛湳的人未醒時就跑到田裏去，所以半夜時就把瓜果摘好運到這裏來。自然他停放的位置不會是在一、二公里遠的馬路上，而是停靠在秤子附近，商人都在這裏，佔盡了地利人和。蕭笙的載運梨仔瓜方式和蕭貴是不一樣的，蕭笙有一輛一百ＣＣ的鈴木機車，便把它當牛用，將手推車的柄子繫在後頭的貨架上，人騎上去，叫他多嘴的妻子坐在上面，便歪歪斜斜地衝著馬路來，彷彿二次大戰影集裏希特勒的摩托車部隊。從打牛湳到崙仔頂的路途還算不短，現在都舖了柏油，除了破洞外，大致還暢通無阻，路的兩旁都是稻田和漂滿浮萍的溝渠，還有幾處的公墓。蕭笙有一次撞車和二次跌倒的記錄，但無大礙，只有一次他跌到公墓的洞裏去，一時間梨仔瓜散了整個墓地，伊爬起來，便看到口袋裏塞了兩支肋骨，爲此他不高興了很久，他一直懷疑一定有人把骨頭放在他口袋。聞一聞渾身的墳墓味後，突然想到鬼，但不高興只是短暫的，隔陣子，他又和藹溫煦起來，並且路過公墓時，還向著墓碑微笑著。

笙仔把手推車的肥料袋子掀開了，經過幾次洗刷的梨仔瓜黃澄澄的，溫煦和平的。他便盤起腿，坐在車沿上，拿起斗笠不停地搧著，伊肥胖的身子微微地搖晃，像受了母親溫慈所感召的兒童一般，無端地嘻笑起來，他的妻子在旁邊和一大堆的洗衣女伴嘀嘀答答地聊上了。若談起笙仔的妻子，在打牛湳是有名的，因爲在近代的打牛湳大約還找不出這樣善於生育的女子，她好像一年到頭都在生育，七年前和笙仔結婚，現在已經五男一女了。

馬路邊開始有人熙攘起來了，原來一輛遊覽車撞翻了一載梨仔瓜，那個農友便叉開手來站在車前來擋住，一面朝玻璃裏的司機咒著三字經，還要他來賠償，車就像一只游不開淺水的大肚魚。警察開始揮動警棍，哨聲像一支射人的箭，擋住路的人都要把車移到一邊去，但又被旁的車來擋住了，旁邊的人又要移開，於是整個的馬路都扭動起來。遊覽車上坐的人彷彿都是紳士小姐們，伊們的頭都伸出窗來，都要來購買零賣的梨仔瓜，於是打牛湳和十二聯莊的人都拚命想搶到窗口去，一時間秩序大亂。

這時瓜仔市的擴音器便喊叫起來了：

親愛的農友，親愛的農友，請大家要讓路，不要妨礙交通，要遵守公共秩序……

笙仔看得很愉快，他是最喜愛一大群一大群的人了，他也喜歡熱鬧，從來不爲人多而心煩。比如他不以爲六個孩子叫人心煩，他用方向來命名，老大蕭東，老二蕭西，老三蕭南……等等，若米吃光了，他的妻子吩咐他去借，他總還是笑藹藹地立起肥胖的身子，用溫吞的步子來到別人的門口邊：「向你借斗米啦。」他說話從來都是微笑的。別人也知道他有借有還，便從不曾爲難他，他也很高興能用借米的機會來和大家聯絡感情，重要的是他對人實在感到興趣極了。

他坐著，看得津津有味，善良和煦的心像春潮一樣，漲滿了情趣，一滴汗不經意地流到他的前額，鹼鹼濕濕地掉在他的眼底。他用手揉揉眼睛，便在模糊的視野中，看到空中和電線上的一群厝鳥，他們都悠閒地在那裏翻飛跳躍，笙仔不禁想到他一向的宿願：在他老時，那時他的髮白了，走路拿著杖，他的小孩長大了，他一定要在自己空曠的田地裏蓋一幢大豬舍，養一大群藍瑞斯，他要坐在藤椅上，喝著兒媳們泡好的茶，然後望著四邊的田野，望著豬舍、天空、厝鳥，呼吸著帶有糞香的空氣，然後沈沈睡去……睡去……

「喂！多少賣給我？」

忽然他手肘被碰一下，睜開眼睛，才看到一個瓜販喚著他。哈！睡了一會兒！他尷尬地笑起來。

太陽都升到十點鐘的位置了。

「嗯嗯。」他溫吞地伸一伸筋骨，咚一聲跳下來，地都震動了。

「等得不耐煩，是不是，天都熱起來了。」瓜販故意指著太陽，又俯身下去，翻攪起伊的梨仔瓜。

笙仔一見商販來了，便振作起他的精神，他雖很和煦，但商人可是很聰明的，不小心就要吃虧，笙仔想起前幾天上當的事實。

原來開市的第二天，大家一時間都還猜不透瓜仔販的心，因爲彼此都不熟識，那天太陽也是赤烈，到十點多販仔才開始購買，剛採在季頭的梨仔瓜都很漂亮，笙仔就準備賣一個好價錢。剛開始，一個販仔走到跟前來，也不看看笙仔這批貨，便說：「你的梨仔瓜不好，只賣二塊五。」

笙仔和他的妻子都嚇一跳，不知道他是什麼意思，當時大家都賣得很囂鬧，隱隱中聽到有人喊三塊錢。

「賣不賣？」商人又問。

「不賣。」伊的妻子說。

商人便跑了。

那時太陽赤燄燄，大家都想趕快回去，整個市場繁忙動亂，但商人眞會算計，伊們只是在那裏拖磨著。

大約又過二十分鐘，又有一個瓜販走來，也不看他們的梨仔瓜，便說：「你的梨仔瓜不好，只賣二塊三。」

笙仔摸摸胖胖的後腦勺，想著，等二十分鐘沒賣得更好，價格反倒下跌了。他的妻子便嘀咕起來，這款的市場，一點準則都沒有！又過了一刻鐘，忽然又走來一位年輕的販仔，伊也是不太用心來看梨仔瓜的，他又說：「不好！只賣二塊錢。」

笙仔的妻子終於生氣了，她把聲音提高到最高點，說：「不賣！」

瓜販又走了。

但日頭愈發潑辣，太陽攀在頭上，如若沒法儘快賣去，中飯煮不成，小孩都要餓肚子，他的妻子一急躁，反而責怪起他來了。

「你只是貪小便宜，二塊五不賣，現在只賣二塊，都是你的貪心害了自己，白等二個鐘頭。」

笙仔有口難言，只好張開嘴巴，藹藹然笑著。

又等半個鐘頭，理應是吃飯的時候了，很多人賣完了都準備回去，卻沒有一個瓜販到他這裏來。這時又來了一個商人，在旁邊逡巡著，仔細一看，原來是第一個來開價的那個商人，笙仔的妻子趕快叫住他。

「怎麼？」那人便把手插在口袋，像電視劇裏的歹徒一樣，啣枝煙說：「要賣給我了？」

「對。」笙仔趕快說。

「哦，你們現在想通了。」那商人斜著眼笑道：「但是現在不是二塊五了。」

「不用二塊五。」伊的妻子搶著說：「二塊三就好。」

「好。」商人把臉扶正，義正詞嚴地：「好，推去吧。」

商人終於給了他們估價單，笙仔笑得直合不攏嘴來，好像賺了非份的錢一般。

但據後來一些人說，原來這幾個商人是串通好一齊來唬他們的，其實那天的梨仔瓜都賣三塊錢。

然則，笙仔沒有責怪誰，他想三塊和二塊三，只差一些罷了，若小孩不慎生了病，一花就盡了，多賺少賺是沒有必要計較的，有朝一日，有朝一日（也許是花白了頭髮那一日），他要來造一棟大豬舍，飼養著藍瑞斯來度晚年，那時賣梨仔瓜的事就會忘得乾乾淨淨。想一想，他又高興起來，還是歪歪斜斜地拖著梨仔瓜到市場來，還是坐在原來地方，還是想望著，吃虧的事只像船過水無痕般地消失在伊平靜的心湖中。

但是，今日這個商販可不像前日那幾個詐仔，他可是很認眞來挑選的，一顆一粒地看，仔細到底地看。

「大仔，」商販用這樣的稱呼來叫笙仔：「還是不整齊啦，有好的，有壞的。」

商販說著，不知道從那裏翻出一個綠斑的梨仔瓜，在空中拼命迎弄著，彷佛一個偏激的老師因學生的一點過錯就要開除他。

太陽並不比昨日小，雖則氣象報告有陣雨，但終於好天氣，陽光鮮亮，活像要烤剝人。

「頭仔，你莫聽人家這樣說嗎？」笙仔雖然沒受過什麼教育，但終於想到一個格言要來反駁老師的武斷，他說：「十個指頭伸出去也有不平齊的，這是正常的。」

「但是，有些實在不能要。」好像要挖出自己的心來，商人又把綠斑的那顆抱在胸前說：「這載貨只能賣到每斤二塊二。」

「嗯，二塊二。」笙仔一聽，懸疑一秒鐘，暗想這個人不會來唬他吧，他說：「你說二塊二？」

「對。」商人說。

「不能再高了？」

「不能！」

「但昨日賣到三塊錢。」

「昨日不同今日。」商人終於跳起腳來，東翻西找，把次等的瓜仔全撿到上面來堆著，下結論說：「今天沒有人敢說你這種貨是入流的。」

此時，打牛湳有些人走過來觀看，笙仔的妻子也站到一邊來。

「賣不賣？」販仔掏出估價單來，講課般地說：「今天頭一載買你的，都是犧牲血本的。」

笙仔舉棋不定，看著就要答應，他妻子卻說：「不賣！」

「不賣，嗯？」商人不客氣起來了，他用筆指在笙仔的鼻頭上，說：「你來決定還是她來決定？」

「我來決定。」笙仔的妻子說：「笙仔是憨人，怎能決定，由我決定。」

商人看看衆人，不高興就走了。

太陽又升高了一截。

笙仔看著沒成交，瓜仔被翻得狼籍不堪，他耐心地一個接一個地又撿收回原來的位置，汗都流滿了整個胸前。

「以後再要來翻尋，不要對他客氣，都是一些黑心肝。」

他的妻子罵起來，但是梨仔瓜一經翻攪看起來已經沒有剛才那麼亮潔好看。

隔一會，瓜仔市的景況更熱鬧了，很多人都叫嚷起來，伊們說：「三塊錢啊！又恢復昨日的價格了。」

笙仔聽了高興起來，瓜仔販的行動愈發熱烈了。

太陽又使他們的影子縮了一截。

「喂，賣不賣，怎麼有這樣糟的梨仔瓜！」

這時又有人朝笙仔這邊走來，他說著，定定地瞧著被翻得不像樣的那部份。笙仔一看，就知是一個商販。這個瓜販有一個和笙仔差不多胖的身子，短短的腿，厚厚的眼、嘴、頰，像一只蛤蟆，但眼光像刀子閃呀閃的，粗糙的額頭有一個疤。

「你看看。公道一點我就賣。」笙仔笑著說。

商人可不客氣，一跳過來，又一個個來觀看。全車都找遍了。

「喂，不要亂翻找好嗎？」笙仔受委屈地低聲地說。

「廢話！」商販劈頭便給他一句，他說：「我要買你的貨當然要仔細地看。」

「哦，哦，你看，你看。」笙仔趕快來笑著。

「不高興的話，我就走開。」商販說：「又不是買不到別人的！」

「是是。」笙仔說。

「不用講價，一句話，高興的話就說好，不高興就說不，不用講價！」商人說完，從他繪著大盤龍的襯衫口袋掏出估價單，銳利的眼光往笙仔的臉上看看：「二塊五，賣不賣？」

「可以是可以，」笙仔一聽，興奮一下，因為比剛才高了三毛錢，但想到應該可以賣得更高的，他便說：「但是，但是……」

「但是什麼？伊娘！你們這些種田的，貪小便宜，從來不乾脆，不會做生意硬要裝內行。」

商販跳起來，用著鄙夷的神色來瞧著筌仔，一枝筆在車桿上敲得咔拉咔拉地響。

「不能多一些？」筌仔的妻子說。

「嗨，憨查某，眼睛都放在你丈夫的口袋裏，這樣的梨瓜仔走遍全省都買得到，不稀奇呀！還加什麼價？」商販說。又去翻尋著壞的梨仔瓜，找到一個壞的便把它放在上頭。

「不賣，不賣！」筌仔的妻子也不高興起來，大聲地說。

「伊娘，憨人！」商人說一聲，凶惡地踢了一下車子就走開。

筌仔終於也要蹙起眉頭，和這個商人講價實在不容易，像吵架一般。但他的委屈也只是短暫的，在陽光下，馬上又消失無蹤，他平靜的心湖又坦然無阻。

正等著，又來了一個粗壯的瓜販，這個瓜販看來是四十幾歲，他走到前頭來，看起來龐龐然，穿著短袖大花衣裳，手上露出刺青，他一走到前頭，出乎意料的，很客氣，只望了望他們的梨仔瓜兩眼，便說：

「我可以二塊八買下。」

「哦哦。」笙仔高興得心差一點跳出口腔外，他說：「公道，公道。」

「但是，」粗壯的商販笑笑：「但我是買好的，先講好，壞的我不買。」

「沒關係，這是當然。」好不容易遇到這樣和氣又價高的瓜販，笙仔的妻子很雀躍了，說：「我們也不賣壞的。」

「好，我是先講好的。」商販說：「我的貨車停在農會口的粿葉樹下，你們秤過了，再推去讓我那些幫手揀選。」

粿葉樹下，真遠得很，推到時汗都噗噗地流滿額頭，笙仔一把車子歇了，便跳過來五、六個人，動作可真快，旁邊置放著一箱一箱整齊的梨仔瓜。但他又感到奇怪，這些梨仔瓜都是漂亮的，笙仔的那載梨仔瓜也找不到幾顆那般好的，正看著，那些工人便停手了，伊們不再翻尋，便把車推回這裏來，說：「好了。」

「好了？」笙仔疑惑起來，他看還有半載的瓜仔沒裝進去。

「好了。」他們快樂地笑著。

「喂，莫囉！還有半車咧！」

「那些綠的我們不要。」他們站直著身子來說，有些還把汗衫脫下來拭汗，露出強壯的臂肌。

「你講瘋話咧！這些你不要，我們拿去賣誰？」笙仔緊張了，他說：「好的你都揀去，留下這些幹什麼？」

「我們都買好的。」當中一個說，他纏一條白帶子在腰部，都像電視裏的打手。

「鬼咧！天下那有這種賭贏不賭輸的，都是強盜！」

「你說話客氣一點，我們只買好的，你又不是沒聽我們事先說明。」一個三角肌的也站出來。

「要打架沒關係。」白帶子的說。

「死人！走呀！」笙仔的妻子一看場面不對，她便不敢說，只怕笙仔被欺侮了，就想拉他走開。

「鬼咧！你們都是強盜。」

笙仔的和煦暫時跑掉一秒鐘，禁不住也要叫起來。

□躊躇三叉路

自從貴仔的梨仔瓜沒有包成後，伊便更覺得心底的黑暗了，伊覺得世界果然正如他所想：永遠好不起來的。這點論斷實在不是臆斷，是二十幾年，伊終日在田裏挖土所得來的教訓。

伊於是更加在村道踱著步了，口哨也吹得更響。

這日，空氣窒悶，在黃昏時，伊又穿著破布鞋出來了，但他不再在大道公廟前，他覺得那天在涼亭下的遭遇簡直遇了鬼。大道公附近的人實在都是識見淺薄的，都是受盡瓜販欺侮的蟲豸，不只是一只蟲豸，更好比是瓜販仔腳下揚起的灰塵，伊們終於是無可救藥的。

他於是走到村中的三叉路，其中有一條是通到崙仔頂去的，開張著一家菸酒店和一家腳踏車修理店。

夕陽趁著沒人注意的時候，停在飼鴨頹仔家門前插著的那枝旗篙上。路兩旁的電線桿都發楞地停著，貴仔背起手，這回伊唱著自編的「思想枝」，唱不起來的部份便用伊響亮的口哨吹著，一時間咿咿呀呀，好似一個童乩。

今日，他出到外頭走動，實在不只散散心，伊有一個念頭，伊始終在想必得用一種好方法把那些梨仔瓜賣出去，他不願像笙仔一樣，做個傻瓜把梨仔瓜拖到市場任人宰割，他是聰明的，有別於打牛湳所有的人。

伊就試過一次。

有一天他吃過早餐，便騎著腳踏車趕到瓜仔市去，瓜販都歇在棚子下歇息著，他們都準備來賺一筆錢，貴仔便叫了兩個有貨車的瓜仔販到他的田裏來，一個駕著臺北貨運，一個駕著桃園貨運，轟轟地駛到他的田底來，最後把車停在枯柑桔樹邊，貴仔砸著伊的頭殼，在田梗上指天發誓地說：

「我要來與你做朋友。」

兩個瓜仔販聽了都笑起來。

「我們做朋友。」貴仔主動地說：「人家都說你們瓜仔販和我們沒有好感情，但是這不過是別人說的罷，我們來交易一次，你們就知道我貴仔是容易成交的好人。」

他說完，便在後口袋掏出扁扁的一包煙和檳榔。

若論貴仔的爲人在打牛湳是百分之百遭到反對的，但伊的頭腦有時很靈光，容易想到別人想不到的，貴仔也自己以爲是這樣的，所以來對付兩個商人，伊是頗有信心的。

「當然，當然。」兩個商人聽了貴仔的宣言，便接過菸和檳榔，抽著，嚼著，並且點頭。

「你來看看我這些貨。」貴仔摘一粒黃澄澄的瓜仔說：「都不是假的，我想和你們長久來交易。每天你們用不著到市場去叫價；只要你們願意，儘管把貨車開到這裏來，我們現買現賣，你省麻煩，我也省麻煩。」

「咈咈。」兩個商人便相覷一笑，朝著貴仔破髒的衣服瞧著，久之，伊們說：「你是聰明人。」

「不！」貴仔趕快謙沖來否認。

「和我們做朋友，你是聰明人。」其中一個穿著繪山水襯衫的人說：「我們是講信用和公平的人。」

「我也是。」貴仔抽著菸，把手放在胸口，說：「生意是雙方心甘情願的。」

「所以，由我們自己來摘，不管摘多少，一定給你公道的價錢。」另一個金牙齒的黑皮膚說。

「好。」

貴仔拿出決策的毅力來，咬著嘴唇，把菸丟在地上，用破鞋子踩熄。

繪山水的人看著貴仔答應，把手一招，車內走下一群女工，扛著擔子，佝著身子便摘起來。

五、六分地的瓜園在午時燦燦的陽光時，便完工了，伊們把梨仔瓜洗得發亮，然則，今天這些貨都不很好，一些還是七分熟的，伊們也摘下來，在陽光下青綠著色澤。

貴仔枯坐柑桔樹下納悶，天氣窒熱，伊把舌頭吐出來，散發火氣，像只土狗。

「我們是好朋友。」摘好瓜仔的金牙齒便走上來，拿了一支三五牌的給他，點了火，伊說：「所以我不要論價，二塊錢全賣給我們。」

「哇！」貴仔一聽，忘了抽菸，伊揉一揉眼睛說：「哇，你說二塊錢。」

「是的。」金牙齒把煙灰彈到他的破褲腳上。

「頭仔，」貴仔忙來辯駁說：「你不要講故事好不好，從沒有這麼賤的價。」

「你不知道，」山水走過來：「你看這堆青黃不一的瓜仔，運到市場去，能賣一塊半就好了。」

「你們不要吃人。」貴仔有點火氣，他說：「我又沒叫你們把綠色的也摘下來。」

「但是，我們已經摘了。」金牙齒說。

貴仔於是曉得上當了，他沒想到瓜仔販這款式的番天番地，但又不能不賣給他們。因爲綠果子哪有人要，何況像山一般多的這些瓜仔，三天三夜也運不完到市場去。

「嘿……」山水很快樂地過來安慰貴仔：「我們是好朋友。」

貴仔想發脾氣，但又沒好理由，最要緊的是不能翻臉，所以伊只能把委屈埋入更深的黑暗的心中，在那裏發酵翻滾，滋滋地都腐爛了。

「嘿……」金牙齒也笑起來，他看看上升到空中的太陽，便又說：「我們是好朋友，所以午飯在你家吃好了，不用太好的菜，隨便給這些人手方便就行了。」

貴仔看看青綠的梨仔瓜又看看商人又看看太陽，伊終於認定這世界無救了。

這次的交易立即傳遍打牛湳，大家都來嘲笑貴仔宴請瓜仔販底事實，他的妻子還罵他一頓，因爲經過這次地氈式的搜刮，伊的瓜園元氣大傷，至今還都沒復原。

貴仔想起這件事，便不禁要捏著拳頭對著牆壁呼號著：「蕭貴啊……你這個蕭貴啊……」

他背起了手，從這柱電線杆走到那柱電線杆，又走回這柱電線杆，昏黃的色調逐漸在太陽落山時濃重起來。斜斜的光線在社區的瓦牆上泛耀著，成群的細腳蚊在空中昏蕩地旋舞著，都糾纏在貴仔亂糟糟的頭髮上不肯離去，有一些還舞來爬在伊底臉上，貴仔便伸出手望空抓來抓去。

腳踏車店那頭便響起了吭吭的金屬敲擊聲，在斜陽裏好比是荒旱大地的銅鑼，原來是萬金仔在敲一塊鐵片。菸酒店的人把電視機扭開了，打牛湳的一些人都坐在板櫈上呆看著，有一些小孩和女人讓伊們的赤腳把伊們運送到這裏，醬油、醃瓜、味精、魚乾……分別都送到伊們的手上……馬路便蒙一層淡淡昏黃的炊煙。

這時，國中的一群學生補習回來，嘻嘻哈哈地騎車到這個三叉路口，他們使勁地聒噪著，車鏈卡啦卡啦響。有一個高大、黑壯的三年級學生故意把車子嘩地朝他撞來，貴仔本是低著頭，嚇一跳，便要躲開，但那學生又把車一晃，輕巧地騎了過去，然後叫著：

「掘墓仔！掘墓仔！」

貴仔無端被戲弄，很生氣起來，伊越來越覺得，近年的教育實在是徹底地失敗了。他跳起步伐，要追趕過去，但另一些學生故意騎車來橫擋，幾次他都被擋到路旁去撞牆，那群學生又叫起來：

「掘墓仔！掘墓仔！」

他實在生氣，便唬唬地站在路上喘著。

太陽已全然沈落在地底那端了。

「貴仔！貴仔！」

腳踏車店那邊有人叫起他了，伊回過頭去，看到萬金拿了那塊鐵片朝他笑著，他本來是不要理會的，但想來萬金也可憐，種不到幾厘地，成天總是蹲在家門口那棵青松下來替人修車。他想一想便走過去。

「替我寫字。」

萬金把一桶紅鐵漆拿出來，還拿一支大筆，可笑地佝著伊的狗公腰。

「寫什麼？」貴仔抓著頭不解地說。

「萬金腳踏車店。」伊得意地笑著。

「哦，這是招牌，對不對？」貴仔心領神會地說。

「對！」

「你都想賺錢了。」貴仔不禁打從心底笑起來，伊想不通，這樣破陋的店也要招牌，眞是瘋了，何況現在是機車的時代，不是腳踏車啊！貴仔便說：「那我也要招牌了，我都要在我的門口邊掛一個貴仔梨仔瓜園。」

說完，貴仔偏著頭，表示伊對這種愚蠢行爲的輕視。

「你只要寫。」萬金閃動伊不定的眼神說：「還要加上價格低廉四個字，我要把它釘在電線桿上。」

貴仔一聽，嘀咕起來，畢竟打牛湳已不同於往日了，大家都拚命在做賺錢夢，像萬金這樣渺小的蝦蟇都要化成蛟龍了。但伊們瞭解什麼？伊們瞭解自己的愚蠢嗎？伊想著、想著，便不知道心底何時升起一種黑暗的熱潮，抓起筆在鐵片上龍飛鳳舞起來。

燈，在路旁亮著了，在夕暮中像瘦細人的盲睛。

咔咔咔，又幾聲的響，一輛破腳踩三輪車停在松樹下，跳下一個人說：「車胎又壞了，壞了。」

貴仔趕快抬起頭來，看到的人是鬍鬚李，他也是打牛湳無田地的人，到處打工，今天看來，伊的精神煥發，三輪車上還裝一個擴音器。原來鬍鬚李也是坐享著打牛湳梨仔瓜的利益，每天都到市場去收壞的、破的、綠的梨仔瓜，用他的三輪車載到沙仔埔濱海的漁村去，少說也有二十公里，但鬍鬚李每日來回一周，從不間斷。

「車又壞了，嗯？」萬金趨近車來，彎下伊特殊的腰來查驗著車胎，說：「一定放太多的貨，騎得也太遠。」

「沒辦法啦！」鬍鬚李說：「缺了人來做股東，要不然換個好輪子，二個輪流踩著，也不怕重也不怕遠，一天賺二、三百塊是沒問題的。」

鬍鬚李容光煥發地說，尤其是說到「一天賺二、三百塊是沒問題的」這句話時還加重語氣，貴仔感到莫名地憂鬱起來，這些老骨頭終日在勞動，都只像牛一般地蠻幹，一天賺一百元就樂得像掉了囊巴。

「對。」萬金突然像症頭發作了一般說：「有個人可以跟你去。」

「誰？」

「他！」萬金仔指著貴仔的身上來：「貴仔，他反正一天到晚都踱步，沒事做，田裏的事有伊的妻子來做就夠了，他跟你去。」

「哦，」鬍鬚李把臉正式地笑著，好像要來勸募伊加入一百萬的股份有限公司似的，說：「貴仔若與我去，我願意一天給他一百塊。」

貴仔一聽，不禁大怒起來，伊說：「你要我去做小商人嗎？」

「是的。」鬍鬚李說。

「幹你老爸！我都那麼沒有用嗎？都像你一般沒見識嗎？」貴仔指著鬍鬚李的下巴，發起性來，伊繼續說：「你打死我，我也不會去，我何嘗沒田產，硬要去幹無業的小商販，你莫知瓜販仔有多可惡嗎？嘿，鬼才幹這種沒出息的事咧！」

說著，他已怒不可遏，伊斷然不肯人家來貶低他的身價，以爲他只能幹這種第十等的瓜販仔，都不及金牙齒和展昭的百分之一。伊大怒，丟下筆便走了。

伊的跳腳，在夕暮中像童乩。

□怒在棺材店

雨開始淅淅瀝瀝地下著了，氣象局報告，北部受著一個颱風的影響，天地陰霾得很，許多水果又紛紛上市，梨仔瓜便大幅度跌價了。這是很普遍的事，打牛湳每年就一定會碰上的。

田野裏便搭起了一個個草寮，在野地裏像一棵棵的菌蕈，藉著草寮，伊們可以遮陽避雨。人們在這種陰陽不定的大地上工作，眞像一只只小蟻螻，可愛，辛勤。

一大早，雨聲便把笙仔給喚醒了。伊很快被披著雨衣到瓜園來，伊昨日睡得好，所以心底便存有一個愉快的念頭，他一直思想著：若到晚年，他扶拐杖時，也還要來工作，即使像這個雨天，伊也要拄著拐杖來採著瓜實，若雨太大，他便要坐在巨大的豬舍下，聽著雨聲在屋簷上頭嘩響著，他還要來巡視一群群的豬仔，用拐杖敲敲那些豬腦袋和豬尾巴；然後雨中或許透些陽光，照在伊白鬚髮上，濕氣拂過顏面，伊的心跳和大地一般地和煦，舒緩的，平穩的……

想著，想著，可愛的念頭偶而便跳到草寮上化成一個神仙，偶而便在天空飄盪的雨中飛舞，他歡暢起來，躲在雨衣下的筋骨和皮膚都活潑有勁，這陣雨眞下得是時候。

雨不停飄著，他愈摘愈起勁，扛著的那擔子裝滿了，伊便趕快挑到草寮去讓他妻子來整理，他愈挑愈重，終於沈醉在伊律動的勞作裏。

田野的某些地方終於響起久保田的聲音，這正表示，有些人的動作較爲快捷，都要把瓜仔運到市集去了。

「停一停。」笙仔的妻子在草寮裏看著他又挑一擔青紅不一的瓜仔進來就叫住他：「笙仔，你到底把心放在那裏，都想睡覺了是不是？這種青的你也摘下來。」

他被罵一下，摸摸胖壯了而顯得有點小的頭顱，傻傻笑著，說：「賣得出去就行了，賣得出去就行了。」

「你賣得出去？」他的妻子聽了赫然大怒。她說：「你的頭殼都生蛀蟲了，攏統是死頭腦一個，也不會看看今天是什麼天氣，今天是雨天呀！下著不停的大雨呀！」

伊吃人的妻子拿起扁擔來揮舞，咔咔地都要把草寮給敲垮。

「再摘一些就好了。再摘一些就好了。」笙仔嚇慌了，趕快沒頭沒腦地扛著擔子又要出去。

「摘什麼？」他的妻子啼笑皆非起來，說：「不用了，下大雨，賣不出去，這些就夠了。」

「是的。」笙仔又把頭縮回來，說：「夠了。」

七手八腳，笙仔和他太太便把梨仔瓜裝在車上，騎動了一百CC的機車，碰碰地向果菜市場去。

這天，菜市仍然像往日一般地囂鬧，雖然下雨了，但打牛湳和十二聯莊的人還是一樣地多，再仔細一看，數量好像也沒減少。他們都衝突在二種心情底下，他們認定，在下雨天，價格必然下跌，但伊們也認定，若不摘下來，八分熟的梨仔瓜一碰到雨，隔天便只有爛去。

從秤量場開始，他們仍然哄鬧地往馬路排開去。伊們穿著雨衣，站在車子邊，任風雨吹打在他們的頭上，有些人索性雨衣也不穿，任它淋著衣裳，好比都是一塊塊黑色的巖石，定定地任它風化腐蝕。

笙仔費了一番力氣，才把車子停在馬路邊一家棺材店口，人實在太多了，好心的棺材店老板笑哈哈地要討好人家，他便說：「停在這裏吧，停在這裏吧。」一邊還吩咐助手，把停在門口的大福壽棺材抬到裏頭去，笙仔一看機會來了，踩動摩托車一下子便衝到屋簷下，險些跌倒了，伊的妻子就罵他：「要死了，鑽墳墓都不用那麼快。」棺材店老板笑得更開心，他敞開胸子，拿著扇子搧著，還搬出茶水來請大家。

這次大約是笙仔到瓜仔市最晚的一次，主要的是泥濘的路太難走。平日天乾地燥，他用機車來拉是沒問題的，但逢著下雨，便沒辦法了。打從土地重劃以後，漫漫的田固然給劃割得像豆腐，但新修的路卻沒整理，全打牛滴的農路只要下過一陣雨，便爛成一堆泥巴，車輛人馬在上面，便好比是一只蒼蠅擱在黏漆上。

但這些他都不在乎，他很快樂，他感覺盡力氣來拉車子是快活的罷，尤其是拉不動的時候，突然拉動了，車輛在泥濘中滾動，嘩嘩地整個人愉快得像騰空一般，和晚年時睡在豬舍邊大約是沒兩樣的。所以這世界便用不著你來計較，休息的時候是快樂的，勞動的時候也有它的快樂，甚至伊也相信，餓肚子的時候也是快樂的。

哇！他想，一切都很快樂！

附近停車的人都跑來避雨，他們三三五五坐在棺材板上，用眼睛來盯著自己運來的梨仔瓜，準備若瓜販仔來觀看便要衝出去喊價。

時間便在斜斜的雨勢中慢慢地過去，馬路上瓜販一點動靜也沒有。

中午到了，雨勢小了，很多炊煙從崙仔頂周圍的房屋冒升上來，瓜仔市異樣地擾動起來，因爲大家的肚子都餓了，便各自要尋找吃喝的，賣麵的攤子到處亂轉。

笙仔的妻子便發脾氣了，他指著笙仔的頭殼說：「就知道沒人要，下雨了，還有人買嗎？不摘還好，你偏摘得這麼多！」

「我那裏曉得。」笙仔趕快笑著來辯解說：「其實大家都一樣。」

「什麼一樣？」他的妻子說：「全打牛湳的人都去尋短路你也跟著去嗎？你就是一個頭腦死寂寂的廢物。」

「再等一等啊。」笙仔說：「再等一等。」

「我先回去煮飯給那群小孩吃。」伊的妻子說：「若賣不出去，你自己拖著車子回來。」

伊的妻子說完，慌得三腳二步就跑著去了。

然則，這情況還沒轉變，一個個的販仔都躲著不肯出來，他們都像玩猴子的人，他們深知下雨天的打牛湳和十二聯莊是最焦躁的，一則面臨瓜價下跌的命運，一則又面臨瓜仔腐爛的劫數。伊們要等到這批老骨頭來央求伊們廉價兮兮地購去，讓老骨頭淋夠雨，把價格淋成一斤五毛錢！

就在等待中，僵持中，雨又下起來，時間過了午後三點。

突然秤量場那邊有人喊起來了，警察的哨音嗶嗶響，人潮像水般動盪起來，有些人喊著：「吵架了！吵架了！」

原來是一個瓜販和一個打牛湳的人吵上了，在秤量場那邊用牛椿來毆擊著。

棺材店避雨的人也不耐煩起來，他們站到馬路上去，便大喊：「伊娘！老躲著不來買梨仔瓜，還要打人，什麼意思。伊娘，打！打！」

說著，他們便要去搶棺材店的木塊。

路上的人紛紛也都搖動起來。

「找伊們理論去，這種吃人的瓜販。」

警察的哨子響得更大聲了。

笙仔知道，今日要賣去這載瓜仔非等到夜晚不可了。

□石城的謀略

雨繼續下著，打牛湳的小柏油路上開始生一個個淺淺的水渚，許多霉爛的瓜仔都從田裏摘下來，有些拋到路上，每年的這時候也就是小鴨子最快樂的時候，它們沐浴在細雨中，儘情地來啄食拋棄的爛瓜仔。

這一天，客運的站牌下站了一個人。他穿一件縐襯衫，登一雙白鞋，那破洞的布鞋一浸了水，濕漉漉地像一團爛破布，這個人大約是心煩意躁，踱起方步，濕鞋子便窸窣地作響。

他也知道要擎一支壞了的黑傘，任憑傘骨亂糟糟地掛在他底頭上，遠遠望去，雨中的這個人便像小雜草上赫然開一朵莫名的大黑花。

路上的人看了，都笑著。

但伊可不是來開玩笑的，伊是頂眞的，伊正正式式要上到城裏去謀求解決之道，伊是打牛湳最聰明的人，不會搗著嘴巴任別人來糟蹋，伊是貴仔！

原來貴仔這幾天在風雨中也是經過艱難困苦才把瓜仔賣出去的，他也都參加了抗議的行列。比如說有一天，大家亂糟糟地在市場囂鬧，橫豎大家都在激動中，伊毫無顧忌地呼喊著：

「伊娘咧！這個縣農會的人都死光了，沒派半隻蒼蠅來約束這批瓜販，硬派警察來管制我們，我們豈都是憨人，一年到頭，操勞筋骨，如今又要勞心，我們都是一個個傻瓜……」

他大聲叫著，只見他手舞足蹈，旁邊的推擠的人看到出現這樣猛惡的人，便讓出路來，貴仔看到人看他，便把頭砸得厲害，但又找不到適當的語言來表達他的忿怒，所以伊最後只叫喊著：

「揍死那些狼心狗肺的東西，揍死伊們！」

他叫著，跳到車上去指揮，但人群大亂，他在那裏舞動著，很多人都只把他當成一個賣冰的小孩。

勉強地賣完梨仔瓜，伊便回到家來，躺在柴堆上，大大地生起悶病，他黑暗的心潮洶湧澎湃，按按肚子，發現硬硬痛痛的，便以爲什麼硬化了，趕快到外面走動，外頭的庭院雜生著一簇蕃石榴，有幾顆黑枯的果實掛在枝椏上，像他硬化的心一樣，幾隻雀鳥還在枝頭翻躍著。

「伊娘，我便不願做人，都願意變做一隻雀鳥，起碼也還逍遙自在。」

貴仔呼號著，這時他聰明的腦袋閃一道靈光，他想到對於瓜仔市的販賣方式他是很絕望的，不如直接把自己的梨仔瓜載到鄰近城市的商店去，他想到以前唸高農的石城。

因此，他今日來搭車是基於他謀略的一部份，與往日的盲目的行動有所不同。

然則，今日他在等車的心境卻更黑暗了，頭腦一直誕生一個個黑黑的泡泡，一冒上來就破掉，破掉又浮上來，醫生曾說他是貧血，但貴仔自己斷定不是，體力不繼倒常有，貧血是不可能的，但他有昏聵的感覺。

咔咔咔一輛冒煙的客運顛躓地停在他的面前，他把傘收住，像隻老鼠般竄上去，揀一個最後面的座位坐下來。車掌一看他，便躊躇一會兒。她彷彿在說：「世界上也有這樣黑瘦髒亂的人麼？」

貴仔懶得思想，只舔舔乾癟的嘴唇說：「妳莫須看我，以前我都在城裏唸書哩。」

說著，便沉沉浸在濕黏黏的感覺中，伴著搖動的車子嘩嘩地睡著了……

城裏也下著雨，市場裏也亂哄哄的，商店都要撐著大大的招牌來顯耀它底威風，大夥兒都跑來購買吃用品，許多穿拖板的城底人都圍在攤邊來揀水果，在這個多雨的季節裏，水果卻也是一大堆，蘋果、水梨……有些女人都不顧她的身分，胡亂來開價，一趁大家不注意，便偷拿一個放在籃子裏。貴仔背起手，在旁邊踱著方步，但又怕人家起疑，以爲是無所事事的小偷，偶而便也要擠進去，裝著要來購買的樣子。

然而，貴仔的憂鬱都是無限量的，這些瓜果都是很貴的，因爲不論什麼東西，只要弄到攤子上就都昂貴，但從沒有人想到在田野裏，那些瓜果都沒人要，伊自言自語地說：「城裏的人也還是笨伯一個，都買這樣浮漲著價格的東西，若要我做城底人，我是不幹的！」

終於伊便在吵鬧的一家大水果店停住了。

這裏是市場外頭，商店的人都用著很多顏色的碎紙條來裝襯水果，還擺了幾面鏡子來烘照，使人分不清他賣的水果是多是少，是好是壞。貴仔想，若能賣給這種大商店便好了，重要的是若能與它訂個契約豈不更妙。

正觀看著，店前竟有二個赤腳的人指罵起來，他們都淋著雨，一個左邊面頰有些泥巴的人把袖子捲起來說：「我只要兩塊錢，全部都賣。」說完，便指著他後頭機車的一筐梨仔瓜。

「我不要兩塊，只要一塊八，我就通通買。」另一個嚼檳榔的說，指著後面拉住的一個小堆車。

「伊娘！你跟我作對是不是？」有泥巴的那個叫起來，揮起他的拳頭說：「十天來老板都買我的，現在你硬要搶我的生意。」

「但是今天是我先來的。」嚼檳榔的也不甘示弱地把他的斗笠摘掉，檳榔嚼得嘖嘖響：「生意是自由的，豈是你的專利，老板買誰的，由他來決定。」

很多人都好奇地在雨中觀看，貴仔一眼就看出那兩個人是打牛湳和十二聯莊的人。

「你願意這樣來傷害自己人的感情嗎？」有泥巴的人終於震怒起來，他準備要打架了，說：「我是不怕誰的，若我發脾氣起來，就是縣長，我也是不認的。」

「我也不是好欺侮的。」嚼檳榔的也說：「要打就來吧。」

「駛你娘！」泥巴的衝過來了。

一些人擋住他。

「駛你娘！」嚼檳榔的推開人，也要衝過來。

貴仔一看，就知道自己又落後了，他的想法終於是不能實現的，因爲早就有人把梨仔瓜運到這個石城來了，他的心一下子就沉到十八層的地獄去，伊感到這個天地都在縮小，他想找一個縫隙鑽進去都不可能，要當一只蟑螂和一只螞蟻都是困難的。黑暗的心突然湧升一種激越的黑流，使他昏眩卻也使他勇猛，他便跳上去，叫著：

「你們都是愚昧的牛，都不曉得自己的悲哀麼？還要吵些什麼？世界都在擠壓你們，你們卻拚命擠壓自己，都是愚昧的笨牛！」

說完，一個昏黑，立地不穩地摔在地上。

□問罪大道廟

咯咯的擴音器聲響在大道公廟庭，雨後的打牛湳在夜晚下竟然還有一片月牙，星子都在空中，像剛從水裏打撈上來的寶石。

一盞燈挑在廟階的龍柱上，庭前置了桌椅，在昏黃的燈光下，伊們都要來開一個瓜果會議。廟裏的烏沉香煙在五顏六色的燈光下裊裊地繞。

這是打牛湳的慣例，往年以來，凡是瓜果季，伊們都要來祈求大道公的幫助，給他們好收成，所以大道公廟的委員會便提議凡是瓜農都要奉獻一點金錢，一則可以翻修廟宇，再則可以維持香火，在會中都要來決定這種事。打牛湳的人都坐在椅子上談話，伊們把腳抬到椅子上放著，香煙抽得忽明忽滅，蕭家兄弟當然也來了，坐在最前排。

主席是主任委員，也是打牛湳的鄉民代表，他穿著潔淨的天鵝牌襯衫，戴著圓圓的眼鏡，拉拉脖子上的領帶，拿一個麥克風，就要來聲明大道公的功德，他說：

「各位村民來這裏，我們的大道公是要感動的，祂會保佑這場雨趕快過去，但是我們收成卻不要忘記大道公都是無暝無日來保佑大家的。」

打牛湳的人一聽，把頭仰起來，聒噪地往大道公廟裏面瞧，伊們都想到歷年來蒙受大道公的恩惠，實在感謝。

主任委員停一會，又說：

「但是各位不要忘了，大道公廟都還破舊啊！你莫有看到門上那兩幅門神的油漆都斑剝了，這要對不起大道公的。」

大家一聽又一陣聒噪，他們平常都看到大道公的破舊，只是想不出好辦法罷了。

「對的，」看顧大道公廟的花鼠仙一聽到主席這樣說，伊便用跳乩童時的神態從人群中站起來，他佝著哮喘的身子來說：「你們沒看顧這座廟，全然不懂得這件慘烈的事，每日天一透亮，我都要來打開櫥窗把大道公的衣服整理一次，但打開衣櫥時，總發現了老鼠。」

「喔。」打牛湳聽了，詫異非常，伊們從不曾聽到大道公廟裏有老鼠的事，他們都罵道：「伊娘！」

「我本來要除掉這批老鼠的。」花鼠仙聲色俱厲地說：「但沒鼠藥，大道公廟的經費不夠。」

「哦……」打牛湳都點頭，把煙絲抽得更明滅。

「有這樣的事？」李來三站起來，他主持正義地說：「若買鼠藥由我負擔好了。」

「我也負擔。」李鐵道也站起來。

「大家合力來買捕鼠器。」更多的人都站起來，一時間嘩嘩地都談著話。

「感謝大家，感謝大家。」主席把眼鏡取下來，揉一揉昏花的眼，說：「但問題尚不止這一端，你們沒看到廟頂那些瓦片如今都破碎了，那些雕塑早剝蝕不堪，厝鳥都跑到裏頭去築巢。所以翻修廟頂是第一要務。」

「要修廟頂？」李來三又站起來，虔誠地說：「多少？」

「是的，要多少？」忽然最前排也有人站起來，伊用肥胖的身子來站在廟庭上，像沒頭沒尾的牛，大家注意一看，知道是蕭笙，他又咿呀地說：「若一兩萬沒問題，每人只掙一天的梨仔瓜的錢湊起來就夠了。」

「對!對!」大家都點點頭，爭相來認可，有些人就跳到主席座位上要來替主席點煙，表示他們支持到底的決心。

「大家肅靜。」主席把手舉高要大家不要吵鬧：「修廟的錢不多，若一個人負擔就多，若大家合起來便少了，要三十萬。」

「什麼?」李來三嚇一跳，說：「三十萬?」

「三十萬。」主席說。

「哇!」打牛湳一聽都放小聲音了，慢慢沒人講話。

龍柱上的燈搖呀搖的。

隔一會，李鐵道站起來，沉沉地說：

「我們沒有錢呀!梨仔瓜都沒賣多少。」

打牛湳一聽人家說，便又恢復聒噪，伊們這刻便真切地想到自己實在沒有錢的這一件事實。

「是啊，賣梨仔瓜都像在拚命。」

「各位不用驚慌。」一個委員馬上站起來說：「這筆錢我們可以慢慢來籌，日積月累，便有了。」

「對。」主席也說：「今日並不是要各位一下子拿出這麼多錢，只是慢慢來。也許等一段日子，錢夠了，再來修理。」

「哦。」打牛湳便放心了，伊們又繼續抽起香煙。

「所以，」主席又戴上眼鏡，說：「所以我們要來募捐。」

「什麼募捐？」李來三聽了便問。

「就是各人先說要拿出多少錢，我們在登記簿上先記下，然後等你慢慢把錢繳齊。」

主席一面說一面從桌子邊拿出一本簿記來晃著，上頭寫著：「樂捐簿」。

大家一聽要拿錢，便覺得不好玩起來。伊們都縮著頸子。

「各位不用驚慌。」主席便又說：「大道公都在這裏做證，凡捐出的，大道公都會感謝，一定不會讓你們吃虧。」

一個委員也站起來說：「大家都爲了自己的鄉里來奮鬥，好歹都是打牛湳的光榮，你們若不敢決定，由我開始，我決定捐二千元。」

說完，主席便拿起筆在紙上記下。

「哇！二千元。」打牛湳都叫起來：「一千斤梨仔瓜哪。」

「我捐一千元。」花鼠仙也說，跳起伊的腳，衝到面前來。

「哇！五百斤的梨仔瓜。」

「我當主席的也捐二千元好了。」

伊們七腳八手，便爭相登記。

「伊娘！」李來三也叫起來，他一向是窮困的，但這時受了委員們的感召，也說：「我捐五百。」

「三百！」

「二百！」

打牛湳熙攘紛紛，都震動廟庭了。

吵一陣，天更夜黯了，黑龍仔蟲都在廟庭周圍的角落裏唧唧地叫起來。

捐好的都坐定了。

忽然主席站起來，便謝謝這些人，之後突然指著一個人。

「喂，笙仔，你還沒有捐。」

大家聽了，頭一轉，看著他。

笙仔慌起來，他想到捐太少不好意思，捐太多又無能爲力。

「我不知道要怎麼捐。」他說。

打牛湳的人都笑動了，天下竟有不知道如何來捐錢的。

「笙仔剛不是說要捐錢一定沒問題嗎？」李來三說。

「沒辦法，幾千幾萬我怎麼可能？」笙仔看看大道公廟，又望望裏面的神像，很不好意思。

「你捐二千好了。」主席站起來說：「和我們一樣。」

「二千嗎？」笙仔一時間頗爲躊躇起來，伊想到實在是有困難，一年半載都掙不到這筆錢，他慢慢呑呑地不知道怎麼答，幾幾乎要說：「好。」

「慢著！」

忽然有一個人從蕭笙的身邊竄出來，像巨大的蝙蝠，伊站出來，叫著：「你們儘是在胡鬧，都是一群不懂輕重的老骨頭。」

大家嚇一跳，便知道貴仔站起來發議論了。

「你們就不會討論怎麼地把瓜仔賣出去的事嗎？只會做些蠢事嗎？修什麼廟？梨仔瓜賣不出去修什麼廟？你們一世人只做憨頭，駛伊娘咧！會議是用來宣揚理想和決策緊急的，不是做這些鬼怪的事啊！」

打牛湳一聽便鎖起眉頭來，但伊們都陶醉在樂捐中，沒時間來理會他。

「這個愚昧的打牛湳，還能與它爲伍嗎？」

貴仔叫著，便拖著笙仔一起走到會場外了。

夏蟲在燈光下鳴響得更熱烈。

□決戰沙仔埔

一般來講，打牛湳周圍的鄉鎮都是較富庶的，但若往西走，便是海邊，打牛湳天未亮時，常可以聽到小販喊著：

「蚵仔！蚵仔！」

阿巴桑們都要揉揉惺忪的眼睛來購買，固然如今蚵仔價每斤高達六、七十塊，打牛湳是吃不起的，但若嘴饞起來也買它三兩尾，擺在桌上看著過癮。

這個出產仔的地方叫沙仔埔。

沙仔埔大半還是沙地，到處種植著蘆筍，鹼苦味的木麻黃都瘦細著針葉立在道路兩旁，一逢大風，漫天風沙便滾將上來。這裏的人也養魚種蚵，但不像打牛湳那樣死心眼，他們很早就一家一家地遷到北地去，留下來的都是無奈的靠海吃飯的人。

這天，太陽煎烤著大地，魚腥味和海羶味擴散在這個漁鄉，村路上飛舞著蒼蠅，聰明的沙仔埔人都拿水來潑在他們的門口，一逕躲到擦得一塵不染的廳堂上去看電視。

便在此時，有兩個人，踩著一輛三輪車來了，車上堆滿梨仔瓜，上頭綁一個擴音器，他們輪流踩著，不停拭著汗，一個大約是三十幾歲，滿面鬍鬚，另一個也是三十來歲，穿一件破襯衫，頭髮糟亂得像稻草。

這就是鬍鬚李和貴仔。

原來，貴仔終於不得不走上最後的一步了，他把一切的方法都試光了，從石城回來後便無計可施，時常發呆坐著，飯也不吃，只用姆指來撐住下巴，伊不斷詢問他的妻子說：「我們束手無策了麼?我們束手無策了麼？」他妻子看到貴仔快要瘋了，只好安慰說：「你不用動心思，反正別人也不笨，你想到的別人都想了，你只須規規矩矩把瓜仔運到市場去，別人能忍氣吞聲，我們也能夠。」貴仔只喃喃地問著：「是麼?是麼？」但是，老天既然賜給貴仔那顆聰明的腦袋便有它的用處，就在雨停了，陽光普照的時候，他叫起來：「有了!有了!我想到了!想到了！」

伊終於找到了鬍鬚李，他言明，他們合夥一齊做生意，用鬍鬚李的車子來運他的瓜果，擬定儘找荒僻的村子去賣，伊不相信只有城裏才吃梨仔瓜，這是大衆化的瓜果，也應該大量推銷到鄉下來。

今天是第一天，氣溫高昇，伊們運了二十幾公里，後頭的梨仔瓜堆得天一般高，伊們負荷過重，腳都要踩痲了。

他們把車子停當在一家雜貨店前，很多的人在這裏削著甘蔗，甘蔗渣散得一地，蚊蠅嗡嗡地亂飛舞，許多阿巴桑和營養不良的小孩都乘涼休息，呼呼的熱氣直使人發昏。

「到了。」鬍鬚李勉強振起精神說。

「到了？」

「到了。」鬍鬚李重重點頭。

「你有自信嗎？」貴仔露出還不敢相信的神色，他想，畢竟他自己是閱歷廣闊的人啦，這世界總是好不了的，有那樣的地方便有那一種黑暗，伊不信鬍鬚李能變什麼把戲。

但這是第一次，出師第一回，伊也不禁爲之興奮起來。鬍鬚李在跳下車時便開始微笑了，雜貨店的人看到他也圍過來，於是鬍鬚李便發揚伊的氣魄，他把擴音器扭開，抓住麥克風，大聲叫著：

喂，賣梨仔瓜啦
賣梨仔瓜的人來了啦
不甜不要錢
有甜不加錢
每人試一試
清涼又解渴
好消息啊
好消息啊
打牛湳的梨仔瓜
教你吃法第一步
去皮剝子洗乾淨
放在冰箱十分鐘
又脆又涼好口味
勝吃仙丹和仙桃

鬍鬚李像鬼附身地大嚷，貴仔擦著汗，覺得鬍鬚李的擴音器聲刺斷了伊的神經，痛痛麻麻的。

嘩然，沙仔埔的人都走出來喧嚷。

「喂，鬍鬚李，昨天買的梨仔瓜都不能吃呀！」一個風沙眼的阿巴桑不客氣地翻尋著說：「白花了十塊錢。」

「就是，我買的全是爛的。」一個鷄窩頭的也把她的尖嗓子放到最大聲。

「哦，哦。」鬍鬚李趕快來安撫說：「今天我一定補償你們，今天的貨一定好，這些不是沒有人要的那種壞的、綠的、白的；這些是直接由貴仔田裏摘下來的，哦，來來，我順便介紹你們知，這個人是我的新伴，叫貴仔，梨仔瓜就是他種的，伊是打牛湳的梨仔瓜王。」

「哦，貴仔。」阿巴桑便開始打量他，望著他的破襯衫詫異著，小孩也開始盯著他的白布鞋。

「是的，是的，大家不要客氣，指教，指教……」貴仔裝出笑容來，一生中只有這一次的笑容。

「這梨仔瓜是你的？」風沙眼的查某問：「多少賣給我們？」

「我這些可都是好的。」貴仔說：「和市面上的沒兩樣。」

「正是。」翁鬚李幫腔說：「都是外銷的。」

「嘿……」貴仔點點頭，感到欺騙的荒誕，又覺得不自在，他說：「我們就實實在在地講好了，我依瓜仔市場價格八折來優待，只賣一塊八，怎樣？先揀的人佔便宜。」

「哇，太貴了。」他們一聽，都歇了手，說：「我們不敢買。」

貴仔一聽，頗爲不悅，若賣不到一塊八，他還辛辛苦苦地採來做什麼。

「喂，貴仔，」翁鬚李趕快過來小聲說：「伊娘，你瘋了，這是沙仔埔，不是市場，我以前最多只賣一塊錢的。」

「什麼？」貴仔叫起來，他說：「但是這些都是好的貨啊！」

「唉！好瓜仔到了沙仔埔也一樣。」翁鬚李說：「反正賣得出去就好了，賣得迅速、愉快、輕鬆就好了。」

「是麼？」貴仔聽了，捫著自己的胸口問起來：「賺一、二塊都那麼難麼？都是那麼難麼？」

喂，好消息報你知

賣梨仔瓜的人來了啦

不甜不要錢
有甜不加錢
每人試一試
清涼又解渴
每斤五毛錢

這天，沙仔埔的叫聲是那樣嘹亮，但最後一句好似中氣不足，好比是重內傷的人所呼號出來的一樣。

□趣事的迴響

梨仔瓜季節過一半了，打牛湳的人都奮力忍氣地要做最後的努力，如果價格好就一定賺錢，如果價格壞就僅掙夠本錢，每年就都是這樣的。

這天清晨，笙仔把一大籮一大籮的梨仔瓜扛到馬路上來，伊的梨仔瓜在過了季節一半以後終於沒人要了，伊便準備把它晒成梨仔瓜乾，或許醃久了，等冬天一到，拿出來炒鴨蛋，也是一道可口的菜吧。他快快樂樂地對四周的景物來微笑著。

但就在這時，伊瞧見他們蕭家的壁上，還有打牛湳的告示牌上，柳樹幹上，社區牆上都貼了一張張的紅紙黑字，像光榮的大標誌，上頭密密麻麻的寫著一列列的條文，大家都以爲是縣政府的公告，但後來打牛湳的人知道了，這些字是建議要改革崙仔頂的瓜市場的，還要鼓勵打牛湳的人團結起來打商販。

隔不久，蕭家兩兄弟就被請到警局去了。

打牛湳知道了，便聚在大道公廟的柳樹下來談這件趣事，談到高興時，伊們便咿咿呀呀地叫著，有些人則背起手，砸著頭，說：幹！黑暗的打牛湳。

談著，伊們哈哈地笑起來。

打牛湳村系列 2.

花鼠仔立志的故事

⓪入話：一種不朽的人物

〔燕仔飛簷前〕

燕仔飛簷前
無妻十八年
衫也破，褲也破，無妻真罪過
鴨卵煎赤赤，無妻可人食
燒酒溫燒燒，無妻可人嫖

這是一首很古舊的民歌了，或者是十年前，或者是二十年前，或者是五十年前，或者一百年前它便這樣地吟哦在民間，大約它是用來諷刺臺灣舊社會的畸零人。唱著唱著，我們便要想像到：在那個不很富足的農業時代裏，有一個人既無家也無妻地流浪著，他當然衣衫襤褸，孤苦伶仃，因此又有一首童謠這樣地唱著：

蓬蓬拆，肩頭破一裂

他的口袋裏可能常常一文不名，生活便要靠著別人的施捨了。但別人家有時並不存著憐憫心的，那麼就只有自己來了，比如看到那個地方迎神娶妻，便厚著臉皮走進去大吃一場，所以又有一首歌謠這樣唱：

土地公，白目眉
無人請，自己來

最後他終於要變成一個徹底的遊棍，整天在道路上撿拾著食物，便又有一句歌兒說：

飫鬼、飫鬼，拾蔗蕊

意思是說沒有錢買東西，只好去掇拾別人吃剩的甘蔗渣了。時間一久，那怕你這個人多麼愚頑，便都要成了一隻光怪陸離的飛禽走獸。通常大家對這樣的人都是不諒解的。這種人非但不事生產，況且沾染一身卑下的罪惡，比如喝酒、嫖妓、賭博、偷竊等等，小孩子一看到他們，甚至都要用很土很黃的話去咒罵他了：

大頭旺仔，博輸賭
買膏藥，貼卵鳥
卵鳥破，爛了了

但是，諸位讀者，我們不要看著這些畸零人的落魄相便忽略了他們的身世，有時候你遇上了這種人，說不定他的祖先還是家世顯赫的名門巨室，只是因了他的不用功才淪落如此，你若熟悉臺灣的掌故，有一個傳說名叫「邱罔舍」，大概是說一個大富子弟如何傾家蕩產的故事，但是他還是獨生子，且六歲便進書房唸書、十二歲就粗通經書。這便都要怪他自己的不是，或者歸咎社會變動帶給他的不幸了。

這些民歌、傳說，一代代地傳下來，不知道被多少人所歌咏過，但畸零人依然是照舊存在，好像這些詞兒都變成咒語了，只要你一唱，一個遊棍便跳到你跟前來。這當然是好玩的事，因而唱的人多了，畸零人便也愈發成群結隊了。但卻說獨獨有個鄉村，喚名打牛湳，這地原是十分蔽塞，裏頭也都還保留古昔風貌，民歌和傳說原也是不稀罕的，但近日城裏的風尚傳到那裏去，住的穿的彷彿都漸漸改變了，吃的和看的都和往日有些不一樣。他們便也不太喜歡唱民謠了，他們只喜歡抱著無線電唱著城裏頭的歌。更奇怪的是，如今他們也不談邱罔舍，彷彿他們覺得那只是小笑話，都不值得付與說談了。我去到打牛湳已經不止一次，那村裏有一個大道公的廟場，寬長大約有一、二分地吧。每當黃昏，夕陽掛在搖擺的柳樹梢時，他們村裏的父老便搬一些椅子在這裏坐，他們儘談著十分荒誕的事，比如阿火仔的太太生的小孩很像火盛仔；比如金石伯昨天在城裏的酒家死了，他們謅著嘴，最後都要咒起故事裏的那個主角，但他們不說邱罔舍，他們只說：幹！那傢伙壓根兒便是花鼠仔的兒子。然後便爆出一陣的大笑，像炮仗。起先時我都要大吃一驚，但後來習慣了。我最初只想，大約這只是他們的口頭禪吧，好比前些日子打牛湳剛流行過「阿西」「阿宋」這個詞兒，大抵是沒有什麼深義的，好歹只說一陣子便過去了。但過了幾個月，我又去廟場坐，卻發現一些小孩都把衣服脫掉了。他們偏點著頭說：都知道麼？我父親是彌勒佛。接著便咿咿地跳起腳來，最後嘻嘻哈哈都抱在一起，不忘相互地指著說：幹！你們壓根兒便是花鼠仔的兒子。我又吃了一驚，便知道這句話的份量了。又過了幾個月，我便在廟場的四周看到一張張的黃紙單了，那上頭潦潦草草都寫些符字，圈紅劃黑，下方蓋個印章：花鼠敕令。一些人看到這些貼出來的符仔，也便半正經半戲謔地叫道：幹！壓根兒是花鼠的兒子。這時候我卻不吃驚了，我知道這句話的厲害了。近日打牛湳要大拜拜，這村裏的廟宇大小不下幾十家，周圍的十二聯莊都要到這裏來祭祀，怕要熱鬧一番了。打牛湳的人便都在談著花鼠仔的故事，我才知道這個人原來還是活人，一些人還稱他是有靈顯的童乩大仙，我從打牛湳村人的口中逐漸知道這個人。由此可知，我要寫花鼠的故事原來也不只是我一個人的意思，因爲花鼠仔三個字都已經成了膾炙人口的詞兒了，來日他免不了要成了不朽的人物，我用筆來記述他也只是共襄盛舉而已，若他日有人要談花鼠的事，臨時忘了些詞兒，你便可以到舊書攤去尋出這篇文章與他看。再次便是近日到打牛湳的城裏人慢慢多了，有一些研究學問的知識份子，有些是風雅倜儻的詩仙詩聖們，他們都要到打牛湳來求善求美，有時難免要看不懂廟場的打穀機，我替花鼠仔寫故事便有意思把他推薦給城裏的人，若逢著什麼疑難便只要去尋他。另外的便是近日縣政府裏的文科官員想要在打牛湳成立一個文物館，以響應臺灣的史蹟保存和史籍編纂，我便也想把花鼠仔的故事推介給那些官員，來日便要另設一個房間名叫：花鼠仔紀念廳，以茲光大表揚。最後便是這故事是講立志的，古聖先賢講得好：人無志不立。一些有抱負的人便時常立志，若心有餘便想當大官做議員，若力不足便想當商賈賺大錢，這實在也是立志時代，我替花鼠仔寫立志的用意便也替這些人做見證，說不定他們立志的勇氣就像花鼠仔一般地凶猛。

1 民族英雄，直逼烏江，你都抵擋得了麼？

風兒總愛搖動他家庭院的那株芒果樹，他便是那樣長大的。

二次大戰爆發的那年，花鼠仔在一個蕃藷園降生下來，據說剛開始他長得肨嘟嘟像官人般的模樣。那時烽火還沒有傳到打牛湳來，秋後的陽光晒在村落的屋脊上，暖烘烘，便叫人不能說那時沒有一線生機的。可就到了他快滿周歲的一天，他又在園底睡著，突然一陣風掃來，簌簌地吹落幾片蕃藷葉子，一只碩大的地鼠跑到他的鼻前嗅了嗅，從此小孩便尖嘴猴腮起來，一身生滿斑癬，村人都說這個小孩是地鼠轉世。不久，在外的父親便死了，遺體運回家，他母親因爲哀慟過度，再加上操勞種田，也就咯了血，當時肺疾是不癒的大病，不久也追隨他的丈夫，到九泉去了。「眞是尅星！」村人都這樣對著小孩說。

花鼠仔便只好在他守寡的姑媽懷中長大。他姑丈在岡山的基地裏被美國的飛機炸去了一條生命。

砲彈落在大地上，盟軍的航空機嗡嗡地飛回去，再經一陣子的喧鬧，大戰便結束了，中國的軍隊便開到臺灣來。這年花鼠仔已經八歲，但長得不好看，尖尖的頭上生個瘡，一身皮包骨的模樣，像棵營養不良的莠草，搖曳在風中。

「眞是尅星！」他的姑媽一面醮著藥一面對病床上的花鼠仔罵。他姑媽大概也不喜歡這株莠草吧。那時他頭瘡發作，整個頭腫得像麵團。

「但是，姑媽，」花鼠張開乾癟的嘴說：「妳也得把我父親的事情說一遍。」他說著，頭頂塗著的香蕉汁又濕又熱，瘡液一直滴下來。

「你是要害死你父親的，那時你那不爭氣的父親參加反日運動，從南部潛逃回來要看你。」姑母坐在木床邊，薰黑的屋頂一片斑剝，泥牆外的一片竹林曳著亮亮的光，風兒嘩嘩在林梢吹，姑媽的聲音變細像蜂鳴：「他躲在甘蔗園，我要從後頭送飯去，那天太陽還沒完全沉下去，我沿著圳溝直走，躡著腳，我小聲地喊：哥呵！哥呵！你的飯！可怪那時有一隻好大的鼠子竄到跟前來，吱地爬上我的腳，我嚇一跳，猛地碰碰兩記悶重的槍聲響過去，又是一個影子竄到我跟前，仆倒在地面，我先以爲是一隻兎子，定眼一看是哥哥，這時甘蔗園奔出幾個日本仔。」

「眞是尅星呵！」他姑媽沙啞著道。

花鼠的腦袋裏一片模糊，轟地一聲姑媽的話碎成漫天煙花，一朵比一朵大，他便在熱烘中暈過去。隔天，他的頭整個稀爛了，頭髮掉得光禿禿。

「但是這也是多麼令人躁煩的故事啊。」他姑媽好像也這樣怒罵著，以後就絕口不提這件事了。

花鼠仔天生便是個有胸襟的人，「眞是剋星」這句話剛開始委實叫他不舒服，但他想到：一則這故事終歸是沒頭沒尾；二則是那故事都是他病中模糊裏聽到的；三則也是他姑媽心躁氣煩時說的。因此他是不在意的，隔許多天便把它忘得乾乾淨淨了。卻唯獨他好像聽到「什麼運動」那句話，彷彿這處是跟他父親的死相關的，那便是一種很不吉利的詞了，以後他一聽到這個詞便要興一陣的驚慌戒懼，好比是一支暗毒的箭一般，以後他便諱著這個詞不敢稍稍去提它。大約他幼年不喜歡運動也就是這個原因。

十歲，他進入國民學校去唸書。

秋天的落葉積滿了茅屋前，這年他是國民學校五年級。

姑媽又叫他去挑桶水，泡個米糠給那頭老牛喝。花鼠仔便挑著水到河邊去了。不久他姑媽也和一群婦人家到河邊洗衣服，她一見花鼠慢吞吞在那裏拖磨著便叫：「你且不要挑水，都到那房間裏把髒衣服拿來給我洗。」花鼠說：「妳一下要我挑水，一下又要我去拿衣服，到底依那？」姑媽一聽，跳起身來大叫：「你這沒爹沒娘的兒子，膽敢與我頂嘴。」便一巴掌打過去。花鼠仔嚇一跳，愣住了，忘了哭，隔一下，他想到：什麼爹娘，我花鼠仔可沒見過，我花鼠仔若有爹娘還會受欺侮麼？但都是妳這婦人家誤了我，硬說我爹參加什麼運動……一想起運動，花鼠仔又吞吞吐吐地忌諱起來，終於說：「一定還在世界，我自個兒一定要尋到他。」花鼠竟然挺起胸膛拍將起來。他姑媽一怒，跳到跟前來，叉手大罵：「你去那邊找你爹？去地獄嗎？去地獄嗎？」說罷，她怒目橫眉，又是一巴掌，直把他打到河裏去。花鼠仔濕一身衣服爬將起來，但他終於想獨力去找父親了。

有一天鄉間來了一個官員，後頭跟著一大堆打牛湳的人，大地主都嚼著檳榔奸笑道：嘿嘿，好歹請您佬手下留情。那官員只把臉拉長，一支日據時代的鉛筆在黃紙單沙沙地劃。地主們便又笑道：嘿嘿嘿嘿。便要在懷中掏出一樣東西給他。那官員便喝道：你休要污鄙我的人格，都不顧這群百姓的生活麼？說罷，那官員兀自凜然地去了。

三七五減租呵！三七五減租呵！打牛湳的人便這樣歡呼了。

「你將來也得要給我像個人。」在牛棚裏，花鼠仔的姑媽這樣訓斥他道：「都也要像那個官員鐵面無私，像個青天大老爺。」

「他當什麼官？」花鼠沒興趣地問。

「評議員。」

「什麼評議員我不懂。」花鼠把牛栓好：「我只愛把牛趕到外頭去吃草。」說著，他溜著眼睛不安地看著姑媽，便想跑到村後去玩陀螺。

「你給我回來。」他姑媽不禁怒罵道：「你便不會立志，都只想當無用的窩囊廢。」

花鼠只停了一下，都不記得姑媽教訓些什麼，他一逕往村後跑，據說青蛙打製一個碗大的陀螺，一定要去見識見識。

秋末的陽光暖和著，嘩地一響，廟場上晒滿二期的稻穀。打牛湳的許多人家都在這裏翻著穀，一些鷄鴨咯咯地啄食著，一齣孟麗君的歌仔戲哭鬧地響著。

花鼠拿著棒棍在榕樹下蹲著，風吹過翻絮的破棉襖便覺得有些涼，但這回他都在想玩橡皮筋的事。他只一鬆神便有一大群麻雀吱吱噪噪地飛到他的稻穀上，花鼠慌忙連人帶棍地趕打過去，那群麻雀吱地一陣聒噪便棲在廟場邊的電線上了，花鼠便又望著它們亂遐想。

碰碰碰，突然有一輛巨型的馬達三輪車停下來，三個壯漢拎起海口大的麻帶，便要來裝花鼠仔的穀子。花鼠仔一回頭便認得，當中一個白淨面皮的青年人是村長的大兒子，其餘兩個挺出胸膛的都是打牛湳武術館的好漢。

「為啥裝我的穀子？」花鼠仔忙搶上去攔他們。

「不干你底事。」村長的大兒子厭煩地說。

「你這人沒道理，這穀子是我家的，爲何不干我底事？」花鼠一面說一面看到武術館的壯漢俯身下去要動手，便喝道：「你們都是土匪麼？」

這二個大漢一聽別人罵他土匪便十分生氣了，只飛出一個巴掌打得花鼠暈頭轉向，踉蹌地跌了好遠。待他穩下來要理論，他姑媽便也到了。

「少爺，都請你高抬貴手，今年還繳不了債呀，再給我婦人家拖一段。利息都加倍計算好了。」花鼠的姑媽陪著笑這樣說。

原來花鼠仔的姑丈生前不爭氣，都把錢財花到吃喝上，欠了村長一筆長年的債，留著來壓住花鼠仔姑媽的肩。

「不行。」村長的兒子斬鐵斷釘地道，便把頭歪到一邊去看天邊的浮雲。

「千萬再給我婦道人家拖延些時日，以後便不再賴了。」姑媽合著掌膜拜著。

陽光掠過一片雲，帶一陣即興的涼，廟場上的人們都歇在樹下，一架鼓風機叩叩地在路邊轉動著。

「你們像土匪。」花鼠見他姑媽便想起委屈來，他摸著腮邊，感到又熱又疼，「你們像土匪。」他又喊。

「你這小王八都給我住嘴。否則叫你爬到我的袴下去。」武術館的大漢這樣大喝著。

「你們不要生他的氣，他自幼沒了爹娘，沒教養，請多多原諒他。」他姑媽說著，終於陪著笑說：「少爺回去與村長說，明天中午帶著你家人到敝舍來，我們慢慢談好麼？」

那村長的兒子一聽便又把頭回過來，忽然間便咈咈地笑起來道：「好吧。」說著，三個人跳上車碰碰碰要離去。

「但我都不希望你家的人來。」花鼠大聲地叫：「那老貨仔村長一吃酒便把花生殼吐得一地。」

「你這畜生，那有你說話的餘地麼？」他姑媽一聽他喊便怒罵著，又給他一巴掌。那三輪車的人只冷著臉早已往路上去了。

原來那村長是打牛湳的財主，到處放高利貸，卻也是好吃的人，凡欠債的人只須請他家人一頓，債務便可以拖一段時間，這例子慢慢變成打牛湳的法律條文了。

「我便不希望他們來。」花鼠仔說道，便也搗著臉又去榕樹下呆坐了。

轉眼間稻穀晒熟，都賣了錢繳了稅，還些農藥錢，便一文不剩。風一吹過花鼠仔家的茅屋，嘩啦啦冬天的影子便可以望見了。

花鼠仔把牛棚修葺一番，隔開成兩間房，左邊飼著那條老牛，右邊住了他，姑媽說要好些看管這頭牛，她說一根牛毛都要比花鼠仔值錢。

這時的冬陽透過茅屋的空隙照進來，花鼠剛耙完豬舍那堆糞便蹓到裏頭的床上休息，他直望著門外庭子上的蕃石榴樹胡思亂想，覺得那些錯雜的枝芽像他那叢雜亂的頭髮，這些亂髮是他的癩痢痊癒的時候長出來的，像花鼠一般是莠草。他這樣想便覺得沒意思，開始翻動一本作文指導來。近幾天老師吩咐了兩個題目，一個是「談我的志願」；一個是「我的父親」。花鼠仔一向只好呆坐，腦袋總是裝些玩耍的念頭，便被這兩個題目難倒了。他看到作文指導裏的花樣可眞多，光「志願」這題目便數不完，有當科學家的，有當教育家的，也有當革命家的，左翻右看，怎麼也尋不到一個恰當的。這時門外的遠處鄰家開始冒起午飯的炊煙，家家都把無線電扭開，今天播放的是「大漢英烈傳」，花鼠已經連續聽幾天。現在唱一首「哭調仔」的人是韓信，因爲他剛從三個流氓的袴下爬過去，花鼠一聽便覺得心酸，彷彿那哭聲越來越響了，花鼠又聽見「袴下」這詞牌，忽然心頭一震，他便想到那村長的兒子和兩個壯漢。「我得著了，我得著了。」他猛烈地跳起腳來這樣喊：「我立志要當韓信，我的父親是韓信。」

且莫要忽視了花鼠仔這個偉大的發明，國民學校的課本不都曾提過中國發明指南針，終於有了現在的世界文明麼？而這個道理是相同的，至於花鼠仔爲什麼要發明韓信，其道理至少有四：一、將來他誓必要洗雪袴下之恥；二、他的姑媽也曾要他立志；三、他本來也是獨自要去尋父親的；四、他覺得被韓信的哭聲感動了。這樣說便不能不叫人承認花鼠仔頭腦的伶俐了。花鼠仔愈想便愈覺得他的發現終於是顛撲不破的道理，便偏著頭，尋著墨，開始要寫起作文來。

喀喀喀，他姑媽從外頭拿著竹篙打進來：「你這畜生還不去給我飼鷄鴨，倒在這裏偷懶睡覺麼？」說罷便要打下來。

「但是姑媽，」花鼠縮著脖子說：「我立志當韓信，我父親是韓信，進圍垓下、直逼烏江、雪恥袴下，你都抵擋得了麼？」

「你莫要在那裏裝瘋，你豈有父親？」他姑媽氣脹著臉道：「都與我去飼鷄鴨。」

「直逼烏江，你都抵擋得了麼？」花鼠仔又說一遍，終因駭著竹篙跳著腳出去了。

春雷隆隆響了三二下，細細斜斜的雨下將起來，花鼠提著籃子便要去撿蕃藷，寒氣還沒過去，雨兒滴在單薄的衣衫上，心頭升起一股冷，直發寒。

近日裏花鼠便也不唸書，他都覺得一看書眼皮就要合著，鄰居的人都說他營養不良。花鼠可不那樣想，他只覺得身體越發瘦癟是事實，但是原因還是吃不下飯，三餐都吃玉蜀黍煮綠豆，鍋裏撈不出一粒米怎能嚥得下，他姑媽便知道他吃膩了，要他到田裏去撿蕃藷。

牛兒掛著犁兒猛力地拉動，地皮被割成了條條的溝痕，翻出或大或小的紅藷。犁後頭跟著一大群襤褸的小孩，主人歪戴著笠子站在旁邊看，花鼠仔便也驢馬般地走過去。

「幹，又來了一隻纏身的蟲豸。」猛然那主人這樣對著花鼠喊：「都是該死的蟲豸。」那人又喊。

花鼠定睛一看，才知道冤家路窄，這人原來是村長的兒子，花鼠免不了怔一怔，平時他一定要縮著脖子走開，但這刻裏花鼠仔可已經不是那刻裏的花鼠仔了。自從他立志以來，他便彷彿變成了另一個人，變得大勇大智了。

「我爲什麼要怕這廝地主流氓。」他這樣忖度便自言自語：「我豈是好欺侮的？」便勇猛地踏著腳加入那群小孩的行列去了。

村長的兒子也不說話，俟花鼠撿滿半個籃子後便走過來。

「你那些蕃藷都是我的。」村長的兒子說：「理應還與我。」

花鼠一聽便覺得沒道理，他便停下手來，縮著脖子說：「是麼？你都不見到這些都是我撿的麼？」

「我方才看見你偷了幾個，我雇的人都沒有撿乾淨，你便忙著上去搶。」村長的兒子把手臂架在胸膛上：「所有撿蕃藷的小孩你最不規矩。」

花鼠聽了便發呆，待要申辯，那籃子便被搶去，只一倒，他撿的蕃藷都落到村長家的袋子裏。

「你都以爲我花鼠仔是凡人好欺侮麼？」花鼠終於怒不可遏了：「你豈知道我父親是韓信，進圍垓下、直逼烏江，你都抵擋得了麼？」說罷便舉起乾柴的兩隻手奔來打村長的兒子，但只跳了兩步便被蓬草絆倒了腳。他便只坐在地上，一時天旋地轉起來。

雖然第一次便遭到大挫敗，但花鼠仔的勇氣剎那間便傳遍了整個打牛湳，因爲他也是第一個敢與地主作對的人，在大道公的廟場上，每一個人都談他，大家都知道花鼠仔是立志的人。

風又吹過廟場上，榕樹又掉了幾根枝兒，柳樹兒枯榮幾次。轉眼就過了三個年，花鼠仔便在一家初中唸二年級，慢慢兒變得是個莊稼漢了。雖然這時候的花鼠仔還是根瘦胡琴。

三月剛除完草，花鼠仔便穿著短褲兒到廟場邊財佬的雜貨店來，他一直搗著大腿兒，那裏在除草時被蟲兒咬得一團腫。

莊稼漢都聚到這裏來下棋，老的少的各自在那裏對打著。羊癲仔一見到花鼠便要與他玩，他晃著肩走過來說：「下盤棋賭五元。」花鼠仔眼睛溜溜地轉，只想縮起脖子來拒絕，那羊癲仔便道：「你不是當韓信麼？」

「是的，我父親是韓信。」一聽到立志的詞牌兒，花鼠仔立刻振奮上來。

「都知道棋子是誰發明的？」羊癲仔問。

「誰？」花鼠仔道。

「韓信！」

「韓信？」

「是的，韓信。」羊癲仔確鑿地說。

花鼠仔一聽便覺得受用起來，當初他聽歌仔戲時也只知道垓下和烏江罷了，他從來也都不知道有這麼一回事。

「這都是大智慧。」羊癲仔又說：「你一定會贏棋。」

「是麼？」花鼠仔只是懷疑。但羊癲仔嘩啦啦三兩下便把兩邊的陣勢排上了。花鼠仔便昏著頭和他下著，都像夢一樣。

誰知道這羊癲兒也是個半桶水，走起棋子沒章法，都是自個兒去尋死路，三二盤都輸去了。花鼠仔還不知道爲啥贏了二十塊。

「他老子不愧是韓信。」羊癲仔一肚子氣這樣喊，下棋的人都跑過來看。

「都還沒有見過這等的高手。」羊癲仔看著衆人過來便又不好下臺地羞慚著說。

「我們不如來賭錢。」青蛙一看見大家都歇了手便提議：「好歹痛快地輸一頓。」便一地衝到店裏去，把茅屋搖得賈賈響，終於取來一個壳子和一個瓷碗。

原來這打牛湳平日都沒有消遣的地方，閒下來時，一些人便騎著車到鎮上那家玉鳳凰茶室去嫖妓，留下的便聚在一塊賭錢，大凡莊稼漢都是會搖壳子。

一陣咔啦咔啦響，青蛙撚了一把，壳子轉成一道影子，又慌忙地抓起瓷碗蓋起來。「俥。」羊癲仔在旁邊跳起雙足：「賭你二塊錢。」說著便把錢押下去。他這一喊便喊動了這批老少的莊稼漢，他們都從癟癟的口袋掏出了菸錢和檳榔錢，三角五毛地跟著押。一時轟轟烈烈地圍在那裏嚷。

花鼠仔的手抓著下棋贏來的錢直發抖，他跳到前頭，興奮得不得了，便站在那邊看。

「你怎不下注呀！眞沒種。」羊癲仔閃動著鄙夷的神采。

花鼠仔是不常下賭的，因爲他若看到過份的事便會興奮老半天，他的手只舉在半空中，怎麼也放不下去。但一聽到羊癲仔一吆喝便知道當莊稼漢都是要下注的，他便又想到立志的事：「我父親是韓信。」便馬上壯起膽來，他把五塊錢下到角落去，蓋子一掀，果然中了二十塊。

「你也可知道我的立志了。」花鼠仔對羊癲仔說：「發明棋子，你都抵擋得了麼？」說著，花鼠便不屑地看著每個人。

就這一次，花鼠仔獲得了輝煌的勝利，他的勇氣便也倍增了，「原來韓信是用這來賭贏錢的。」他想。

七月的太陽火辣辣，剛打了穗的稻桿立在田中央，都像罔市婆仔的破裙。

花鼠仔剛做完農事，一袋袋炙癢的稻子還彷彿壓在他肩上，自從他成了莊稼漢便幫鄰家做起粗重的工作，除了幾次營養不良昏暈過去以外，大致還能勝任愉快。他這刻倒在牛棚裏歇腳，一直抓著背部那塊炙烈的部份。但這段日子他都不想什麼，只想到賭錢的事。近幾天他背著姑媽去村店賭錢，卻也連贏了幾回，不覺有些信心，彷彿便有幾分賭錢人的氣勢了。從前只把身軀往前站著看賭局，現在都擠到裏頭去蹲著，手也不再緊張痙攣。今天他聽說城裏頭有個富豪要來作莊，村裏頭的地主都要到場，一定有一番大的廝殺，他一想到城裏頭的人，便也好奇起來，看看天色逐漸暗淡下來，便拿了僅有的三百塊，掩了牛棚的門，逕往村頭羊癲仔的家去了。

賭局便設在羊癲仔家的柴房裏，這些時日警局常派人來取締，打牛湳的人都不那樣明目張膽，像這樣的大場面便躲到這種隱蔽的地方，暗中派兩個小廝在路上把風。

來的人可眞多，做莊的果然是一個半禿頭的胖傢伙，都挺著一顆便便巨腹，圈在內圈的地主們都把煙絲抽得絲絲響，外圈的村民都捏著錢兒直冒汗。

據說這個城裏頭的人以前也還是鄉間人，三七五減租時把土地換了銀票，跑到城市去買市地，一年半載後便發大財，因爲很想念著鄉下地方，三日二日便要下鄉來豪賭一番。

柴房的燈光放得低，把烏黑的榻榻米照得發亮，做莊的那個城裏人抓起三個六面骰子便往碗裏放，蓋上後便搖動了。

「六。」

「四。」

「●。」

圈著的打牛湳村民大叫著，紛紛把錢擲到裏面去。地主們都用一小塊的薄甎當籌碼。

「但是，你們便算老幾？」花鼠仔一地忖道：「你們可都沒有一個父親像韓信。」

他這樣想便走動著腳，連連安撫著咚咚跳的心。轉眼間作莊的又嘩啦嘩啦搖動他的骰子。

花鼠仔不動聲色地把錢往局裏放，但一連幾次都失靈了，把三百塊錢都輸淨了。他可從來沒輸過這麼多，那等於他家一半的財產。

「我的兒子，這回大約是收割土地晒昏了我的頭。」他打打自己的癩痢頭這樣埋怨：「但也眞令我花鼠仔信心搖撼呀。」這時他便瞬間也要興一陣喘吁吁的怒氣了：「我是立志的人。」他這樣道。

周圍的人又開了骰子，一大群人嘩嘩搶著錢幣。

「我也是立志的人。」他又喃喃地說，額頭終於冒些汗。

一陣爆響，一群人又跳起來，怕又中著了。

「我的兒子。」

他望著衆人那些笑臉漸漸怒不可遏了，大約這樣是很傷他自尊的。

「幹，賭這個錶，押五十元。」花鼠仔把手伸開來，往懷中掏出一個錶，那是姑丈還在世時買下的紀念品。

賭物品在打牛湳還是稀事，花鼠仔又是夾著盛怒衝過來，不免就驚駭了好些人。

「我父親是韓信。」

花鼠莊嚴地瞧著衆人。

一些人怕壞了規矩便要來阻擋，但作莊的城裏人只笑道：「都爲了有趣。」便也讓花鼠仔賭了。

蓋兒一掀，花鼠的錶便被吃了。

「幹，再賭這件襯衫。」

花鼠又瞧著他們。

但襯衫也輸了。

「幹，這雙皮鞋和長褲押五元。」

皮鞋長褲也沒了。

最後只剩下一件內衣褲，一地裏逃回家去。

他在床上癱瘓一番了，這原因怕也不是光輸錢這回事，至少他開始懷疑了。

「我兒子，韓信也有靠不住的時候，我父親也眞賤。」他這樣想，一下子立志的事兒便像雲端的一座塔，轉眼便崩下來。夜裏花鼠仔便半昏蹶地睡去了。

「你這瘋子，太陽都晒到屁股了，還不起床。」清早他姑媽跑過來，看他赤膊著身子便又嚷：「你睡過頭了，都還不準備衣著去唸書。」說罷又是一陣的竹棍，但花鼠仔沒褲子倒不敢跑了，直到被打扁在那裏。

「我的兒子。」等姑媽走後，他按著痛楚咕嚕了起來。

② 上進中舉，劈哩啪啦震天動地

這些大約是花鼠仔年幼的立志事兒，雖然不儘是光彩的，但總算不平凡。而凡做大事的人幼小時難免異於常人。花鼠仔後來談起他第一次立志當韓信的事也都常引用課本的典故，他說：「愛迪生是什麼人物？他年幼還不是個低能兒麼？」花鼠仔總是這樣理直氣壯地說，彷彿他的屈辱都爲了天將降來大任似的。

但漸漸的他不說自己是韓信了，當然有一段時間他也改稱文天祥或諸葛亮，卻也依然輸錢，後來便絕口不提，又過著沒有目標的生活。

日曆一天撕去一頁，花兒謝了又開，轉個眼兒，花鼠仔就跟著村裏的同伴唸高級中學，他的下巴開始撳出三二條鬍子，幹的活兒也愈來愈重大了。

二月的水田亮晶晶，溫煦的陽光柔和和。

花鼠站在耜耙上，一枝柳條兒啪啦打在牛背上，那牛兒一陣緊張，拖著傢伙把水田磨成一面鏡。

「花鼠仔，」在田邊休憩下來，同年的青蛙便趕到身畔來說：「你打算上進麼？」

那時候打牛湳大半還不瞭解什麼是上進的名堂，只知是有一種叫「大學」的玩藝兒在頭上發著亮，好比清朝時代的科舉，若考上了，打牛湳的人都說中舉，據說第一名的還稱「狀元」。

「那是舉人的事。」花鼠仔不很懂得這碼事便囁嚅地說：「舉人的事豈可高攀？」

「但大夥兒都考，我們也要跟著考，俗語說輸人不輸陣，大夥兒跳海去尋寶，我們也得跟上去。」

花鼠仔一想便暈頭。近日學校的教員逼得緊，一直要他們求上進，據說現在時代不同，都是機會平等，萬不得輸給別人。

「我可又有個立志的機會。」

花鼠仔想了很久，又想到他已經許久不立志了，便有些躍動起來。

嘩啦嘩啦，柳條兒又抽打在牛背上。

剛插了秧，春天就降臨了，野草花把打牛湳裝飾得十分冶艷。村長又生了個孫子，地主和欠他錢的人便一齊來道賀。

村長的家果然不比尋常，只見U字形舊家院，兩棟高大側房矗立在兩邊，正面一棟廳堂狼牙飛簷，屋宇的頂上都塑著龍鳳鳥獸，高高的門楣橫一塊匾寫著：「文魁」，都鬱金地發著光。花鼠仔原來和村長的兒子有些恩怨，但經青蛙勸解便也按下了怨怒，跑到這裏充跑堂。庭院上轟轟然，一式排開幾十桌的菜飯，劈哩啪啦，一陣陣的鞭炮炸開在庭上。

花鼠端著菜和莊稼漢都立在人叢中，司儀一拉過麥克風便呵呵笑上來：「各位鄉親，你們都要來慶祝這件喜事，豈不知村長的兒孫都一定是龍子麼？」司儀說著便把手指向楣上的那塊匾：「村長的祖先便是清朝的舉人。」

劈哩啪啦，衆人一聽都拍響了手，活像要震裂大地。

「你們都不曾聽人家說麼：虎父無犬子，龍門生龍子。」司儀又道。

又是一陣暴響，匾額發著亮。

這樣子，花鼠仔立在那頭便發了呆，他隱約知道舉人是什麼東西了。

「我兒子，要是我父親是舉人便好了。」花鼠不禁跳起腳：「劈哩啪啦，震天動地。」

以後他便覺得憂鬱了。住在牛棚裏他也忘了餵什麼牛羊，也忘了去村店看賭錢，每逢他睜大一雙憂傷的眼珠往外望，一塊發亮的匾便要在眼底明亮起來。

「我的兒子，要是父親是舉人便好了。」

他常常這樣地咕嚕。

風兒一吹，稻田便是一片綠油油。

近日姑母又幫鄰居種了幾分地，原來打牛湳的農田慢慢少了人耕種，這陣子城裏流行輕工業，大夥兒都到都市做合板、塑膠，農地荒廢了些。

花鼠仔把牛放到河裏去，脖子掛條毛巾，瘦瘠的胸脯直流汗。

「我是立志的人。」

他便也在田把頭放得低，一直邁動方步，突兀地跳到姑媽的前頭去。

「但我決定要上進了。」他這樣說，偏著頭。

「上進什麼？」他姑媽一溜耳沒聽清楚，拄著鋤兒立在那頭：「上進什麼？」

「我要考大學。」他說。

「大學？」他姑媽一聽只翻動白眼珠：「你上什麼地獄天堂都沒干係，但考大學你不配，那是要文曲星的命呀。」

「但是我父親一定是個舉人。」花鼠仔說：「你們一定欺罔了我，對不對？」花鼠仔的頭更偏了：「我也會是個舉人，劈哩啪啦，震天動地。」花鼠仔猛然跳起腳：「那匾上的光你都見過麼？」

這回他姑媽卻沒用鋤頭擂他，只看他一會兒，終於唉了一聲，眼淚簌簌地下了。

高級中學二年級唸完了，考狀元的風氣在打牛湳高漲起來。

七月剛過，一張紅紙兒便貼在村莊的告示亭上，一些人都圍在那兒觀看，原來是林二家的兒子考上大學，這下子打牛湳的人都喧嘩起來。

第二天便有一面銅鑼在村道上響著：「都謝謝了，都謝謝了，託鄉親的福，林二的公子中舉了，今晚準備大請客，歡迎光臨。」

於是村子的父老都奔到馬路來，他們逕脹著脖子喊：林家上榜了呀！林家上榜了呀！

花鼠仔本來對這件事是很不以爲然的，一則自他立志當舉人後便彷彿高貴起來，閒事都看不在眼內；二則是這林二家只是個破落戶，花鼠仔認爲中舉的人家都要是顯赫的。但他想想林二的兒子也還是自己的學兄，終歸也是自己的人，便一地尋到他家來。

賀喜的人可眞多，但林二的家只是小康，只一撮人便要把茅舍擠垮了，而林二的兒子竟然上了榜。

花鼠仔不免又偏起頭來徹底想一遭。

「也眞是賤。」

他不禁鄙夷起來。

簷下擠滿人，他便一地踏到正廳，裏頭果然都是一些士紳，學校的教員都坐在席上，林二和他兒子直勸著酒。

「眞是難得。」一位教員站起身子道：「我教了幾個弟子都沒有林同學一半聰明，今兒他上了榜，來日必定成大器。」

「以後繼續考博士。」另一位教員也端酒站起來說：「現今是文憑社會，你以後當博士必有一番風光，來日便換你來提拔老師。」

「謝謝老師。」林二說罷便笑開了。

花鼠仔只在門邊逡巡著，看看這般盛況便也暫時懾住了，但又看看林二這個人長得瘦瘠瘠的不體面，腰間勒一條紅皮帶，襯衫也破個洞，頭髮沒有一點光。

「他兒子竟然上榜。」花鼠仔不禁鄙夷起來。

「都看過麼？」忽然花鼠仔便跳到酒席去，對著林二道：「我父親是舉人。」他因爲來勢洶洶，登時震動在座的諸人。

「你說什麼？」林二趕忙走過來，一看是後生花鼠仔，忙搬張椅子放在教員的旁邊：「請坐請坐。」他說：「你說什麼？」

「震天動地，劈哩啪啦。」花鼠仔不禁越把頭偏看了，他咔喳咔喳在那裏邁方步：「也配我坐這張椅子麼？我父親是舉人。」

他用力地捶著自己的胸脯，猛搖動他的腳，忽然便暈過去。

從此花鼠仔的名氣便越發大了，打牛湳的人都知道他父親是舉人。

十月的打牛湳遭一陣紋枯病，稻作受到損傷。但花鼠仔都撚著燈唸通宵，立志彷彿更堅決了。

「然而，人的思維是要經著環境而成熟的。」半夜裏，每逢花鼠仔從夢中醒來時，一想起自己的立志便要興奮地爬上來走走，他自語：「打從我立志當舉人以來，這村子的人便不在我的眼中了。」

歲月在興奮中度過。

一天早上，花鼠仔爬起身來，兀自看看高級中學教本，那裏頭被他批點得花花綠綠一大堆，他便覺得甚爲滿意。他又繞到後頭去打水，準備來飼那頭老牛。

這工作他還是願意做的，打從立志以來他便不同昔日了，比如這餵牛的玩藝兒是件枯燥的事，但自他瞭解歷史上也有陶侃搬甎的典故，便也樂意做。「我都想做陶舉人。」他這樣想。

天還未大亮，東邊天際一片灰白，花鼠仔一打開牛棚，竟發現牛兒在地上不動彈。病了。他慌了半天，忙喚著姑媽來看，請來個獸醫忙打針。

「唉，可眞這年頭，我們辛勞耕種卻沒多大收穫呀。」花鼠仔的姑媽在夜晚時還守在牛身畔：「都累壞了這條老牛，我年紀大了，你怕要負些養家的任務了。」他姑媽提一盞煤燈說。

「但是我是立志的人。」花鼠仔應著他姑媽道：「將來我若中了舉一定會孝順你。」

他姑媽一聽便不說話，但沒力氣地坐在乾柴上。

「都是無用的賤民呀。」花鼠仔望著姑媽忖道：「都像這頭無用的老牛兒。」穀子收了，雖不是好年冬，但演場布袋戲來酬謝神明也是應該的，大道公的廟場前便搭個戲棚子，榕樹下停些休閒的牛車，莊稼漢便都來歇腳。

花鼠仔一地蹭蹬到這裏，手頭握著一册書，這當兒書本彷彿變成他獨一無二的牌照了。廟場前因爲要演戲，小孩便雀躍跑出來，他們都這裏走走那邊逛逛，另有一些人圍在大道公的廟階前，那裏一個人賣著豆腐湯。花鼠仔摸摸口袋，發現沒有一分錢，肚子飢饞地咕咕叫。

「花鼠仔，」階前的樹根仔一望見他便叫：「你明年要上進，我請你吃一碗湯。」說罷便把碗端過來。

花鼠仔挺著補釘的高中制服這樣想：「可我也是身受教育的秀才。」他咕嚕著，看看農民的一副邋遢像又想：「我豈可與他們同流合污。」

「都曉得麼？」他不正眼去瞧那碗豆腐湯，便這樣對著衆人說：「我國的地圖好像一葉秋海棠。」

「喔。」衆人都驚奇道：「秋海棠。」

其實花鼠仔也不曉得什麼秋海棠，反正是一種葉子吧，但又怕旁邊的人問到底，便改口道：「都知道麼？臺灣的地圖像條蕃藷。」

便也不吃那碗豆腐湯，一地軒然地去了。

日子一晃，六月就站在白雲的尖端。

整整這半年，打牛湳的村路上便很少見到花鼠仔的影子，廟場的人都猜測他躱在牛棚裏讀書，據說有人在半夜裏還見到花鼠仔燃著燈在牛棚裏打盹。廟場的小孩便只能學他的調子說：「都看過麼？我國的地圖像一葉秋海棠。」

但這打牛湳理應也是花鼠仔歸根之地，不久廟口就出現一位身著破爛、瘦一身瘠骨的丐兒來，他垂著一顆頭，在廟前猛搗，有時也偶而在村路走或垂著涎在樹下睡，口裏直唸著：「都看過麼？都看過麼？」

後來大家才曉得，他原來是花鼠仔，卻據說落了榜。

屈指算來，這時候的花鼠仔都該二十二歲，庭前的芒果樹一搖，紅鸞星動了。

他姑媽近日直擔心，雖然翻地皮富貴不了，但在打牛湳裏即使是沒飯吃，娶太太也照樣要進行，無後爲大都是衆人戒愼的事。

一陣吱吱地響叫，豬舍只經風雨一刮打，便降生下一群小豬仔，又一陣子碰碰地便來一輛豬販子的車。近日工資催得緊，得把豬仔賣了暫時濟個急。

「唷唷唷。」花鼠仔的姑媽提了一隻豬仔便閃了腰：「眞老邁得快呀，一下子便不中用了，兩三把骨頭怕已埋去半截了。」

「改天我幫你尋個媳婦。」那矮仔福的商人這麼說：「也好替著你佬。」便一把把花鼠仔拉到芒果樹下慫恿：「村前那頭有一個橘子姑娘，她剛從城裏回來，改天我帶你去看她。」

這事兒倒爲難了花鼠仔，自從落榜以來他便一地想著立志的事，他是要中舉的，但誰知這事也不容易，一冊冊的參考指南都讀熟了，但一臨考場便失靈，他越想便越喪志，所幸他是上進的人，後來在古文裏發現歐陽詢和一些古人也都還是老年中舉，便也安下了心。「孟子曰：天將降大任於是人也，必先苦其心志。」他想了又想，不禁想做起大事來。

「但是矮仔福，你也都還不瞭解我花鼠仔。」他瞧著矮仔福道，便沒有說什麼了。

然而花鼠仔的態度也還是中庸吧，既不肯定也不否定，他姑媽便暗地裏央人說媒去了。

八月十五日，斗大的月亮攀到樹梢兒，一下子把打牛湳照得遍地透明。

花鼠仔打點妥當，梳一頭光潔頭髮，借一套烏亮皮鞋，穿戴西裝，一條紅領帶打在喉胸前，便轟轟然往橘子姑娘的家來了。

第一次的相親誰都要緊張老半天，況且花鼠仔一副發育不全的樣子，怕要壞了這樁婚事。早幾天，姑媽便一地吩咐道：「你得給我多吃些米，好讓瘦骨兒多長一些肉，相親也體面得多。」但花鼠仔原也是有恃無恐，他想到：「我父親是舉人，都怕啥？」

女家的屋子還是舊宅院，這橘子姑娘據說剛從臺北回來，塗得一臉密斯佛陀，扯著一條露著屁股兒的短裙坐在楠木椅，說話便夾兩句國語，倒把花鼠仔困惑住了。

看了老半天，花鼠仔便也不知道怎樣抉擇，一地在那邊口吃著。

「你是高級中學畢業？」橘子姑娘問。

「是，高級中學。」花鼠仔如臨大敵。

「有沒有職業？」橘子姑娘又問。

「沒有。」花鼠仔又答。

「有技藝麼？」

「沒有。」

「想做事麼？」

「沒有。」

花鼠仔一連應了好幾個沒有便十分地納悶，怎的都不提他的上進。「我父親也是舉人。」他這樣想。

「不要。」一會兒橘子姑娘便把臉拉下，霍地從座位站起來：「高不成，低不就，不要。」

座上的人都嚇一跳，從此婚事便告吹了。

原來這打牛湳近日也有一股風尚，便是從鄉下去過城市的姑娘便不再嫁給莊稼漢了，她們都不想再回鄉來掘地皮，都寧願在城裏頭挨餓著，好比吃著了金馬牌香菸的人便不再回頭吃新樂園了。

「也眞是我花鼠仔的奇恥大辱。」他這樣想：「我是新樂園麼?偏不是金馬牌麼?」但他是有自尊的人，不久便節制地說：「但凡人都不瞭解我的立志吧，有一天總要讓他們見見顏色。」後來便更想到：「功名未成，談何兒女私情?」

打牛湳刮一陣冬風，廟場前的榕樹又枯兩根。

村廟陡地有些外人的足跡了。

黃道吉日，叮叮咚咚，一陣城裏的進香團開到大道公的廟前，一身黧黑的村民便聚到前頭來擂鼓。進香的人潮一下子塡滿這個小廟宇，嗚嗚嗚響開一陣誦課聲。

花鼠仔剛放下書也來到這邊看熱鬧，這回他看到了城裏人的富麗堂皇，他們一式都穿戴得珠光寶氣，像橘子姑娘的模樣。

「原來這城裏也多的是橘子姑娘。」花鼠仔這樣想：「也想欺罔我去娶她，都是詐騙勾當。」

這時門階邊走來一對穿新衣的伴侶，料想剛結婚，還偎著不肯分開，花鼠仔一想結婚的人都是不立志的人，便鄙夷起來：

「都那般地不懂世故麼？」他突然跳上去說：「劈哩啪啦，震天動地。」

那對情侶嚇得退了幾步，驚叫起來。

旁的人慌忙走過來拉住花鼠仔，人群便圍過來。

「他是瘋子。」一個打牛湳的人這樣安撫那對情侶：「但不傷害人。」

「誰是瘋子？」花鼠憤怒道：「都不知道我是立志的人。」

說罷一地殺出重圍去。

一陣子秋風一陣子冬雨，這打牛湳的青年愈發少了，剛國民學校畢業的小孩便也不唸書地到城裏去了。他們說去學技藝，所謂家財萬貫不如一技在身，眾人都這麼想。現在留在打牛湳的人多半是些老貨仔，他們便都是沒有技藝的骸骨，被時代淘汰的渣滓。

剛剛下了年尾雨，新春要在瑟瑟的寒氣中躲躲藏藏。

打牛湳停一輛小貨車，上頭疊滿稀奇古怪的四方物。

那貨車扭開擴音器便大叫：「我是菸仔仙呀！好消息通報你們知，電冰箱電視機，一臺一臺啦，做嫁妝當消遣都好啦。」

打牛湳的人一聽都把耳朵豎直了，他們委實不知道什麼電冰箱電視機，但賣貨的菸仔仙也是打牛湳去到城裏的青年，便哇啦哇啦圍在他身邊直呶嘴。

剛開始大家對這玩藝還陌生，都不敢買，最後由一家村店購得一臺電視機，都供在窗口任閒坐的村民玩賞了。

「菸仔仙也眞出息。」去參觀電視回來的姑媽便對花鼠仔這樣道：「而你也眞沒出息，你倒看看人家，都只去城市半年就弄個這樣精巧的玩物給村人看，你就只留在家裏不娶不婚像傻瓜。」

花鼠仔一聽便苦惱起來。

「菸仔仙都像我一般地立志麼？」

「他憑什麼運那種鬼玩藝回來？」

「都不知道當舉人麼？」

他一地想一地又鄙夷起菸仔仙，但又看到整個打牛湳都在談論菸仔仙和電視機便不禁有些猶豫。他終究也是行動的人吧，趕完工時便穿戴起一雙白布鞋，髮鬚也不修，只站在村店前對電視機怒目而視，他半襤褸的衣衫經風一吹便飄飄然像一位穿長袍的舉人。

「都不知道玩物喪志！」說罷便拳打腳踢起來。

但這打牛湳是要愈發不立志了，不到一個月，那一幢幢的茅屋便架上許多的天線，打牛湳彷佛變成一隻大怪獸，一根根觸鬚都伸到天上去。

「但是都不知道這種機器是打牛湳的毒藥啊。」花鼠苛刻地想著，衣衫更加襤褸了，他戴一頂糟亂的竹笠子，一身破衣衫在村道的四周吹口哨，不久頭愈發低下，身影也佝僂了，委實不該是二十二歲的模樣了。

「蒲柳早衰。」許多人都這樣品論道。

新春終於到了，爆竹劈啪響，大家起得早，便發現花鼠仔昏倒在村道的柳樹邊，一身瘦瘠瘠，鬍子蓬生到胸前，便把他送到醫院去。

從此，很長的一陣子打牛湳眞的失去花鼠仔的踪影。

③ 洋人兒，轟地一聲便死了七萬人

草兒又長了，大約半年又過去。

這時的打牛湳便開始忙開了，鄉公所來了幾個戴墨鏡的公務員，接著又有一批拿著地平儀的青年在馬路上劃些線，一張張的公文貼在告示牌上，村人都不知道那是啥的玩藝。

不久擴音器便這樣喊：「親愛的村民們，爲配合育樂的原則，我們要社區建設，從此你們便要消除髒亂，革舊佈新。」接著便有一批清潔指導團到花鼠仔的家來。

「這牛棚也要修改修改。」一個留著大髻的姑娘這樣對著花鼠的姑媽說，據說她是城裏來的大學生：「這樣不整潔的東西也該換換。」

「是的，姑娘。」姑媽一直陪著笑：「是的，姑娘。」

「但這牛棚裏設個書房也還是我首先看到。」姑娘又掃了花鼠仔書桌一眼說：「我們以前用的都是明亮的房子，妳沒去城裏都不曾見過公寓吧？」

「是的，姑娘。」花鼠的姑媽說：「這是我侄兒的桌子，他現在到城裏補習去。」

「唷唷。」那姑娘突然驚嚇起來，她指著一件掛在壁上的簑衣道：「這是件藝術品啊。」

「是的，姑娘。這是我侄兒打製的，他今年要上進。」

接著打牛湳的路面便鋪了柏油，庭院蓋了廁所，樹下建了鷄舍，路邊種了椰子，鄰家砌了牆垣，大夥忙碌著，七月便打發過了。

突然新蓋的涼亭告示處貼出一張紙，但這回不是白紙黑字，卻是一片紅花紙，上寫：恭禧花鼠仔上榜。

這消息立即震動了打牛湳，一團舞獅的隊伍便在大道公的廟場舞動著。花鼠仔家排開宴請的桌子，但獨獨不見了花鼠仔的踪跡，他姑媽只說：上學去了，上學去了。

這樣子打牛湳終於又多個舉人，談到花鼠仔，村人便忘了以前不光彩的印象，一地裏恭敬地告誡他們的小孩：我國的地圖像一葉秋海棠。

撚指，光陰又飛去半年，大寒天便到了，鄉道上那片綠草又枯黃了。

這時，打牛湳來了兩個陌生人，一地都穿著緊身褲，頭髮都長到背部來，都在花鼠仔的家出入，最初大家只當是花鼠仔姑媽雇來的傭工。

廟廊前，在寒風冷冽中停一輛牛車，上面裝載剛拔下的蒜頭，一群人圍在那裏翻撿著，那兩個陌生人便到衆人堆去了。

「嗨嗨。」青蛙仔猛然從人群中跳起來：「你不是花鼠仔麼？」

這下子打牛湳的父老都趕緊抬起頭，一看便認得是花鼠仔，他還是瘦瘠瘠地一身，只是頭髮蓬鬆了，看上去彷彿頭重腳輕。

「你不是舉人麼？」村人都微微笑地說：「你不是去上進麼？」

「舉人？上進？」那花鼠仔雙手叉著腰，忽然說：「卑鄙呵！」

村人吃一驚，他們都不懂花鼠仔爲什麼說了這句話。

「卑鄙呵！」花鼠仔繼續說：「如今我不是舉人了，那是十八世紀的老古董呀。」

村人又把眼兒睜大，便都無法想通這些道理。

「我如今是西洋人了，我父親是紅毛仔荷蘭人，都不曉得麼？我如今身份又不同了。」

花鼠仔說完便踢掉一根牛栓，就拉著他的同伴走到廟裏去。

打牛湳一下子便把花鼠仔回鄉的話傳開了，但他爲什麼不再是舉人，爲什麼變成紅毛仔便沒人曉得，他們只瞎猜著，有些人便斷定這個花鼠仔壓根兒是假的，或者是借屍還魂的。

原來這花鼠仔自從考上北部一所大學後，便打點行當，換一身素淨的衣服，一地趕往目的地去。

他免不了有些緊張，因爲與他一同上進的人也都是舉人的料子，那些人與打牛湳自然不一樣了，談吐和舉止一定都像大官人。一路上他不免疑竇叢生，一雙眼溜溜地朝著行人轉，他猜想說不定他身邊站的便是一個舉人，於是他便咧開嘴向著每人笑，這當然是討好的意思，但旁邊的人一式張著木偶的臉，一點回應也沒有。於是花鼠仔便又想，當眞做舉人的都要有些模樣了，都要板著臉，課本上不都這樣寫麼：君子不重則不威。於是花鼠仔沿途瞧著自己的臉面，一板一眼了。這且不提。

開學日到了，花鼠仔因聯考的成績不理想，被分發到哲學系，在上高級中學時花鼠仔也曾聽到哲學這二字，據說都是窮究天地人的至高學問，是博大精深的道理。

「這倒也好，再過一段日子，打牛湳便要稱我爲博士。」他這樣想。

花鼠仔來到學校見到房舍建在山邊，一些學生都抱著書走來走去，一對對男女同伴都偎著走路，若平時花鼠仔是要跳上去糾正的。但現在都上進了，有功名就有兒女，都是天經地義的事，他便也只好忍著氣，但一想到橘子姑娘便也要偏著頭說：「硬是不立志的東西。」

第一堂課，班上陌生的同學都坐定，外頭走進來一位女教授，伊發給每個人一頁紙，要他們寫自傳。花鼠仔可不曾寫過這格式兒。但他想這東西與作文也分不開，便依了樣第一段寫「自傳的重要」，第二段寫「我的經歷」，第三段寫「結論」，頭二段只是廢話，都不是精華，那末段才是重點所在，他寫道：

「總之，家父原是上進舉人，劈哩啪啦，在打牛湳名噪一時。我花鼠仔當奮發向上，方不忝吾所生。」

他這樣寫，只寫了立志的事便累了一身大汗，一地在那裏喘著氣。

班上便有三二個同學跳上來一見花鼠仔的自傳，便嘻嘻地這樣嚷：「花鼠仔同學的父親是舉人呀。」

不到一會兒，全班的同學都搶過來戲謔地看著他。

「我的兒子。」花鼠仔這樣疑惑道：「難道他們的父親都不是舉人。」

第一天上完課，全班都要開舞會。花鼠仔便也不知道這玩藝是什麼，他便穿著一雙家裏頭帶來的白布鞋跟著去。

「這是新世界的玩藝呀，不像老舉人的事呀。」

有一個女同學眼看他在那裏愣著，便這樣訓斥著他。

蓬恰蓬恰，音樂在那裏響著。

但整夜他都不敢跳一支舞。

「卑鄙呵。」花鼠仔回到宿舍便癱瘓著，他終於想到原來上進的人都卑視著舉人，他便搔著頭道：「我都這麼呆頭呆腦麼？」

從此他便很少提父親和舉人的事了。

北部山區，晴時多雲偶陣雨。

花鼠仔的日子一天天地過去，像一筆流水帳，但他斷然是極端憂鬱的，一則是他不太立志了，好比失去重心的人，隨時都在搖晃，再則是適應不了當地的水土，臉面愈發白皙，那頭亂髮稀鬆後都泛出微紅的光來。

「我的兒子。」他照著鏡子這樣想：「這條命怕要喪在這裏。」

那班級不久就要到外頭去郊遊一番。

「喂，花鼠仔，你倒像教中古哲學的那位洋教授。」一個同學就嘻哈地說：「你瞧你的頭髮和臉蛋都與他一般。」

這時便圍上一群同學來玩他的頭髮。

「教授是荷蘭人，花鼠仔只是中國人呀。」另一位同學表示懷疑。

「一定是荷蘭人和花鼠仔的媽生下了花鼠仔。」

另一位同學便笑哈哈地說。

花鼠仔起先十分不懂他們的話，但爲了討好他們便霍地跳起身來。

「都知道麼？我父親也是荷蘭人。」

花鼠仔搖晃著乏力酸軟的腳，偏著頭，眼神溜溜地轉。

大夥兒一下子都不笑了，他們睜大眼睛。

「都知道麼？」花鼠仔終於眼神散亂起來，白皙著一張臉，一綹頭髮散到臉面前：「我父親便是荷蘭人。」

說罷便酸軟地癱下去，倒在地上不動彈，原來花鼠已經極端地營養不良。

這種話總要傳得快，不久全系都曉得他們同學裏有一位混血兒。

但自從花鼠仔變成外國人後，大夥兒彷彿便對他親暱起來，說話也十分客氣，歸究原因是①好奇，好比動物園裏的珍禽異獸；②現實，當時他們都醉心西方的現代哲學；③天命，這點最重要，因爲有一次上近代史，教授談到二次大戰時便說：「原子彈炸到廣島去，轟一聲便死了七萬人。」全班的人都訝然地吐著舌。「所以現代是西洋人的天下。」教授終於下結論說。

「是西洋人的天下。」花鼠仔便十分欣慰了，他想：「我終於找到新的立志了。」

「我父親是荷蘭人。」每逢他要發表意見時都這樣說，又不禁學起荷蘭神父的口頭禪：「yes or no。」他這樣點著頭。

然而這些掌故打牛滴的人自然是不會知道的。

叮叮咚咚的聲音停了，又敲了，敲了，又停了，最後停了。

社區落成呵！社區落成呵！

擴音器這樣地向村民們廣播。

打牛湳這一向也果然不同了，裏裏外外都掃得潔淨，柏油路沒有一絲灰塵，屋前屋外沒有鷄鳴，漂亮得像公園。

社區落成呵！社區落成呵！

所以要召開村民大會！

擴音器又這樣叫。

碰碰碰，冬夜裏，星兒一顆一顆亮在天邊，大道公的廟場前搬出長板凳，掛著一盞燈，村長便站在席上發言：

「茲爲了維護本社區的清潔，我們要約定懲治的辦法。」

村長拿了一頁紙在上頭唸，旁邊站個村幹事，後頭一名區警察。

花鼠仔和他的朋友便在人叢堆坐下來，據說他這個朋友是留法的碩士，喝過洋墨水，是專門來研究三七五減租的。父老們都用扇子啪啦地打著蚊蟲，煙絲抽得又明又滅。花鼠仔原先是不準備來參加的，但都爲了他朋友是研究三七五減租，加以如今花鼠仔對打牛湳的無知和愚昧已經到了不能釋懷的地步，「即使我花鼠仔後世再投胎到打牛湳來，我都寧願做牛馬。」他這樣咕嚕，自然這是因為打牛湳只知道舉人而不知道西洋人的緣故。「都是些土包子，都不知轟地一聲便死掉七萬人。」他又咕嚕。

「對於破壞公共清潔的人，請你們提議懲治的辦法。」村長又發言。

「罰款。」一個父老站起來，他穿一件翻補了個釘的衣服，說：「凡丟下一根稻桿的人罰十元。」

「是的。」另一位也站起來：「凡是在柏油路面放牛糞要罰四十元。」這人的袖口翻出一條裂縫。

「都不要。」一位乾柴著兩根手的老貨仔把煙蒂踏死道：「錢豈是好賺的麼？」

「是的，錢豈是好賺？」一位黝黑臉龐的瘦漢也站起來：「我們都是窮光蛋呀。」

「罰役。」又有一位說：「罰他掃一天路面。」

「我們沒有時間。」第一位提議的人又說：「罰款。」

「幹，錢兒豈是好賺的。」

「罰役。」

「幹。」

「罰款。」一個人猛然大嚷，他站到椅上去。

「幹，」一個也站到桌上去，他破口叫：「我們都是窮光蛋呀。」說罷便撲過去要打那人。

一下子會場都喧嘩起來，村長在臺上猛拍桌子，一時秩序大亂。

「豈都是這樣無知麼？」突然花鼠仔竄到臺上去，他是有些按捺不住了：「豈都不知道西洋人開會的秩序麼？」他這樣手舞足蹈起來，便加到衆人堆裏喧嚷著。

「你不要多說話。」旁邊的警察挨過身來：「給我滾到一邊去。」他威武地說。

「但你不瞭解西洋人。」花鼠仔這樣點著頭：「都知道開會也是西洋人的玩藝麼？yes or no。」花鼠這樣說。

但他瞧著警察肩上那兩顆星便不敢再說話，回到座位去。

「我的兒子，都是愚昧的人種，卑鄙呵。」

他一直這樣想。

卻說這位研究三七五減租的碩士住了幾天，便認眞地工作起來，忙著到縣政府鄉公所翻揀著檔案，而花鼠仔多半是跟在後頭的，他學著碩士提著皮包，儀態凝肅地站在一旁，一則他不願人家以爲他只是碩士的僕從；二則他也頗瞧不起那些鄉縣的官員。他都要人家來崇敬他，但是花鼠仔也還不了解他的工作是什麼。

一日中午，太陽浮在天空上，像一個溫度過高的胖女人。

花鼠仔和碩士剛洗浼過他們的長髮，近日底，花鼠仔愈發勤於模仿碩士了，比如他學著刮鬍子不用刮刀而用剪刀；走路不往前看而往天看；洗澡不用毛巾而用刷子；鈕扣扯下上頭的兩顆；後來連碩士一天上廁所十二次他也十二次，花鼠仔是有意全盤碩士化的，他一想到打牛滴都還那般保守便心疼。

碩士晾乾了頭髮便在牛棚的另一張桌裏拿出一疊大卡片，像花鼠仔幼年玩耍的撲克牌，花鼠仔一時好奇便問：「這玩藝兒用來幹啥？」碩士答：「用來搜集三七五減租的資料。」花鼠仔這時才想起一個重要的問題便又問：「那麼研究三七五減租又有啥用？」

「什麼都不用，不爲目的。」碩士答道：「爲研究而研究。」花鼠仔又追問啥是研究，碩士又說：「便是一種探討的方法，凡是事物都有他的眞相，努力去追尋他的來龍去脈便是一種研究。」花鼠仔愈聽愈糊塗，便不好意思再問下去，唯恐喝過洋墨水的碩士笑他笨，他便口吃而簡單地說：「都偉大麼？都偉大麼？」碩士便也道：「偉大，科學方法的偉大，客觀的，求眞的，一種絕對不容污染的，純爲研究而研究。」

花鼠一聽便覺得上了一堂醍醐灌頂的課，他終歸也是穎悟剔透的人，便舉一反三地想到：這研究的事兒恰也跟我吃飯沒兩樣，整天都吃飯，但不爲什麼而吃，只爲吃飯而吃飯。

他愈想愈有道理，便把心得記在書頁上，準備將來刻成座右銘。

喀喀，牛棚被敲落一片灰泥。他的姑媽拐進來，這幾年她老得更快，佝著身，穿一件沾了蓄藷汁的玄衣褲，破了又補，補了又破。

「你們都這樣勤奮。」姑媽捶捶酸疼的背，只望著牛棚裏擺得零亂的電唱機、收音機、吉他琴：「都要做這樣多的功課麼？」

「像姑媽一樣。」碩士這樣道：「您動手，我們動筆，工具不一樣罷了。」他笑著。

「唉，都一樣麼？」姑媽捺一下背脊，把頭別過去，睨住花鼠仔說：「你也一樣麼？你都只在一邊玩吧，田裏頭的事你做得好麼？現在又忙什麼西洋人，你唸書也都沒板沒眼，我倒希望你回家種田。」

那花鼠仔被訓斥一頓，慌一下，只在那裏躊躇，繼而又看到書頁上那些話便又恢復信心，說：「我不喜歡打牛湳，當今都是西洋人的天下呀，轟一聲便死掉七萬人。」

「你這什麼話。」他姑母站起來罵：「你都忘了我這個像牛像馬的姑母麼？」說罷便盛怒地出去了。

「都是無知的人。」花鼠仔想起所有打牛湳的人都像姑媽，便憂傷地道：「壓根兒是十八世紀的老古董。」

這樣下去，花鼠仔整天研究西方思想，田便少耕了，他姑媽越發像牛馬，不久便患得肺癆，住在醫院休息，但花鼠仔仍然整日研究著，立志彷彿愈加堅定了。

打穀機嘎嘎在田野響著，一支鐮刀沙沙割著稻穗，吭吭吭，一隊歌劇西樂團便停在黃昏打牛湳的廟場上。樂團的宣傳車上亮著「白梅汽水」的招牌，另外擺著一種白梅人參酒。

入夜，廟場架了五顏六色的燈光，擺開大鼓和西洋琴，一團人穿戴得時髦流行，或嵌著墨鏡或穿著高跟，或穿著露背裝或內底的襯衣都露出來。

打牛湳的父老都吃一驚，便有些人都坐在涼亭下偷覷著，但年紀輕的都嘻嘻哈哈爬到牛車上。

花鼠仔自然也蹓到這頭來，他和碩士在人群中蹭蹬著，他即使是從城裏回來，但看到這種團體也還是第一次，這些人都不像打牛湳的村民，倒與舞會裏的同伴相似。花鼠仔是聰明人，便曉得這也是洋人的玩藝。他看到碩士在那裏沉吟著頗有幾分興味，便也想到研究的事來，他把手一指說：「這也是三七五減租的成果麼？」碩士沉吟著說：「是一種現代化的過程。」花鼠仔一聽「現代化」這詞兒便又知道這是個大學問，但怕碩士笑他，便靜默了。

「父兄們，」劇團的司儀說：「今夜是有氣氛的夜，敝團從各大城裏邀來許多大歌星來唱歌。」那司儀停了停，叮叮噹噹的樂器便響一陣。「首先，」司儀喊：「首先要請城裏著名的田莊兄哥石軍先生唱一首：等妳一世人。」

接著吭吭地樂器便敲打起來。

吵了一陣，一個戴金邊鏡框的人便跳上來，他穿一件緊身綠金衣裳，勒條滾花大皮帶，要鄉人購買白梅汽水，他說：「如今不瞞您說，做社都是賠本來賣的，不論您割草、打穀，不論您癆傷肺傷，只要喝我的白梅汽水和人參酒便都好了，您自也不要計較那三錢二錢，都與我買去，決不會讓您吃虧。」

打牛湳的人便喧嘩一陣，他們都不曾見過城裏頭的人，但據說城裏頭的人都像半仙，便也窸窸窣窣從口袋裏拿出鈔票來，你爭我奪地買將開來。

「眞是傻瓜。」花鼠仔兀自這樣想：「一生一世都賺不了一毛錢，這一夜便都被城裏的人用西洋法賺去了。」但他想一想也只認爲這是天命，「如今都是西洋人的天下。」他想。

「底下節目便是跳舞。」司儀看著錢收走了，便又拉起麥克風說：「底下都是城裏的舞星，貴村若會跳舞的人都下來湊熱鬧，也好娛樂娛樂。」

說罷，便有四五種樂器響起來，燈光閃閃爍爍。一個裹著緊身胸衣的女人便跳了起來，像條蛇。

打牛湳的人都瞇著眼看著。

「這是啥玩藝？」一個站在花鼠仔邊邊的老婆說：「如今世界都變了樣，想當年我們出嫁後還遮遮藏藏，生怕身上破個洞，現在的女孩還未出閣，都把寶兒耍出來了。」

花鼠在旁邊一聽便冒一些火，他道：「妳的話都有毛病。」他對老婆斥訓道：「如今是西洋人的天下呀。」

「你如今倒也訓起我來了。」那老婆一聽也氣了，伸手便要來打花鼠仔。那花鼠仔便裝出威嚴來：「但你都不知道我父親是荷蘭人。」老婆再一聽覺得耳熟，黑暗中瞧出花鼠仔，便也停手了。

「都是些瘋子。」說罷，老婆便離開了。

花鼠仔只冷冷地鄙夷著。

舞了一回，司儀便又上來。他瞧瞧打牛湳的人便道：「怎麼，都不敢上來麼？跳舞只是研究而已。」那司儀趾高氣揚地對著打牛湳的人喊，那些站在牛車上的青年只把脖子一縮，變成一隻寒蟬了。

「都是丟臉的事。」花鼠仔一想：這打牛湳是沒出息了，但打牛湳怎樣原與我無關，而我花鼠仔是要自尊的人，好歹把我花鼠仔也算到打牛湳去便混淆是非了。他一想便不由興起一陣正義的憤慨來，又聽司儀說：「研究」兩字，便也知道這也是一件偉大的事，便知道跳舞也是求客觀求眞理的學問，便想起自己是立志的人，便心動神搖起來了。

「怎麼？」司儀又道：「研究研究。」

打牛湳的人又起一陣騷動，但馬上又平息下去，都像一隻蟲豸任這歌劇團去蹂躪了，燈光閃閃爍爍。

「讓我花鼠仔來一番。」他一想便扳開了圍觀的人，跳到場上去，便用那雙細瘦的腿叮噹噹地跳著了。

場內場外的人都喝采。

「你是什麼人？」司儀等舞過了便欽佩地問著他，還要送他三瓶人參酒。

「立志的人。」花鼠仔莊嚴地對所有打牛湳的人道：「你們這回都曉得西洋人的厲害了。」

說罷便光榮地退到場外去。

叮叮咚咚，樂器又響開了。

秋老虎一張開嘴便呼出一口熱氣，這季節裏，大大小小的河川都乾旱著。打牛湳便要播田了，姑媽病著，花鼠仔便只好跟著村人搶著水。

花鼠仔自從在廟場跳舞後便十分得意了，他都一直用研究的眼光來權衡打牛湳，比如看到一串香腸便說：「這是什麼玩藝，我們西洋人便不須這樣費手段，只要把豬仔往機器一趕，出來時便是一串串好貨色。」他一面說一面又低下頭對著地上道：「打牛湳都這樣不衛生麼？Yes or No。」點著頭。又比如看到村人嚼檳榔也要嘀咕說：「都吃不完這種劣等的消費品麼？」這樣想他便愈是覺得打牛湳眞不是人住的地方，後來他每逢在一個地點停泊下來都要覺得尷尬，彷彿這打牛湳便生了許多滑稽的汁液，都黏在他身上。

花鼠一到田裏便看到打牛湳的人都在田裏做工，他們都嘩啦嘩啦潦起田裏的水，陽光晒在他們赤膊的黑皮膚上都彷彿結了一層無知愚昧的殼，在那裏反射鬱鬱的光——卑賤的光。

「我以前也是愚昧。」花鼠仔這樣自省：「深居在這地方，而我二十五年的生命是什麼？」他這樣問自己了。

「都不及西洋人一根汗毛哩。」他說著便恨恨把田水堵死了，也管不得下游的人怎樣。蹬蹬蹬，一個下游水田的人於是急躁地跳過來。

「好歹你那田水不要堵得那般死，一個人一半好啦。」那人說。

花鼠一看這人不穿上衣，腰際紮根草繩，褲子都要掉下來，腆著無知的褐肚皮，又是一個鄙賤的人種，便道：「不行。」

「你都叫我不要耕田麼？」

那人生氣了，便要去撬開花鼠仔擋水的柵門。「你也都不知道西洋的公理嗎？」花鼠仔只跳到前頭去阻擋，但衰弱的身子站不穩，險些掉到溝裏去。

「我只知道我也要活。」

那人也不停止，衝到前頭來。

「眞是無知識。」花鼠仔大聲吼道。其實他也不知道什麼是「西洋法」，只道是凡西洋人做的都是對的，他是西洋人，便做任何事都對了。

一下子，左右鄰舍的人都跑到這頭來，轟轟然便圍了一大群，他們都品論著花鼠仔不該把田水堵得那麼死。

「但這打牛湳也眞賤。」花鼠只這樣想：「都不尊重我花鼠仔的身份。」

「你們也是一夥烏合之衆，都是義和團。」其實花鼠仔又不懂義和團，只聽城裏的學生這樣曾說過它是叛亂的團體，他也跟著說。

「都是你不對呀。」有許多人道：「你不該只顧自己生活。」

「這樣麼？」花鼠一看大夥的指責很猛烈，倒也疑惑起自己來，但轉頭一想總覺得什麼地方不對勁，打牛湳壓根兒不必重視它呀，便又改口道：「這樣麼？我花鼠仔便只要這樣做，那關你們什麼事？」他拍起胸膛。

打牛湳的人一聽便呱噪了，他們都把臉拉下，很公正地去揭花鼠仔的底牌，有人說他根本就是壞了他姑媽的聲名，有人說他根本忽視了大夥的鄉親情份，有人乾脆指責他說：那天都因他跳了舞結果多買兩瓶人參酒，那酒兒都是假冒的，壓根兒是胡蘿蔔做的。

「你這算什麼法？」那人便很忿怒了，抓起鋤子便把花鼠仔打翻在溝裏。

自從這件糾紛後，打牛湳好似便與花鼠仔對立起來了，村裏頭的人一見到他便不與他說話。花鼠仔一生中可從沒有幹過這樣大的勾當，他以前都是看著打牛湳的臉色生活的，他的尊嚴都在打牛湳的擁護下建立起來的，但是現在卻有些不同，他好比一個跳腳便躍到打牛湳的頭上去，與打牛湳分離了、懸空了，一頭一腳沒重心，他不由地安不下心。但回到牛棚，一看著卡片和研究心得又想到西洋法，便兀自鎮定下來。偶而他便跑到姑媽的妝鏡前，他都看看自己那頭營養不良的頭髮，便叫：「我是西洋人，打牛湳你是什麼東西，都一齊上來吧，我花鼠仔不怕你。」他這樣喊著，常要驚動一些雞鴨。

但是打牛湳似乎愈發冷淡了，一些人老指著人參酒的事罵，花鼠仔固然懶得去理這些卑賤的人種，但他終歸是立志的人，便收拾好行李，趁姑媽剛出院，一地又到城裏去了。

農人黧黑的腳邁動在田裏，撒出去的硫安白成一道線，十月的秧苗在稻田。

鄉公所又來了個委員，他指揮著一隊人，田野架起一根根的測望鏡，一個碼尺橫過原野劃著線，驚起牛背上一隻隻的白鷺鷥。

土地重劃！土地重劃！

擴音器便又喊。

原來打牛湳自實行三七五減租後，私人的土地便沒有準則地散佈著，星羅棋佈地亂糟糟，政府爲了要美觀，都想把它打散了重新分配。

打牛湳一陣子熱鬧便跑去登記，央請重劃的官員重新配定一塊好的地皮給他。

花鼠仔的姑媽沒力氣去管這些，便分到一塊水源、肥度都有問題的地，面積也少了些，少的原因據官員說是修道路去了，但花鼠仔的姑媽向來與世無爭，便視爲應該的事。

一天，廟場邊的柳樹下圍了些人，二個漢子在那邊吵。

「你這人怎地這般刻薄，還沒重劃你便把錢給了官吏，如今你分到好的地段倒也罷了，卻來取笑我們。」一個捲著袖口的莊稼漢赤著臉指著村長的兒子罵。

「這也算取笑麼？事實上你們都是不會思想算計的牛羊。」村長的兒子偏著頭說。

「這是人說的話麼？壓根兒便是花鼠仔生的。」那壯漢說。

「幹，你罵人麼？你才是花鼠仔的兒子。」村長的兒子一聽對方罵他這種不光采的話，便怒不可遏，伸手要來打那壯漢。

圍觀的人一看要動手，便有二三人跳過來：「罷了，罷了，都是自己人呀，不要壞了打牛湳的感情。」便把二人拉開了。

自這件事後，打牛湳便把他們的態度表明，他們都是嫉視著花鼠仔這樣的人。

光陰似箭，日月如梭，轉眼又過兩年。

打牛湳都不見到花鼠仔，他姑媽日作晚息，愈發勤奮，不久便在田地裏跌個踉蹌，去世了。

這消息便叫打牛湳吃一驚，里長伯陳阿發向來與花鼠仔家有親戚關係，見後事無人照料，便一地趕快代爲發喪，一地寫信給花鼠仔要他回來做七旬。

時間好比一種狹長的糖，摻一點酸酸的悲哀，外頭包著鑼鼓八管的包裝，已經兩三夜，祭禮就要做完了，黃昏的打牛湳村人都準備要來送喪，卻獨獨看不見花鼠仔。村人便七舌八嘴地猜：這花鼠必然沒有接到信兒。有些往好處想的人便道：他一定努力去備辦一份牲禮才耽擱了時日。

正吵著，卻瞧見一輛畫著美國星條的無蓬轎車馳進來，那車映著日光直發亮，繞場兩週後便停下，跳出兩個人。起先大夥兒以爲這輛車是運載喪貨來的，但又不像，因爲那二人都不說話，都是金色頭髮，戴墨鏡，衣飾十分入時，矮的走在前頭，高的走在後頭。打牛湳便有人曉得他們都是外國人，因爲電視上都這種模樣。

那前面的矮個兒一地指劃，後一個拿著相機咔喳咔喳照，打牛湳的人更覺得疑竇。

「這裏請坐。」里長伯慌忙搬著一張凳子給拿相機的高個兒：「要參加喪禮便在這裏請坐。」

但那洋人不知道里長伯講啥，只傻笑著，相機還是咔喳響，一個村裏的大漢看不慣便要來奪相機。

「無禮？」突然前頭的矮個兒跳過來，他把墨鏡拿開，偏著頭：「不知道他是我帶回來的麼？」

大家仔細一瞧便認出這矮洋人原來是花鼠仔，打牛湳都吃驚地瞪大眼珠，原來花鼠仔早把頭髮染了，都變成金黃色，又燙捲起來，那一向瘦得分明的臉乍看更像西洋人。

「你回來得正是時候。」里長伯跳過來：「你只要去披麻帶孝，這一切我們都替你準備停當。」

「是麼?我得當孝男麼？」花鼠仔終於躊躇著。

原來花鼠仔這一二年來都和洋人混在一塊。閒時便幫洋人打雜，三餐便這樣過來。他在老闆家認得這位洋人神父，他早年在越戰中退役下來，因爲沒有犧牲，回到美洲去便想念東方，他因是教會底人，對東方的生命禮儀有興趣，便到處研究，花鼠仔便帶他回來看喪禮。「我現在都成了基督徒，不準備當孝男的。」花鼠仔猶豫地搖晃著腦。但他原也是不堅定的，比如他雖把頭髮染了卻不敢去隆鼻，他只想當個洋人，卻也還有幾分惦念從前的自己，這倒不是他認爲洋人不好，實在是因爲他怕自己是否能完全地像洋人，只在這上頭懸疑著，他的心還不是頂硬的。

「信那麵粉教麼？」里長伯這樣說。以前打牛湳也來過基督教，剛到時找不到信徒，便三二包地把麵粉往家送，信的人都要燒去祖先牌位的。但打牛湳的人都頑冥不靈，只把牌位移去，等麵粉領過來便又安回去。那洋教呆不下去，終於離開了。「信那數典忘祖的宗教麼？」里長伯不解地道。

「你不應該信那教。」打牛湳的村人都圍來指責他。

「都虧我們辛苦弔祭你姑媽，你卻只一、兩年都把她忘了。」里長伯有些怒容。

「這……那……」花鼠仔吱唔著。他到底有些被說動了，便想當孝男，但心又想：我如今皈依了基督便要信守他的垂訓，這批打牛湳的人都沒見過西洋人的教堂，只用古董的儀式在那裏瞎鬧，壓根兒是不曾見過世面的卑鄙人種，我花鼠仔豈能與他們驥牛同阜？但又看著打牛湳的人都指著他，便也一時間不知所措。

「但我父親是西洋人。」他便只這樣說。

「你不要只顧在那裏抓頭髮，你都給我進去穿衣服。」里長伯只推著他往室裏去。

那高個兒搶了三二步也想跟進去，被打牛湳的漢子打了個踉蹌，一地只倚在車邊等花鼠仔。

夕陽逐漸依著西山滾落下去，吭吭的鑼聲響起了，西邊一片雲蒸霞蔚。

出山的行列都像條百足蟲。

郎噹一聲，隊伍前的一個道士把鉢祭在天空，急速一個轉又降回到他的手心裏來。又是一聲吆喝，草龍高高在行列的頭上，它的煙都要薰著花鼠仔的鼻孔，他覺得有些暈。如今他戴著草箍捧著斗，但他心底沒有感覺，他只管瞧著天邊靜止而黛藍的雲，兩條細腿亂發抖，他便想到近日營養不良已經又嚴重上來。他望望走在旁邊的西洋人，便又想到西洋人眞偉大，高個兒的神父直把鏡頭對他照，大概要列入研究的對象，他可從沒想過他有這等大的價值。便又把頭轉後去看那群扮著的孝女賢孫們，他彷彿看到隊伍都像一條白色泡沫組成的河流，一直休休戛戛地擠著走，又彷彿看見他被浮漂到上面來，一會兒又沉下去。便不知不覺顚了幾下腳，端的斗險些掉下去。

「我的兒子，這要命的營養不良。」他這樣咕嚕著，不禁又想起在臺北常是連續幾天不吃飯的。

停、停，隊伍便在一個河邊的空地停下來，整片的野草中被挖個坑，一架大抽水機震天動地地在一邊抽著水，親友都圍著坑。

法師終於拿了一些葉子沾了水，在每人的手裏灑幾下。花鼠仔的耳朵好像要被抽水機震聾了，他眞想去喝幾口水，但大家都肅穆地不動，他便望望每個人的身影，他想到這景像都像舞會裏慢拍的華爾滋，每人都兀立在那裏。至於姑媽什麼時候埋下去的他便不知道了，回程裏，他的腦門只裝著一些兀立的人影和那巨大的抽水機。

做完頭旬，花鼠仔和神父走到村郊的高地來。

這高地原是一個小丘，現在慢慢平蕪了，上頭一棵大榕樹，樹下坐著一大群人，他和神父便走去看。

原來是乞食伯在這裏掘地，突然發覺一根骨頭，他生怕遭了煞，便想在樹下立個神位，這消息自然要震動打牛湳。人群都在聒噪，那神父看得起勁，相機當然咔喳個不停。

「這是啥現象？」花鼠仔問神父。其實他自幼便看膩了這東西，光村裏那間萬善公廟，枯骨就有幾千支，都用麻袋來裝的，但他在神父的面前總要是無知的，他只能問。

「枯骨崇拜。」神父說。

花鼠仔聽這個新名詞便知道又是一種大學問，他不敢追問下去，仍簡潔說：「都偉大嗎？」

「只是迷信。」神父又說。

這時乞食伯備了三牲酒禮，又將那骨頭裝在罐子裏，都放好後便焚起冥紙，一下子火光熊熊，把樹邊的小草都烤乾了，又一陣聒噪，有些阿婆便跪下去拜，都伏在地上不肯抬頭。

「不偉大呀，只是迷信。」花鼠仔忽然跳在前面，他便指著罐子道：「都是騙人的玩藝兒。」原來花鼠仔一聽神父的話心頭便直發痲，他生平都是立志的人，怎能讓打牛湳在洋人的面前出醜，他心裏直想：都是些牛羊，壓根兒做這種愚昧的事。

「都是迷信。」花鼠又說，這次要伸手去掀罐子，乞食伯一看忙用手來擋開。「你不要命麼？」乞食伯嚷，衆人都把頭抬起來，凶猛地瞧著花鼠仔。

「但這是騙人的玩藝。」花鼠仔把胸膛挺直，一生中這次大約是他最理直氣壯的時候，因爲這回有個神父在身邊：「你且問問神父。」

「幹。」一個大漢突然竄過來，他指著神父：「就是花鼠仔姑媽出山那天，這大鼻子到我家豬棚去拍照，與我那些豬仔犯了沖，一下子豬仔死去一半，我正要找他理論。」

大夥兒一齊附和起來，七腳八手把神父的相機搶來砸碎了。

「丟臉呵。」花鼠仔看到這情形直痙攣，便帶著神父落荒地逃去了。

事後，花鼠仔和神父便不敢任意外出了，因爲壞了相機，神父也只能記些筆記，一時損兵折將，但這豈能說是花鼠仔的失敗？當初花鼠仔也想要原諒打牛湳的。但看到神父堅信聖經和那副聰明的樣子便越發不能與打牛湳干休了，他想到，這打牛湳的人和洋人不啻是天壤之別，世界就存在著像打牛湳這種愚頑的人種，像一顆石頭，不但放在地上不會動並且生根，而那些根自然也都是石頭。都硬化了。

「都是些石頭。」說罷，花鼠仔的心一陣陣絞痛。白天這種恥辱的意識都像刀尖斬割他的神經，夜裏更像黑暗的烏氣直要把他的肚皮撐破。

「我與你打牛湳拚了。」他雙手總要在無形中舞動了。

終於，事情便發生了。

風掃過社區外的椰子樹，路面十分筆直齊整。

花鼠仔和神父駕著車溜到鄰村去考察，近日花鼠仔也跟著神父學一手風馳電掣的好本事。

焦烤的田野悶悶地吹著風，一群群雀兒吱喳地飛跳在大地，幾個苦命人家的小孩劈著草皮當柴燒，駝背的人在田裏找莠草。剛出到打牛湳便要越過一座長狹的橋，花鼠仔的眼睛都只顧看旁邊，等他的車開到狹橋上才看清前頭早停一輛裝滿乾柴的牛車兒。這橋兒容不得兩輛車。

那農人一看花鼠的轎車來得兇，便罵：「都急著去鬼門關麼？也不懂行車的規矩。」農人的雙手雙腳都沾滿泥巴，一身晒成黑炭，更顯出他的卑賤來。

花鼠仔經他一罵甫驚了一下，便想把車子望後轉去，但一見牛車和那卑賤的人種便一時委屈起來。心忖：「好歹橋是大家的，要用就一齊用。」他覺得大家都有錯，又聽農夫罵他便生氣了，「如今打牛湳都罵起我了。」他又想到那些石頭樣的人種便一下覺得頭昏，便把油門一踩，直衝過去。那牛兒一嚇拉著牛車便掉到河裏去。農人閃了身抓住了花鼠仔，等花鼠仔清醒過來發現橋四周擠滿了人，警察也來了，他便知道惹禍了。

那警察詢問，花鼠仔一慌說不出話兒，只一地道：yes or no。一地偏點著頭。

「你們是洋人麼？」警察大聲問。

「yes，yes。」花鼠仔支支吾吾道。

「你們怎麼讓他人的牛和車跌到水裏去？」警察拿了一張單子，抄著紀錄。

花鼠仔可慌了，他又支支唔唔道：「no，no。」便什麼也答不出來。

警察一時間也束手無策，因爲警察也不會說洋文。

「大人，那小個子不是洋人，他只是花鼠仔假冒的。」

一個認識花鼠仔的人這樣跑出來說，那警察仔細一瞧，便拿出手銬來，把他和神父帶到警局去了。

4 彌勒佛，都不知道災難就要到麼？

這回花鼠仔被逮的消息傳遍鄉里，甚而擴到省縣去了，他別的壞事不做偏觸了官法，這不是三二天可以解決的，那七旬功德也缺個人做，都草草了事。後來有一個莊稼漢說他在警局見到花鼠仔，只見花鼠仔坐在詢問椅上兀自地說：「都不知道我父親是西洋人麼？」便指斥那警察好管閒事，都做義和團的幫兇。那警察一氣便把花鼠仔的染髮全部剃去，只見他又變成尖嘴猴腮的模樣。另外有一個從城裏回來的人說，他在北部的街頭看見一個短髮的瘦子，他手裏拿著一張教會的牌兒，胸前掛一張印度大災難的圖片，蹲在角落向行人乞錢，大家看他不像教會人士便不把錢給他，他也只兀自說：我是西洋人。說的那人道：那個瘦子便是花鼠仔。

這且不提。

卻說花鼠仔家從此缺個主子，半甲的沙地空在那裏，里長伯便好心幫他種植，原想收成一些錢寄給花鼠仔花用，誰知耕種的收成壓根兒付不起工資、農藥和稅收，只種了兩期稻作便賠了一萬多塊錢，里長伯只唉嘆一聲便任那地皮去荒蕪了。

風吹柳樹，雨打芭蕉，悠忽又過二年。

這段日子，打牛湳有些微的變動，比如社區的椰樹都長到電線上，村長又放高利貸，東廓幾家茅屋又翻修屋頂，林春風的那隻種牛被雷擊斃，大道公廟又粉刷一次。大大小小的事便有幾打之多，卻有一種景像矗起，那便是信神拜佛的人漸漸多了，村廟又蓋了幾家，彷彿是某種古舊的風尚又復活了，更有一件事便是娶媳婦的喜事也多了。大約這現象也是頂正常的，原來打牛湳的青年愈走愈少了，留在村里的儘是老頭兒，三二天便死一個，大家都不想死後到地獄去，便認眞拜起神了。而城裏的青年賺了錢便娶個媳婦回來，爲了誇耀一番，難免要備辦酒席了。

轉眼，里長伯的大孩子便要娶媳婦，他家的人忙得團團轉，便要把竹屋修一修，還到處發請帖。順便把一張帖兒寄到城裏去給花鼠仔。

天黑黑的，星兒一閃一閃地亮在天空，婚禮前二天晚上，月牙浮在村郊破落的村廓上，有一條人影沿著木麻黃路，一地走進打牛湳，到了村子已是凌晨五點鐘。

這人一臉油垢，蓬鬆著髮，衣服沒一排鈕釦，腰間紮根細草繩，赤著腳，他一走到村店便去找根煙蒂，兀自在牆角抽了起來，有時便尋來一兩塊沒吃完的甘蔗皮，咔喳咔喳直咬著。

像這樣的畸零人，打牛湳的人便不以爲怪，大家都知道，村郊外頭，三柳蔭的地方便有一個乞食寮，裏頭住滿一個個餓鬼，他們都要輪番到各莊去乞討，料想這個人便從那頭走出來的。

里長伯娶媳的日子到了，大夥兒都聚到他家來，里長伯的庭院開了幾十桌酒席。酒過三巡，大夥兒逐漸都吃起勁了，那里長伯的兒子便帶著新娘頻頻向親友勸酒，親友們便都看到新娘一臉嫻雅，便也是個有福的人，但卻是大了一個肚子，起先大家竊竊私語，但後來又聽說城裏的人都是先產小孩後才結婚的，便以爲理所當然。他們都裝出笑容嘻嘻哈哈地祝賀著。

正鬧著便有一批丐兒拐進來，他們站在門口都不肯走，里長伯忙著拿出菜飯，一個個打發著。卻有一個小瘦丐子不要食物，他撇開沒釦子的衣服，鬆了腰間草繩，便坐到酒席上。

「你這丐兒，都站在那邊，不要上來。」父老喝道。

「我不與他們同夥。」那丐兒轉動場下的眼皮道。

酒席的人都把眼睛轉過去，一認便認出是花鼠仔，他們便趕緊把座位讓出來，又問長問短，關心起他的事來。

「我已回來二天。」花鼠仔吃著食物道，拿著的筷子直抖動，夾起的東西又掉下去，一雙手瘦成了黑柴，指甲烏膩地發了亮：「從北部走回來，知道麼？」突然他顫顫巍巍地立起來：「我是立志的人呵。」說罷便昏了過去，大夥兒七手八腳，把他抬到房裏去。

不久婚禮的人便傳著一些故事，他們都聽說因爲花鼠仔在學校不唸書，只好幻想，學校便開除他。以後在洋人家打雜，後來洋人回美國了便替教會做事，但賺的錢那夠花用，不久便流浪街頭，一餐當著三餐吃，眼看要餓死在臺北，接到帖子便知道親戚有了喜事，這時他那有錢搭車，便提早五六天，一路乞討回來。

「但你們都曉得麼？我花鼠仔豈肯坐霸王車麼？」病床上的花鼠仔半昏迷地道：「我說用走的，便可以走回來。」他原要把手伸到胸前來拍著，但都沒有了力氣，醫生看了，忙又給他打了一劑葡萄糖。

不久，他醒了，坐在廳堂上，里長伯便勸他好好掘地，都要像他姑媽一樣勤儉持家，將來積一點錢、娶老婆，好好過日子。村里的人都也這樣跟著勸。那些往昔和花鼠仔有間隙的人都看他可憐，便也一個個動了良心，跑來探望他。

「都是麼？」花鼠仔用兩隻瘦細的手奮力掙扎地指劃著，衰弱的頭直向地面搗叩著，「都是麼？」猛然他睜大眼睛喊著。

眾人嚇一跳，便又要來勸解著他。

「丟臉呵！」

說罷，便走出去了。

從此他不回家，只在村內村外流浪著。

幾月後，花鼠仔越發像個乞兒了。他把上衣脫掉了，也不洗澡，任滿身的黑垢從腳板長到頭上，他弓著身子，頭壳垂向地面像駝兒，有時候口裏唸唸有詞。在路上大夥兒常看他走著走著，忽然在一棵樹桿旁停下來，接著便劈起手刀往樹身亂砍，他喊道：「便只這樣就能挫折我花鼠仔的志氣麼？」他常常這樣叫，終於聲嘶力竭地倒到樹下，而他的休息處自也與人不同，閒時便在郊外的破瓦礫場坐著，或在爛草堆打滾，慢慢地他都像變形蟲，逐漸與垃圾瓦礫一般了。

對於這樣的行為，打牛湳的人自然不會懂，很多人都在那邊猜測著。有一陣子打牛湳哄動過一個地理仙，那地理仙便指出道：「一定是他姑媽的墳墓做得不好。」里長伯終於拿了錢替他姑媽撿了骨，另闢個墳墓，但花鼠仔的病還是沒有起色。後來便有一位城裏來的醫生說花鼠仔心理有偏差，怕要患什麼情結，「總之，是要送精神病院。」那醫生說。但里長伯可沒有錢，就任花鼠仔自己生滅去了。

其實花鼠爲什麼會這樣便連他自己也不十分曉得，他只認爲自己的抱負終於是不能實現的，他的西洋人便也只是空殼兒，他一再反省便知道其實西洋人也還是假志向吧。他愈想如今西洋人做不成了，立志又落空了，便愈發感到自己存在的困頓了。且不聽古人道：「人無志不立。」豈只不立，若無志便是躺在地上都要感到困難，自己以往的抱負像一顆顆泡沫都要破去，如今世界便無一去處。「便都沒有我紮根的地方麼？」他這樣內心絞痛地呼求著，便不禁要往自己的身上亂打。

陽光聊爲衰竭，天地捲一陣清涼的風，季節入了深秋。

打牛湳的樹葉簌簌地落。花鼠仔便搬到防空壕裏去住，除了偶而把頭探出來看看朝暮晨昏外，便躲在洞裏頭不動。打牛湳人都以爲這回花鼠仔一定見不到天日了，過不了這個冬，一定要凍成一副屍骸，不料卻有一個天數救了他的危難。

十月廿五日是感天大帝的節日，也就是打牛湳的大日子，原來這廟宇是要分駐各地的，一逢到這時，各地分廟便要趕回來進香。

人潮立即擁到這座小廟庭，嚇嚇的鼓聲直要震垮旁邊毗連的茅屋。花旗子到處飄揚，村人都挑著一擔擔細麵放在廟前，到處都是城裏頭的紅男綠女衣飾華麗地在秋陽下。

咚咚咚，一片鑼鼓敲開了，神輿火速地抬上來，當中跳落兩個童乩，一個執著鯊劍，一個吊著刺球，他們站定了，法師燃了香，做個迎接儀式，乩童便顫顫地抖動起來。他們都循環地砍殺自己的背部，露出一條條的血痕兒，圍觀的群衆都喝釆，血跡在陽光下斑斑刺目。

鑼鼓便又大噪。

「這樣就挫敗了我的立志麼？」猛然一聲很尖銳的叫聲響起，人叢中奔出一個髒懶的瘦漢，他便跳到童乩的面前來，劈手奪下那把鯊劍朝自己身上亂砍，只見血跡在他身上氾濫開來。大夥兒一聲驚呼都不知所措，那童乩和法師也壞了法術，只立在旁邊看。

「你都這麼就挫敗我的立志麼？」轉眼間，他又大喊，又往自己身上連番砍殺，衆人都不敢正視。

城裏的人都把相機咔喳響。

這時便有人去通知里長伯，只告訴他那花鼠仔又鬧事，便三腳二步地趕到現場。那花鼠仔愈發像著魔般地砍殺，好像他小時候在河邊伐著蕃石榴一般，一刀一筆都有稜角，眼看便要喪命在那裏，里長伯只好也跳到裏頭去大喊：「你這畜生，總都做什麼莫名其妙的鬼把戲，還不與我歇手。」劈手便把鯊劍奪了，廟前的人都喧嘩，直要撼動十月底天空。

「但也殺得死我花鼠半生的悔恨麼？」他這樣說便兇狠地掙起身子往村郊又去了。

里長伯只好嘆氣，他本是擔心花鼠仔的生活，如今更擔心他的生死了。

以後村人竟也意外地不見花鼠仔再呆在防空壕裏，據一些人說，他此刻已上山求仙，都入關打坐，怕要成正果了，但這畢竟只是傳言，眞相還是不明。

正月初一，打牛湳猛地駭動起來，因爲大慶典在今年舉行。

原來打牛湳的村子裏許多人都暗中信了一貫道，這教原是白蓮教的一支，崇拜一個彌勒佛，原也是佛裏的一個尊者，但這教剽竊基督教最後審判的教理，便稱世界末日即要來到，若要得解救便只有堅信一貫道，那彌勒佛早釋迦牟尼五百年出生，凡釋迦沒渡盡的衆生俱由他負責渡去，若執一個敬拜的心，便是災劫到了都不畏它，只會上天堂去。打牛湳一聽都信了它。

柳樹兒生嫩芽，這正月初一恰是彌勒佛生日，一貫道便在村長的後院築個鸞壇，打牛湳的信徒便會聚在這裏，像蝗蟻。

法師上個香，拿了四書五經便做起功課，他道如今世風日下，災難要生，彌勒要降，勸弟子們死守善道，廣佈恩慈。接著便叫左右吹起法螺，燒了一疊金箔，卻有一個赤裸上身的乩童跳將上來，他身體略爲瘦了些，一開始便弔著眼大喝：

「都曉得麼？我父親是彌勒佛。」接著全身便節奏地發起顫：「當今世界末日就要到，一陣大水都要來了，沙沙地刮得你寸草不留，你抵擋得了麼？」

他兀自嘻嘻地發出聲來，打牛湳的人都被他的話懾住了不敢出聲，但都看淸這位原是成仙的花鼠仔。

「嘻嘻嘻……」突然他口中冒著泡，兀自連唱帶跳起來。法師把一束香遞給他便沉聲道：「都要知道，現在彌勒佛已附在他身上說話。」

「嘻嘻嘻……」花鼠仔著呲牙又唱道。法師忙解釋：「他說世界末日要到了，若要得解脫的人今夜三更，都要聚在這裏，牽引一條草繩去找仙水喝，每人並且都得備了三斗米和三百塊錢，沿途抛棄。」

「嘻嘻嘻……」花鼠仔又道。法師又解釋：「彌勒佛說凡是參與事的人都不得洩露天機，否則必遭天譴。」

打牛湳的人都噤著，忙說不敢。當夜，這些信徒都兀自照做了。

這一下，花鼠仔便又成名了，原來他時運又到，只在感天大帝前表演一次砍殺便被一貫道收去當乩童了。這眞應驗了一句俗話：「歹星仔活長命。」意思是說凡是孬種都不會那麼快就死去的。

5 結論

然而，這花鼠仔的故事是沒有結束的一天，因爲花鼠仔都還繼續活著，並且愈來活得愈立志了，他現在常腆著一身排骨出入各家廟宇，儘用咒語來與凡人談話了，都成了打牛湳的宗教領袖。我如今在大道公的廟埸便看過他的印璽，大家都紛紛談他，今年我又看他把勢力伸入武術館裏去了，領著宋江陣到各村莊去耀武揚威。歲月在流轉，花鼠仔和打牛湳會變成怎樣我們都不敢去預卜，但有一種事是可以猜測的：在花鼠仔還沒有立定下一個志向前，他還有一段激昂的日子過。

——一九七六年春寫於鹿港

打牛湳村系列 3.

糶穀日記

五月四日午后，天氣：霪雨，地點：粿葉樹下

這陣子總是奇怪的天候，有時炎炎的赤日曬在打牛湳的社區裏，活似要烤剝人皮伊般。汗濕和蚊蚋四溢在整個天地，但是，忽然刮一陣涼濕濕的風，樹葉嘩嘩地顫動著，淅淅瀝瀝的西北雨就下將起來，雨水便無款無樣地氾濫在村道。好！你永遠沒有個機會去猜透，今日是什麼樣底氣候，豈不聞人家說過：「春天後母面，七月火燒埔。」而五月正巧夾在後母和火燒埔之間。

連續落幾天的雨了，落在打牛湳柏油路邊的稻穀都長出嫩葉了，和不知名的草花顫動在斜斜的午后雨中。現在是二點至三點鐘之間，快活的小鷄在路面上咯嘰咯嘰地啄食著。忽然天邊一大片的烏雲逐一崩裂開，雨停了，一道亮白的光探出雲隙，雖然還見不到太陽，但打牛湳社區的新瓦牆卻綠紅鮮明起來。嘩地，全村子的人都一致地掀開了剛收割的穀堆，用著穀耙子，佝著虔敬的身子，把稻穀披晾開來了。

在村子的尾端地方，十字路邊，有一家雜貨店，店前有幾棵高大盤錯的粿葉樹，這種樹在社區建設後便少在打牛湳存活了。村長早前規定，做了社區後就要來掃除髒亂，凡是舊時代的風物皆應革去。只見三兩下，村路上的木麻黃列，屋後鬼颼颼的刺竹叢全部砍去，種了

椰子和楊柳，因之，這幾棵粿葉樹便成爲絕無僅有了。此時正值店前這幾棵粿葉樹開花繁枝的時候，在這一帶曬穀的人都跑到樹腳來歇息，他們看著穀子，無事時或者就下著棋、或者躺睡著、或者抱著膝、或者雜談著，涼陰濕濡的風刮過樹頂，吧噠吧噠便落了許多杯狀粉黃的花。

四十多歲的扁鼻子的萬福坐在椅子上，低頭看著地上落葉旁撕打的兩只黑蟻，不經意皺縮著蹋了鼻樑的臉龐，他有兩個很高的顴骨、黑髒的牙齒，一皺眉，便咄咄地把自己給逼成一幅窮苦的模樣了。

早年，他是打牛湳知名的人，趕著幾頭農會的藍瑞斯，養母豬的人家就尤其需要他了。那陣子便是路過打牛湳的人都認識他。有一道謎語這樣說：

身穿一件黑袈紗，攀山過嶺去娶妻。

打牛湳的小孩一聽就猜得出是萬福仔的這門孤行獨市的行業。現在時代在變，人工受精很流行起來，種豬的交配也得講究技巧，萬福仔終於退守成爲一個純粹的耕民了。也許是他的歷史很讓人難忘吧，因此他始終就致力於維持自己在打牛湳的那一點尊嚴。這刻裏，他正巧看到了撕打的螞蟻爬過一粒發芽的穀子，猛然他想到一件事，便蹙著眉。

「陰霪好幾天了，雨怕不會停了。」

他對著旁邊的新團仔說。

新團仔也是粿葉樹這一派的，一向是糧少人多。這刻他正爲著妻子又要生產的事而苦思著。

「喂，萬福仔，農會今年還要收保證價穀莫？」

「聽說有，每公頃九百七十公斤吧。每公斤還是六百九。」萬福側移著身子說。

「我還有三分地未割咧，恐怕也要發芽。」

「眞糟糕，天公還不想放晴，一世人難遇到這種衰運的日子。到時候農會不要這種發芽的稻穀，就有戲看了。」

「嘿嘿。」

於是他們都笑起了確乎有些愉快的苦臉了。

一會兒，擴音器大聲地在亮潔的社區上空叫著：親愛的農友父老們！連續下幾天雨，本莊沒有曬穀的所在，現在應幾位父老的要求，開放村活動中心，若沒地披曬的割穀，儘管運去！

是村長的聲嗽咧。萬福仔矇矓中聽到了，但此刻他忽然又被一個心思所迷惑住了，因爲他的眼光又不經意地落在石臼上歇息的闊嘴鴦身上。陳鴛鴦這個女人，四十出頭了，已經嫁第二個丈夫，第一個當然已過世了。她有著糟亂的一叢髮髻，鬆皺的臉總是捺著紅粉，兩片垂掛的嘴唇，說難聽點，像歌仔戲的鴇母，其實她的嘴並不是大海海的，只是愛挑撥吧，天生一張善鬥的嘴鼓，一說起話像高噪的鐃鈸，人們便給她這樣一種相應的封號。她和萬福是鄰居，正爲著中隔的一塊狹道相爭著，已經鬧了幾個月，快訴訟到法庭去了。本來闊嘴鴦用宣傳的技術來詛咒萬福仔的貪瀆，漸漸要獲勝，但近日，萬福仔拉攏了闊嘴鴦已成家立業的前夫的兒子和媳婦，鼓動他們和繼父爭產地，一時間闊嘴鴦生了內亂，幾幾乎要把她打垮了。萬福仔本來想息事寧人，但此刻，他顯然不能罷休了。那塊地少說也有五、六萬，這一期的稻作發芽了，種稻穀的人又多，市價一定很賤！保證價格也不能保證了，四面八方的物價都在騰漲中，如果能掙得那塊地更好，補貼補貼嘛！雖然他明知那塊地還是平分的好，豈不聞：歹年冬，多猶人。

自己或者就是猶仔吧！但是，在這不景氣的時候，搶都搶啦！還怕他猶麼？

他一想到這一點，於是不免面露詭譎惡意的笑容，眈眈地瞪視著闊嘴鴦。

忽地，一陣滴答滴答的雨珠從闊嘴鴦的頭上掉下來，原來是一群厝鳥停在上面，把粿葉樹的雨水撥濺下來的，伊於是舉著很薄命的瘦頸子，望望盤錯傘張的樹頂，從間隙中窺著無奈而銀白的天空，而後又歪扭著脖子垂下頭來，終於目光便和萬福撞在一起。

「看什麼？哼。」

闊嘴鴦本不理那樣瘦巴巴，而況一陣子又曾與種豬為伍的人，但習慣上還是要說這麼一句無謂的話，但這樣一句無謂的話經過她的摔頭和咂嘴，便很具重量地壓在萬福的頭上。

死對頭呀！

「看什麼！」萬福仔也說著，他是準備打個勝仗的人，豈能輸給這樣的人！

「看老娘也那樣神會精聚的模樣！」闊嘴鴦的嘴巴就答答地說動了，她說：「豬哥神一個！」

萬福仔一聽到用「豬哥」這二字來形容他，是很隱秘而兇猛地刺傷了他的自尊的。他的臉便像觸電般地縮成小乾桔，一副窘極的模樣，語音也口吃起來：「妳……妳……不要靠一張嘴，那塊地早晚是屬於我的。於情，於理，於法。」

一想到那塊地，他很快就恢復鎮定，瘦瘦的身子因興奮而顫動了，雖然他實在不懂什麼情理法。

「墓仔埔全是你的。」闊嘴鴦響亮的鷄啼般的聲音就陡地升高了：「你做夢咧。」

「我是有憑有據底。」萬福仔好一陣敉平了口吃，轉成很莊嚴的聲音說：「妳媳婦也這樣說。」

「什麼我媳婦？」闊嘴鴦一下子咬牙切齒了，她站起來了，叉開腿，一只手放在腰際，一只手胡亂地比劃著：「我沒有那樣的媳婦，我也沒有那種不肖的兒子，好歹他們也得顧念他的親生娘還活著，現在他們非但不來養我，連他繼父的財產也想搶奪，這款無大無小的天日。這個賤查某，我饒她不得，我老查某若死了，變鬼也要來捉她。」

「嘿。」萬福仔一見他的話制止了對方的氣燄，霎時間很得意了。他偏著頭說：「一日竟夕，妳和村子的人吵不停，沒有一次妳是理直的。現在連同自己的媳婦也吵上了，妳也不是理直的。」

「夭壽仔！」闊嘴鴦很氣憤地跺著腳，漫地的粿葉樹花被伊踩得嗶嗶吧吧：「你替我媳婦說話了，她拿多少錢給你，她一定和你私通。你是趕過種豬的人，豬哥神卡重的人啊！你和我媳婦私通，我兒子知道是要剝你的皮的。」

「妳含血噴人，幹！」萬福仔一聽大吃一驚，又加上用話刺傷他，只一會，他的臉氣得又紅又赭，他未始能想到闊嘴鴦的嘴這樣歹毒，這款的見不得人的冤枉她也敢編造，萬福掙著瘦弱乾癟的身子，口吃地大叫：「我……我……我什麼……私通妳媳婦，這款長舌的惡婦，我打死妳。」

說完，萬福仔果然掄起他的手來了。

若說打牛湳舊時代的人，多少是練過拳腳的，萬福早年也曾把勤習堂一支三丈的長棍舞得呼呼響，但趕豬以後就不練了，加以娶太太後，勤於房事，七上八下，便不行了，打牛湳都笑話他說：

年輕練武術，娶某練房事。

大約他底瘦板板的身子就是這樣導致的吧。

像這樣，他在不經意中被闊嘴鴦揭露了隱疾，自然是很生氣，太傷自尊了，像一支歹毒的暗箭，射入心臟，汩汩地便流出衆多的血了。

「你敢。」然而闊嘴鴦卻愈發挑撥著，她站定了硬硬的骨架，挺著大奶子：「你膽敢摸老娘的衣角，老娘一腳踢得你七顛八倒。」

「好，這款沒有口德的查某，我賠命也打妳。」

萬福仔跳起了腳，一個箭步，朝闊嘴鳶的側身撞過去。

闊嘴鳶本來料定他是不會動手了，沒想到萬福仔會這樣盛怒，她一不穩就被推撞到後頭的板凳上，整個身子壓在凳子上，旁邊正在鼾睡的光榮靈仔嚇醒過來，便大叫了：打架囉！打架囉！

附近曬穀的粿葉樹的人便通通圍過來了。

闊嘴鳶爬起來，當然也不甘示弱，順勢拾起壓垮的一根凳腳，奔過來，朝萬福仔的肚子戮去，萬福仔練過國術，自然是懂得防身的，便用手來擋，同時轉個側身，本想避開棍子，但身體實在不行，只踉踉蹌蹌地跌了幾步，棍子便正中地戮在胃部上，他便只覺一痛，呼吸困難地哎哎叫起來。不過他是很有尊嚴的，雖然在痛苦之餘還撐直身子，朝闊嘴鳶的身前又衝去，闊嘴鳶可慌了，一時間失去主意，於是椅腳和頭髮便給捉住了，闊嘴鳶不肯把武器給放了，於是便在地上撕打起來。

「打架囉！打架囉！」光榮靈幸災樂禍又大喊。

「想法救救他們啊。」新團仔一時慌了手腳。他對著光榮靈斥訓著：「叫什麼？救救他們啊。」

「看打架啦。」光榮靈竟哼哼哈哈地笑起來：「比看人趕豬哥還有趣啦。」

這一仗，剛開始，闊嘴鴦是佔上風的，她一度騎在萬福的瘦巴巴的身子上，捶著他的扁鼻子。

「對，捶他的下巴也可以，把下巴也捶扁。」

站著的人都哈哈笑起來。

萬福仔本是渾身乏力的，但看到衆人都圍觀著，唯恐敗壞他一生的榮譽，便奮不顧身地搖著身子，想翻過來，一面不停喊著：我揍妳，我揍妳。

「對啦，翻過來，萬福仔的工夫不減當年啊，姿態啦，要注意姿態啦。」

光榮靈代表所有圍觀的人，啪啦著手，跳著腳指導起來。

忽然間，闊嘴鴦的臉色一變，人一楞，好像電擊一般，動作一慢，頭髮便被抓住了，於是萬福仔一把將闊嘴鴦的頭拉低下去，側開身，驚天動地底翻過來。闊嘴鴦便四腳朝天地躺在地上，大腿都露出來。

「哇！像電視底的瑪麗蓮夢露。」光榮靈高興地叫著。

「我揍死妳，這款搬東弄西的歹查某。」

萬福抓住機會便一陣亂打。

「喂，萬福仔，不要打下去了。」新團仔忽然看見闊嘴鴦的眼睛閉著了，便知道事態嚴重，他說：「闊嘴鳶昏過去了。」
萬福仔嚇一跳，慌忙便站起來。
這時人叢中便奔進一個黑柴般的小個子，原來是闊嘴鳶的第二任丈夫，他一看見闊嘴鳶一副死了般的模樣，便過來扶起了她。許多人就指著發楞的萬福仔說：
「是他，他打你老婆。」
闊嘴鳶的丈夫很生氣了，他揚揚黑柴的手，大罵著：
「幹你十八代的祖公，你欺負這樣軟弱的女人，我不能與你干休。」
說著跳步要來打萬福，大家忙著勸說：
「算了，送醫院去，闊嘴鳶快斷氣了。」
「幹你十八代的祖公。」他只好又大罵：「萬福仔，我與你沒了，我告你，我要到法庭去告你。」
說著，扶著闊嘴鳶去了。
眾人都呱呱地吵動著，只有萬福蒼白一個臉。
正吵著，忽然新團仔指著遙遙莊頭的那棟林家古厝說：
「那個人不是林白乙嗎？對，是跛腳乙仔，看他一跛一跛地。」

打牛湳的人一聽，全把臉轉到一邊去了，他們果然看到古厝的門口停一輛車，一個人提著大皮箱，一拐一拐地走進去，大家頓時闃寂了一秒鐘，把打架的事忘得一乾二淨，接著喳喳地耳語起來，像見著神靈來顯身。

誰是跛腳的林白乙？

五月五日，天氣：陰雨

早晨，粿葉樹的人都說闊嘴鶩住在醫院裏，病態嚴重。

午后又發生一件事，原來新團仔的妻子生了一個男孩，七磅重，大約又是很善吃食的小孩。

晚上又有個大消息，大概八點鐘，一輪慘淡的月照在打牛湳上，光榮靈仔匆匆地跑回粿葉樹的店鋪裏來，他說在下水溝的獨木橋上電魚，看見一個小孩光著屁股在水裏洗澡，眼底閃著綠火，還對著他笑。他說他見到了囝仔鬼！因爲光榮靈仔跑得氣喘吁吁，大家都相信他。

五月六日，天氣：陰雨

早間九點鐘左右，村長的大兒子被載著回來，聽說他騎著剛買的一百五十CC上城，被交通警察抓到了，因爲他沒有執照。他總是考不到駕照，不識字呀！怎麼考？

派出所來了巡警，在粿葉樹下放了風聲：凡是秘密賭錢的人都會被取締。

下午打牛湳推動環境大清掃，公教人員都免了這件義務勞動，據說政府規定公教人員都有這種優待，打牛湳有些人很不服氣。

五月七日，天氣：陰雨，地點：理髮店

雨間歇性地下著，細細斜斜底。雲翳灰灰厚厚地遮佈了整個天空，氣候窒悶，看不到太陽運轉的影子，若不看鐘錶，是不知道已經是午間了。

在打牛湳的村中央，亦是活動中心的旁邊，佝立了一家理髮店，這時像往常一樣聚了十來個人，有些赤著腳等著去耙穀的，有些穿著雨鞋剛從田底回來的，他們坐著，癡滯性地看著天空，一兩個人無聊便坐在理髮椅上，仔仔細細地修著鬍髭。

一般說來，打牛湳這個村子不能算小，五六百戶總是有的，因之莊頭莊尾就相隔了好一大段距離，人們的往來便也分段成群，比如村尾粿葉樹派的人大抵是那一周圍的人，而且大抵都是比較窮的。又比如莊頭的大道公廟派都是大戶人家，比較上是有錢有勢的。至於莊中央的這個理髮店則因了與「時代」沾上一點關係，所以風氣是開放一點的，喜愛在生活之外添樂趣的人就聚在這處。

理髮店的老闆林鐸正替兩個囝仔理著頭。這個林鐸有個胡瓜樣的臉龐，一腮的鬍子，五短身裁，若逢著較高身子人的頭，他都得引頸企望，像陀螺一般地團轉起來。但他卻是打牛湳奮鬥的典型之一。原來像打牛湳鄉村的理髮店在今日是難以繼日的，不過是替一些老傢伙和小孩理短頭髮而已，年輕人都不在村子。人口一向是這樣少，理的頭是顆顆可數的，比如說最難伺候的水金仙那顆鬃簑頭，梗直鋼強的頭髮，刀子都要剪鈍了，但來了一次也得等一個月以後再與你見面，所以他理髮總以稍加修葺為原則，還得一一告誡他們下一次理髮的時間，唯恐他們忘卻了，尤其近日城裏流行著馬殺鷄的玩藝，下次會不會在這裏理髮就沒有一定的保證了。林鐸於洞識到這個危機時，就買幾分的田，勤快地耕起來，如果有一朝理髮店倒了，種田還可資補助。很多人就因此讚佩他的狡黠。

伊娘咧，不能死釘釘的啊！要應變啊！打牛湳的人早就這麼說的。

然則，今天他的理髮的手很不能聽指揮似的，一直僵硬得很，魂魄像出竅了，變得有些要打顫。

原來姓林的人以前在打牛湳是大族的，林鐸的父親曾任過保甲，還算頂富裕的，但年少時的他的父親是喜愛漁色的，光復不久，生活浪蕩，旱楞楞的大片土地總是存活不了幾根稻子，最後田產就都賣出去，現在老耄、花柳病極其嚴重地在他瘦癟的身體裏發作，前幾日便在頭蓋上釘著一根生鏽的釘子，病癒後，便花了一筆很大的醫藥費，現在極其需要錢來支付，本是想用這期的稻子來救急，但看看始終不放晴的天日，心理總是擔憂不安底。

這樣，他的動作自然就很不輕靈。

「幹伊老別。」林鐸終於懊惱地對自己生氣起來，便對旁邊的鄭木森說：「囝仔頭也這般乖張難理。」

「是啦。」鄭木森便說：「囝仔頭當然難理，它不是要『理』的，是要『殺』的。」

說著，理髮店的人都哈哈笑起來。

這個被稱爲鄭木森的人，大約是三十歲左右，曾經在南北的夜快遊覽車路上當一陣保鑣，臉面被砍了一條刀疤，現在學好了，回到村底來種田，他說的「囝仔頭」自然不只是指著小孩子的頭，至於說的「殺」自然是指著馬殺鷄。

林鐸一聽馬殺鷄便緊張起來。因爲他聽說近日城裏的人紛紛到偏僻的鄉底來營建理髮廳，白天表面裝作來剃頭，晚上便用轎車雇了漂亮的小姐來馬殺鷄了，一時間舊時代的理髮店便倒閉了。

「你聽到什麼風聲沒有？」林鐸緊張著臉：「有無馬殺鷄要到我們村底來？」

「沒有。」鄭木森咀著檳榔，看著社區遠空搖晃的那叢濕漉漉的綠竹篁說：「但昨日底，跛腳乙回鄉囉。」

一聽到跛腳乙，坐在店裏的人都興致起來，都坐直身子了。

「是不是要來營建馬殺鷄的？」林鐸逼近一步地問。

「很難說。」鄭木森頂著刀疤的一張臉，愼色地說：「很難料定的。但他拿了一只大皮箱，對不對？」

「對。」村店的人都說。

「我判斷那裏頭都是鈔票。」鄭木森說。

「喔。」打牛湳的人都睜大眼睛。

「嘻嘻。」憨頹而愛查某的卡春在一邊一聽，樂得笑起來：「希望他建一個嶄嶄的馬殺鷄，閒時我就可以去坐坐冷氣，不必到林鐸這個髒煩的店底來。」

「講憨話啦。」一旁的水金仙聽了，馬上罵著卡春：「你坐得起嗎？馬殺鷄就是馬殺鷄，一次四百塊，當了你的老婆，都不夠進去一兩次。」

大家一聽，又哄笑一陣。

林鐸一聽，一時心底放寬不少，畢竟打牛湳的人還是不很富足的，夠不到去馬殺鷄，但他對跛腳乙的回鄉仍不很放心。

「聽說跛腳乙這陣子在城裏賺大錢。」林鐸說：「生意做得很大的樣子。」

「是的。」鄭木森便以曾經在城裏打滾的口氣說：「他做的是企業公司，蓋房屋，買地皮。企業你們懂吧？」

「不懂。」打牛湳的人說。

「是一種大經營啦。他還經營不少的糧米廠。」鄭木森像告誡著小孩的大人，說：「總之，他的錢足夠把打牛湳的財產全部買光就對了。」

「喔。」

理髮店的人一陣地驚奇。

正說著，忽然一個囝仔從房裏跑出來，大喊：

「阿公跑出去了，阿公跑出去了。」

大家定睛一看，原來是林鐸的兒子，他說的阿公自然是林鐸發瘋的老爹。

「快！」林鐸慌忙摔掉理髮工具，對大家嚷著：「幫我捉住他，幫我捉住他。」

衆人三腳兩步搶到村道來，只看見林鐸的父親光著頭站在靠近活動中心的公告欄下，脖子掛滿了剃鬍的刀片。

五月八日，天氣：陰雨

剛起床，打牛湳的粿葉樹附近就聽到紅頭的法角聲，原來是光榮靈仔看到鬼後生了大病，只好請仙人來驅鬼，但據紅頭說，他看到的不是鬼，而是神咧！

粿葉樹又有一則笑話，原來新團仔的家人把小孩抱出來了，大家一看，這小孩硬是不像新團仔，倒像萬福仔，這傳言使新團仔很困擾起來。

傍晚，理髮店派的水金仙垂頭喪氣地坐在板凳上，因爲今天雷聲大作，把他飼養的小豬給意外地劈死了二隻。

五月九日，天氣：陰雨

上午，卡春不聽地理仙的言勸，把家裏後院的水井塡平了。打牛湳的賭場爲了躲警員的取締，就移到萬福仔以前的豬棚子裏去。

晚間：平靜無事。

五月十日，天氣：陰雨，地點：大道公廟附近

這陣子的雨愈發潑辣了，本來大多是在午后才大大地落起來，但近日裏，忽然天地好像不容分毫的情份似的，一大早起床，雨也霪霪密密地飛灑著，使得原來還能利用早間晾穀的打牛湳村人舉頭嘆嘆了。聽說縣城正做著大水，到處有水患，縣長因爲愛民心切，都親自跪拜著神靈，要天神來收拾這樣無可挽救的天候。

打牛湳當然也勤於到大道公的廟底去燒香的，只是筶裏雖然有著停雨的表示，卻始終沒有停雨的現象，他們只好都束手站在緊緊覆蓋的穀堆邊。

但是在打牛湳底莊尾，靠近大道公附近的一家舊瓦厝裏，此時熱鬧嘖嘖地哄鬧著。大院

子前面圍了一大群的人，牆角、樹下、簷底一堆堆都是剛割的稻子，蕃石榴樹邊有一堆剛從田裏搶收運回來的稻穗，上頭隱約都長了白芽。看起來今年是豐收啦，只是在曬穀的節骨眼發生了阻礙罷了。

這個大家族是李鐵道掌權的。昔日他是打牛湳的「三牛」之一，所謂三牛大約是指最有錢最有勢的三個家族吧。在打牛湳裏，這三個家族是李鐵道、村長王犂、林白乙的父親林烏。但自從三七五減租後，林烏就舉家遷往城裏去做大企業，村長王犂也分了家，三牛的古昔地位就在打牛湳裏逐漸消失了。倒是李鐵道不但還種田，並且彷彿愈種愈起勁，也不分家，子弟也愈來愈多，還訂了許多屬於李鐵道一人的家法，在這個農鄉人口紛紛往城裏遷播的時代裏，李鐵道的行徑是很反常的。

三牛啊，傳承嘛！豈可這樣就分家散居呢？打牛湳一些欽佩的人都這樣說。但是也有人在背地裏批評道：什麼三牛！籠統是憨頭腦，那樣地專斷，都害死了那幾個想成家獨立的小孩！豈不知道現在是文明的時代？

李鐵道自然也知道時代在變，但他斷然不信他的小孩不耕田還有什麼用。平日休閒時他都坐在大道公的廟裏，嚴肅地和大道公廟派的人談著新聞，或者聽無線電，小孩子都不敢跟他說話，因爲他總是鐵寒著一個臉，彷若一個舊時代最後的一個帝王。

此刻圍在李鐵道周圍的都是他的兒子媳婦和大道公廟派的一些人。但他們今日卻不是爲著刈穀的事底。

李鐵道就站在庭院中央，震怒著一個身子，溫吞而倔強的老顏褐紅著，白髮彷若要豎直了，他用著強勁的兩隻手，左邊拎住了他大孫子的衣領子，右邊拎了一個大號的鷄鐵罩子，前面還放一大堆的乾柴。

「我要燒死他，這樣敗壞家風的子弟，絕對不能讓伊活著，這款現世的畜生，駛伊娘！」

李鐵道猛地震怒著，圍在旁邊的幾個子媳都低著頭，他們一向是懾於父親這一種威嚴的。

他那個孫子，也才是十七八歲吧，一副勇壯的後生身子，這時嚇得面如土色。原來他在一個商專裏唸書，和一個女同學生了一個小孩，現在女方的人告到李鐵道的家來。對於李鐵道而言，這樣背德的事是很傷他的尊嚴的，豈不聽常言說：嚴官府出大賊。這樣的話竟應驗到李鐵道的身上來。

「我一再告誡你們啊，」李鐵道把臉轉了一周，對圍觀的子媳說：「當初我不贊成他唸什麼商專，你們四扯五扯，硬說現在社會變遷得十分厲害。現在惹了這款羞恥的事，誰來負責？什麼變遷，什麼厲害，我李鐵道不信。他應該回來耕田啊，做牛做馬也得耕。」

大夥兒摒息噤著，天穹濛著白光，只有蕃石榴樹沐著細雨，很綠亮起來。

李鐵道看到大家不答話，便忽然好像十分理直而終至於震怒，他像一個童乩一般，大聲吼動起來，抓住蓋鷄的大鐵罩，想把孫子關到裏頭去，還一面大喊：駛伊娘！我燒死你，我燒死你。還一面取出打火機，眞的把柴火給點著了。

子媳們從驚嚇中清醒過來，便跑上前，拉著他：

「阿爸，阿爸，不是他的錯啊！女方也要負責的，他一向乖巧得很，只是年幼尙不懂事罷。」

說著，都跪下來。

事實上，李鐵道也不能確定他是否眞的生氣，有時候他是很得意於自己的演技的。常常他能隨心所欲地就發一頓脾氣，而且有時實在不想發作，但只要擺出架勢，就自然地發狂般暴怒起來，他也不知道這是什麼原因，他有時便覺得要是自己去演三國時代的張飛一定很成功。幹伊老母，我李鐵道大概是天煞星來投胎的罷，難怪兒子怕他老爸就像怕老虎似的。他總這樣想。

但他一演起戲可從來是眞槍實彈的，他是一筆一劃眞的來著，所以火一點著，就把孫兒和鷄罩子提到柴火上。

看著就要惹禍，鄰居的人也緊張起來，一度競選鄉民代表而終歸落選的李淸煙不能坐視地走前去，說：「鐵道兄，伊終究是你孫兒啊，要原諒伊的無知，再好再壞都是辛苦地養了十幾年。」

「不行。我饒不得他。」李鐵道齜牙咧嘴說：「我李家斷然不是這等衰的，我沒有這款樣的後嗣。」

說著，便乘著生氣的鋒頭，鷄罩子也不要了，順勢把孫兒的頭按到火堆上去。

「阿爸！」子媳們都簇擁上來，跪著扯拉著。

「這成什麼體統？」李鐵道一偏頸子，踏了一個八字步，斜著臉，像演歌仔戲伊般，罵道：「嗯，如喪爹娘似的！伊娘！今天有誰敢來講情，誰就像他一樣。」

「阿爸！」子媳們又大叫著。

李鐵道一面說一面看著孫兒如土色般的臉，那種駭怕的顏色像見鬼一般。不禁使他愈加起勁，他繼續斥訓著。

「你們統統給我退下去！」

「阿爸！」忽然他的大兒子旺根走到前面來，旺根年紀四十歲了，一生辛苦操勞，一度想去城裏，但被李鐵道強迫留住，在李鐵道的眼中，大兒子是他最歡喜的人。旺根說：「好歹伊是我的兒子，你的孫子，不要這樣待伊，眞的把他燒死了，也沒有好處。」

「你住嘴。」李鐵道說：「這是伊罪有應得。」

說完，把柴火撥烈了起來。

但是，這種場面看在老二國城的眼裏，卻忽然引起不滿。這個老二是李鐵道眼中的浮浪子，他一向是很氣怒著以他的父親爲首的大道公派這班人的裝腔作勢。因此他有時愛賭錢，就跑到粿葉樹那一帶去玩骰子。他是最不理會老爹那一套猴耍的把戲，娶妻後，他早就吵著要分家。

他是老番顚，目盲的人啊！看不淸時代！國城就曾這樣當著大家的面罵他老耙，他是唯一敢對李鐵道舉反旗的兒子。

「燒什麼燒！」國城走上去，一伸手便去拉他侄兒，說：「他可是活人，你硬要把伊變成死人，這是什麼社會，判死刑都得一番訴訟，容得你胡來！」

「你幹什麼！駛你娘！你幹什麼！」

李鐵道看到二兒子不理他地走過來撕扯，一時間慌了手腳，演技頓時喪失靈光，大叫：

「造反了。」

「造反，造反就造反，殺人你也得賠命。」國城一手格開他老爹拉住孫兒領子的手，伸開腳哩啪啦地把那堆柴火踏熄。

「你做什麼！」

李鐵道楞了一陣子，但終於恢復了他的震怒，可是這次震怒卻是百分之百發自神經的，整個人都投進那一種凶暴的情緒中。子媳們一見老二動手了，便壯了膽，一起過來，把後生搶救過去，叫他趕快逃命。

「駛你娘，你敢頂逆我。」李鐵道一見孫兒逃走，氣得聲嘶力竭，他指著國城，發顛地叫著：「孽子。」

「阿爸，你要原諒我。」國城閃著機敏的眼光說：「我早說我們還是分家的好。如果分家，像這樣的事阿爸也不用管，我們自己就會處理。阿爸已經老了，該讓小孩飼你才對。」

「你說什麼？分家麼？還早得很。有我這個老貨仔在這裏，誰也別想分家。」

「阿爸，現在的生活清苦啊！今年的穀子出芽了，價格不會高的，大家分了家，各人種各人的地，各人去闖蕩，總是較好的。」

「孽子，孽子，你這算什麼話，稻子出什麼芽！我就偏不讓它出芽！我賣一個好價錢給你看。你頂逆我，今天不教示教示你怎麼行！」

李鐵道大怒，跨了兩步，舉手要來打兒子，子媳們拉住他一陣懇求：

「阿爸要息怒啊！息怒持平啊！不要與國城一般見識，不分家是對的。」

大家反過來都來數落國城。李鐵道本來是有點自知理屈的，但被子媳們一肯定他惡行的正當性，一時間又恢復了盲信，震怒就越加高張。他忽然三腳兩步奔回客廳，劈哩啪啦從門扇後抽出一把切蕃薯葉的柴刀來，奔出來要殺國城。大家一看見李鐵道拿了柴刀，便不分七親五戚，一地跑開了。

「不肖的兒子，我劈了你，我劈了你。」

李鐵道使性地追趕著國城去了。

一陣子後，李鐵道終於氣喘吁吁地歇在大廳了。他斷然是受不了人家頂逆的。他想，好歹幾十年，他都是當家的，絕對是有自信的，要耕田啊！像旺根和那些兒子們，都三四十歲了，若不耕田還能幹什麼？耕田就添得飽肚皮，好歹時代怎麼變，泥土裏長出稻禾總是不變的！至若分家，嘿！早得很哪！他吁喘地想著想著，但還是想到了這一期稻作發芽的事實，不禁心情鬱悶，又順勢想起國城那種咄咄的逼人語氣，忽然他便不克自己地大叫起來：

「我鐵道啊……我鐵道啊！」

不久，外面走進了拎皮包的一個人來。

「啊！」李鐵道趕快站起來，說：「請坐。」

「我是林白乙那裏來的。」那人說。

「喔！是林烏兄的人啦！失敬失敬！」

於是他們坐著，談起庭院堆積累累的穀子來。

五月十一日，天氣：陰雨

昨晚因雨落得較大，打牛湳村外的一幢外地人建造的鷄舍就進了水，早晨起來，村裏的七姆八嬸都在大道公廟場上買著一隻十塊錢的殺好的鷄。

闊嘴鴦仔從醫院裏回來了，臉色皙白，身上貼滿了藥膏，她逢人就罵著萬福仔的惡心敗行，要打牛湳支持她來控告萬福仔，像競選時候選人在拉票伊般。

打牛湳的人算準落雨的晚上，巡警不會到村子來，所以公然地在理髮店樓頂上賭通宵，還開酒席，一年來從未有這樣快樂過。

五月十二日，天氣：陰雨

光榮靈仔看到的那隻鬼在今天突然成爲打牛湳最熱烈的話題，因爲紅頭仔說是神，所以又請大道公廟的老鼠仙來跳童，結果斷定是大道公廟裏的一隻水龜。老鼠仙說：這只水龜要來降生在打牛湳當總督大人，解決水患。但有人說現代的官銜沒有總督大人。老鼠仙說：總督大人就是省主席。

老鼠仙的話立即傳到十二聯莊去。

但是老鼠仙的荒誕神話卻成爲打牛湳公教人員嘲笑的話柄。

今天，打牛湳的國中和高中子弟都兢兢業業起來，據說城底的聯考日子就快到了。

五月十三日，天氣：陰偶晴，地點：粿葉樹附近

這一天黃昏，天地急驟地響一陣雷聲，但突然停了，雨只淅淅瀝瀝地在簷間滴著，一道陽光乍似希望地在殘敗的西天雲層中透露出來，大夥兒一時很興奮起來，像早起的厝鳥一般，瑟縮在屋瓦下，伸著脖子，來看看將近半個月來的第一次的太陽，人人的臉面忽然間露

出一絲喜色了，他們都盼望著稻穀千萬都得有人要，而眞正的好消息還是在替廖樹忠刈稻的刈稻班裏傳出來的。

廖樹忠的家住在村中腰，因爲地理位置的關係，很自然就成了粿葉樹派的一員。他那棟半泥甎的房子是日據時代留下的，一直翻修到現在，終於有了頗爲新穎的屋瓦了，再經過社區建設的美化，就容易混矇著外人，以爲他的家屋是完全現代化的。屋前屋後廖樹忠都想辦法給蓋了低矮的欄栅，或者用來儲藏雜物，或者用來養些豬仔，蒜種就掛在屋簷下，蛛網很輕盈地覆在朽泥的牆上，映著庭前的一口枯井，就很有一種成熟的刈季的乾燥味，然則現在是雨季，天底下盡是水。

黃昏，偷偷露出來的這一抹斜陽照在庭院，鳥群吱吱喳喳地跳在電線上，細腳蜂嗡嗡地在壁間飛一陣，很快地就沒入小小的棲息的洞孔中去。

咔啦咔啦，刈稻班的人很快就洗淨手腳，自動地從大廳裏把長凳和八仙桌搬出來，他們脫去赤厭濕濡的外衣，坐在椅子上咕起一口口的長壽煙。

「終於見著了陽光了。」

廖樹忠抱著一大堆的煙酒檳榔從廚房走出來，晃著頭說。他有一身瘦矮的骨骼，臉面細小尖銳，一看人，他都要閃爍著一顆畏葸的眼神。

「算你好運，說不定明天是光耀的太陽天，你的稻子就有救了。」

刈稻班的富仔說。但這種話只是用來安慰他而已，刈稻班的人都曉得全打牛湳裏，廖樹忠的稻子最糟糕了，他因爲晚種了二個星期，所以稻粒都還青綠綠的，現在浸了水，勉強割下來，怕四成都不到。所以這番話只能用來證明富仔實在是好心的人。

這時的西天很璀璨起來，一道道變相的黝藍雲彩鑲著金黃的光邊，正橫越在天空，太陽窩在絨軟的雲層，像舒緩圓胖的嬰仔臉。

廖樹忠把東西放在矮凳上，說：「用啦，用啦，免客氣，等一下飯就煮好了。」他又晃起腦袋，說：「這一頓要你們好端端坐在這裏，醉泥泥地回去，我廖樹忠的紹興酒是喝通海的。」

刈稻班的人都笑著來搶著檳榔、煙。

「喂！樹忠！你說要領一筆軍郵錢，有消息莫？」

問話的人是刈稻班的頭家，大凡班員的吃住薪水都是由他來料理的。

「快了。」廖樹忠簡單地說。

「上個月你不是在粿葉樹下說就要領到了，怎麼？到現在還沒有錢的影子。」

領班的頭家又逼問。

原來廖樹忠在打牛湳是以有抱負和有理想出名的，從年輕底時代就開始創造他底理想，二十幾年了他仍創造不懈，比如說他大約有著五分地，每一期的刈稻總是無緣無故地逢上災病，總是無緣無故地少別人一二成，究竟是什麼原因他也不覺得有深究的必要，他只逢上人便說一句：少一二成我是不在乎的，明年我刈十二成的給你看！又比如說，前年他振奮起志向來，代表粿葉樹派競選村長，但終因票數寡少而落選，但他不認爲這是挫敗，逢著人，他只說：若當選村長我也是不幹的，明年我競選鄉民代表給你看！如今，他的理想越來越大了，並且是無所不創。就拿領軍郵的這件事來講，廖樹忠是絕對有把握的。在日據時代，他一度曾到南洋當軍夫，當然他是懷著理想去的，在臺灣底鄉下一向就吃不飽肚皮，索性當日本兵去，那時薪餉二百元，一兩年後就發財了，但是那時是太平洋戰爭的後期，日本在海島戰役中潰退了，日本沒有薪水支付給他們，一個月只領三十塊錢，其餘的據說全都寄回臺灣了。戰爭後，軍夫們從遙遠的戰地歸來，才曉得故鄉也沒接到錢，那些錢都記存在日軍的帳簿裏。現在有一個代表設了索錢的團體要來向日本索債，信便寄到廖樹忠的家裏來，廖樹忠像是中了愛國獎券一樣，據說他夢裏都計算著這筆錢額，總共大約有五十萬元的新臺幣，所以不久前他就在粿葉樹下發表過一段談話：

「你們都曉得現在打牛湳誰最富裕。」他說。

「林烏最有錢。」萬福仔說：「若林烏不算，便是村長和李鐵道最富裕了。」

「不是。」廖樹忠斬鐵斷釘地說。

「不是？」粿葉樹的人嚇一跳。

「一個月後，就有人要比他們有錢了。」

「誰？」光榮靈仔不相信地問。

「到底是誰我不說。」廖樹忠昂著頭，露出抱負的神色來說：「但你們可以探聽，當初打牛湳有誰去過南洋？」

「哦。」萬福仔算一算，便說：「莊尾的水波去過，但現在謝世了，李骨的二個小孩也去，但據說在婆羅洲時就死了。只剩下你吧。」

「是的，只剩下我。」

「幹你老爸。」光榮靈看不慣他那種有抱負的神色：「你是命大啦，但是去南洋和有錢有什麼關係？」

「我要領五十萬的！」廖樹忠終於把昂著的頭砸下來，偏著腮，很不屑地看著光榮靈仔。

自然廖樹忠的這個理想不久就傳出了粿葉樹下，最後全村的人都曉得了。

刈稻班的人也都曉得。

但是每個人也都知道，若是每逢廖樹忠談理想時也正是他最衰的時候，刈稻班的領頭這樣來問他不是沒有理由的，好歹刈稻的工錢總要上千塊的，付不出時怎麼辦？

廖樹忠一見領班這款來逼問著他，也約略能意會到話裏的含意，但他認爲沒有理會它的必要，天底下都浸水啊！又不是只有我廖樹忠一個，若我付不起刈稻錢，粿葉樹下的人也差不多都付不起的，怕什麼？何必只懷疑到我頭上來，更何況軍郵的錢多著哪！他一想到這裏，便鼓起自己的精神來，走到另一邊，故意又找著好人的富仔說：

「富仔，秤秤我這期的稻作，長得很好吧，我是說若不要逢著水提早收刈，你看有幾成。」

「十成！」富仔習慣地乾笑兩聲，仁慈地說。

「就是。」廖樹忠趁勢便把頭轉向刈稻班的每一員說：「明年我收十二成給你看！」

說著，他們都眞眞假假嘻哈地笑成一團。

一會兒，天穹很急速地黯落了，打牛湳的村子逐漸消失它的廓影，蒙著一層白霧底日光在層雲中忽現忽隱，一兩顆星子閃著夭逝般淒凊底光，大地萬物像從水裏剛打撈上來似的，而廖樹忠庭院上戛然地便響動著喝酒的聲音。

兩杯下肚，五十燭光的八仙桌筷影翻飛了，廖樹忠斜著身子，偏著頭，開始想起從前了，他說：「你們說，那時的困境和天候是怎麼樣的？」他舉著杯子向著每個人說。

「那時！你說那時？」刈稻班的人都不明所以地問。

「三十年前，爪哇，巴里島。」

「哦。」刈稻班的人才知道他又要說太平洋戰爭底事：「是那裏，怎樣？」

「每天下午都要落著豆大的雨。」廖樹忠眼睛便盯著萬福仔和光榮靈仔瞧，彷彿瞧著伊底愛人一般，然後搖晃著頭說：「那裏也有稻子！」

「也有稻子？」刈稻班的人好像聽新聞似的。

「逃難的時候我們都還吃著糙米。」廖樹忠說著，忽然很憤慨起來：「那裏的稻子雖不像寶島的好吃，但從來都沒有一連半個月見不到太陽的黑陰天！」

「那裏是熱帶嘛！」富仔以他僅有的知識說：「大太陽總是不稀罕。」

「就是。」廖樹忠點著頭，露出理想和抱負的神色來：「那裏是熱帶，到處都是易生的植物和果實，不怕沒食物，河裏頭多的是魚，睡覺都有飯吃。」

「哦。」刈稻班好像聽故事般地笑著。

「幹！」廖樹忠把臉轉向領班說：「戰爭結束時，有許多人都留在那裏，娶了土著太太，如果我當時不想到打牛湳，也留在那裏，今天我準是華僑，華僑你們懂吧？」

刈稻班有的點頭說懂，有的搖頭。

「總之是有錢的人啦。」廖樹忠下結論說：「比林烏還有錢！」

桌上的菜愈吃愈豐富，廖樹忠雖窮，卻很慷慨，刈稻班的人興致也越高。忽然副領班的林亞炳站起來，他說：

「談到林烏，我有個好消息，他和我家是同堂親戚，昨日回家看望我祖父，聽說要做一筆大生意。」

「什麼生意？」

「據說想糴我們打牛湳的稻子，好像要買很多呢。」

「哦。」

刈稻班和廖樹忠都興味起來。

五月十四日，天氣：陰雨

早晨，打牛湳來了一輛轎車，停在大道公廟前，不久跟來了幾輛大巴士，原來是北部城裏的人回來進香，主持人是移到城裏去的海獅仔，他以前在大道公的廟裏開了勤習武術館，後來移往城裏去開館收徒，現在發財了，據說還參加武俠電影的演出。

闊嘴鴦和萬福仔開始上法院，闊嘴鴦因爲會講話不用雇律師，萬福仔比較理屈，就雇了一位城裏的有名辯護，還請法院的推事到餐館吃一頓。

晚上粿葉樹的人圍在村店看新上演的木偶電視劇，可惜用國語發音，只能聽懂三成。

五月十五日，天氣：陰雨

今天大道公廟裏又有大新聞，老鼠仙整天都跳著童乩，原因是上一次，老鼠仙說光榮靈仔見到的囝仔鬼或是囝仔神是大道公廟裏的水龜，而這隻水龜要轉世到打牛湳來當省主席，要來解決水患，但有人說省主席的官位太大了，管不到打牛湳這個小村子，老鼠仔仙爲了求眞，又跳童，有一次老鼠仔仙說也許會轉世來當水利會長。有二次說會當省議員。

究竟會當什麼就成了爭論底焦點。

但打牛湳的人都很高興，神靈終於要顯聖來救治大家的危急。

五月十六日，天氣：乍晴，地點：村道上

逐漸地，到了月中，天氣好轉過來，雨滴變成雨絲，層雲變成薄雲，電視機開始廣播停雨的消息。此時，打牛湳的稻穀約略都刈盡了，田野底一簇簇綠冽的竹篁經過雨水的洗滌，顯得精神煥發起來。也便在這時，刈後的稻桿浸著水，發了霉，慢慢都腐爛了，打牛湳的人看著無法挽救，便把它棄散在田裏，讓它變成下一季的肥料，所幸近來打牛湳現代化了，煮飯不燒稻草，所以往稻桿的觀點來看，打牛湳是沒有損失的。

所謂的「損失」，今天在打牛湳的村道上才露了臉。

這天太陽從中午就大大地出現了，竟然出奇地烈艷，把打牛湳的積水一下子曬淨了，大夥笑容滿面地都把穀子披開，一些最早刈下半乾不乾的稻子就曬乾了。等到太陽平穩地自大道公廟頂上沉落時，活動中心以及馬路上的部份村民把竹篙撐出來，或都綁在電桿上，或者倚在牆上，頂頭吊一盞燈，一架架的鼓風機搬抬到稻穀堆邊，「叩叩叩」地，扇葉旋動了，

一畚箕一畚箕的稻穀便從漏斗上傾倒下去。

這是淸除不飽實稻粒的方法，一向打牛湳就很重視著這個工作，因爲淸除出來的粕穀子是要用來餵養鴨鵝的，有了太多的粕穀對打牛湳的人來說是一種損失，但沒有粕穀對鴨鵝又不好交待。因此在豐收的時期，打牛湳總是有意無意地把扇葉旋得像颱風一樣，好讓良穀也吹一部份到粕穀堆去，以用來餵飽那些禽畜。

但這一次，大家可就不再慷慨了。他們可不敢把扇葉旋得太過於急切，生怕少了一粒良穀。

從莊頭算起，最先淸除粕穀的人，大約有李台西的高雄一號，林鳳尾的矮腳仔，依次排到粿葉樹、理髮店……，亮亮的燈使村道上頗爲熱鬧起來。他們都極力想在今天把稻穀處理好，以免天候又突然轉成霪雨來。

在距離粿葉樹大約兩支電桿木遠的林鳳尾和她的丈夫很用心地鼓著扇葉，他們是剛新婚的一對夫婦，從前他們都在熱潮中移到城市去謀生，林鳳尾學過裁縫，她的丈夫做板金，但手工業不景氣時他們就又回到打牛湳，認識而結婚了。在農村裏能再看到回來結婚的新人已屬十分可貴的事，因之他們的回來委實給打牛湳一片生機，很多人都說時代要變了，農人要出頭了。

他們也覺得農村就要改善了，所以安心地種植著。

「叩叩叩。」

林鳳尾很有旋律地搖著扇葉子，等良穀慢慢聚成一堆，伊的丈夫就用穀耙子把它掃到一邊去，因爲他們是第一次種自己的田，所以當中的興奮是別人想像不到的，且想想，如果結婚的人第一次生了兒子會是怎樣的一種滋味，而林鳳尾夫婦這一期的收穫就是這種心情。

扇著扇著，他們都沉甸在一種欣喜中，但這種欣喜又被一種怪異的疑慮給罩住，因爲扇了半天，粕穀幾乎要比良穀多。

這時，闊嘴鴦和秋霜嫂不知道何時走到這裏來。闊嘴鴦自從上法院後，嘴巴愈發犀利了，她在燈光下一見著林鳳尾夫婦的稻穀就烏鴉地叫起來：

「唉！夭壽咧！粕穀子怎麼這樣多。夭壽咧！」

她一地說著一地便轉到林鳳尾的前頭來，抓了一把穀子，仔細端詳著。

兩個年輕人一聽吃一驚，都楞住了。他們原以爲自己的穀子浸水，但還不嚴重，但透過闊嘴鴦的口舌，好像就已經壞到無可補救的地步，他們是第一次種自己的田，自然是驚心跳膽的。

「鴦仔姨，還不致於那樣壞吧？」林鳳尾的丈夫惶惶地問著。

「你們少年人不知道輕重啊！回去問你們父母親就知道了。這一期發芽的穀子難賣啊，於今你們的粕穀又這樣多。」

「鵞仔，不要嚇唬年輕人啦。」秋霜嫂趕快安慰伊們：「鵞仔姨說得過火了，不管怎麼樣，大家都一樣，我們也好不了多少。」

「是啊。」林鳳尾有點受委屈地說：「我也覺得不輸給人家多少嘛。」

「唉，你們莫知啦。」闊嘴鵞說：「你們的稻子最多只六成吧，算算看，六成稻，要繳田賦、稅金、刈田工……扣一扣，還不夠哩。」

闊嘴鵞說著，可憐一陣便走去了，秋霜嫂趕忙留下來安慰伊們。

這晚，當然全打牛湳的人都曉得最早刈稻的人收成也只有六成。

也在這天晚上，林白乙的古厝又來了一輛很大的三輪車。

五月十七日，天氣：晴時多雲偶陣雨

早上，雖下一陣雨，但陽光猛烈，打牛湳曬一陣的穀又收一陣穀。

午間，太陽赤艷，打牛湳的人手舞足蹈。

吃過午飯後，大道公廟的老鼠仙又作法。這次跳童的結果，認定水龜會降生爲省議員，大家便都贊成了，因爲只有省議員才會替人民說話。但忽然這隻水龜又傳出了另一個驚動天地的消息，原來是光榮靈仔燒著香要來拜這隻水龜時，發現水龜在爬行的時候老是不穩，後來就找出了這隻龜原來是跛了一隻腳。粿葉樹下和理髮店的人都跑來看個究竟，一時間大道公廟擠得水洩不通。

老鼠仙又跳童了，但這次他沒說什麼，因爲天機不可洩露。

晚上，賭博的人聚在活動中心後的稻草堆玩四色牌，由於喧嘩聲太大，警察來了，鄭木森和李國勇被捉住，送到派出所去問筆錄。

五月十八日，天氣：晴，地點：大道公廟附近

天氣大大地放晴了，海洋上瀰漫著熱帶氣壓，南風息息地從巴士海峽吹刮而來，掠過藍藍的海水，掠過廣大的原野，打牛湳社區的椰子樹沐浴著這種南風，都嘩嘩地搖動了，在屋簷下，涼篷裏，廟宇中，歇息的人都齁齁地薰睡著。

打牛湳的雨期過去了。

這個時期，正是福摩莎南部和中部稻作刈盡，北部稻作還青綠的時候，很多糧商急切而快速地往有穀的地方移動。他們張著黠慧的眼睛，隨著政府的可能行動做著適當的收購買賣。

因之，在打牛湳村子裏，有人便開始要售出他們半年一季辛苦收刈的稻子。

在這天，大道公廟場上，秋霜嫂的穀堆邊特別圍著熙熙攘攘的人群，包括粿葉樹派的扁鼻子萬福、新團仔、闊嘴鳶、廖樹忠……理髮店的林鐸、鄭木森、水金仙……以及大道公廟附近的李鐵道、李清煙……他們都要來看著秋霜嫂怎麼賣穀子。

然而，出乎衆人意料之外的，來收購稻穀的人不是林白乙，而是北部來的一個陌生的稻販。

這個人穿著一件碎金繪龍大花衫，登一雙兩耳膠鞋，臉面黧黑，胖胖壯壯，看起來腳踏實地，一臉誠實。

秋霜嫂的稻子也是屬於早刈的，長芽的成份不大，在打牛湳是要數一數二的。這一陣秋霜嫂的兒子在漁市謀發展，想當船股東，秋霜嫂便想賣出部份穀子，好叫他兒子有個事業，這之間，她是很希望能賣個好價格。

打牛湳的人都伸著白羅曼鵝般的長頸子來觀看。

嘩地，秋霜嫂便把穀堆那層厚雨布給掀開，一陣濕熱的蒸汽便冒出來，只有下層幾顆冒著芽罷了。

「嗯。」商人低下身子，抓一把，放在手掌心，看了好一會，說：「阿巴桑，這堆稻子不行啦！」

「怎會？」秋霜嫂一聽便皺著刻苦的額頭，說：「還好呀！上層的還是飽實的，只有下層損壞一些吧。」

「很難羅的。」商人一面說，一面又開三根指頭，拿來在秋霜嫂的眼前晃著，說：「阿巴桑，少說也壞了三成，我羅了這樣的穀到底要賣給誰？」

打牛湳的人一聽都覺得很失望，但是大家的頭殼可不是水泥做的，他們都曉得大凡商人想購買你的東西，就得把一塊玉說成一塊磚，把價格殺得抬不起頭來，他好做買賣。打牛湳的感情一向是深厚的，他們的存活都建立在互相的提攜上，何況穀價又干係著一大群人的生活，若秋霜嫂的穀子賣不出去，他們的穀子往那裏擺？在一旁觀看的廖樹忠很早就擬訂了一種理想的價格，自然不希望穀價低廉，於是一跨步便邁出來說：

「老闆，好歹天下同樣都是吃米的，今天遍地都遭遇水患，打牛湳這樣，別的鄉城也一樣，在打牛湳買不到好稻子，到別地方也買不到。秋霜嫂的稻仔在打牛湳是一流的，你不買還買誰的？」

廖樹忠有板有眼底砸著頭說，像當初他回鄉第一次談到南洋戰役時的風采。他還怕商人看他的份量不夠，說話時便一字一句咬得咔喳響，說完「你不買還買誰的」這句話的同時，還把口袋的煙掏出來，啄出一支咕著。

商人一聽，便笑得很殷勤，但那副黑臉可是紋風不動，他也把煙掏出來，表示他是考慮過廖樹忠這一席話的，還一根根好禮地遞給圍觀的人士，又順勢呵呵地笑兩聲，說：

「我們來研究研究。事實上，這一季的稻子是非要倒霉不可的，一方面種的人多，一方面逢水患，價格自然不高，如果你們現在不趕快賣出去，過幾天穀價大跌，就沒有人要。莫說諸位種植的阿兄阿姐，就是我們做小生意的人，一想也是怕的。」

糧商怕了？打牛湳一聽幾幾乎窒息了，但這回他們可聽出商人的話是有些道理的，商人的意思無非是說再等一段日子，他們的穀價跌得一蹋糊塗時再來購買，你不賣也不行。這下子，人人就竊竊地謅起嘴來，當中最忍不住的就是李鐵道，他這一季的收成是要來決定分家與否的，萬一價格大跌，兒媳們又吵著分家，他便沒有再堅持的理由了。想著，便拉開嗓門來，說：

「頭也，這樣說，你打算怎麼買？多少錢你才不賠本？」

「是呀！多少？」大家都附和著說。

「這樣，」商人伸出戴手袖的左手，比劃著姆指外的四根指頭，右手的指頭全都伸齊。

「五百四。」大家說著，心底浮動。

「不是，」商人卻搖搖頭，重新一晃指頭說：「四百五。」

「四百五。」大家睜圓了死牛眼：「你說一百斤四百五十塊錢。」

「對的。」穀商說。

「哇！這款沒天沒地的價目！」

打牛湳的人都叫起來，心兒急速下沉，都要沉到森羅殿去了。

「老闆。」秋霜嫂不安地扯了扯自己的衣裳，這件印花粗質上衣是五塊錢從馬路攤子買來的，她說：「老闆愛說笑啦！前一陣子保證價格時，市價是七百二啊！一下子跌這麼厲害。」

「沒辦法啦。」商人說：「時機不同，萬事也得看時候。」

打牛湳的人這刻裏像鬥敗的公鷄，都歇斂了圍觀的好奇和興致。但林鐸是稍微有一些腦筋的，他立即拿出理髮的那種層次前後分明的頭腦來，站到秋霜嫂的旁邊來，對著商人說：

「老闆的話是有影有跡的，確實稻價是要跌的，但是跌了也是以後的事，現在稻子剛刈，全福摩莎島的穀子還不多，價格應該是較好的，你說四百五的價錢太低了，不夠公正啦，好歹現在物以稀爲貴，你就購去，萬一有別的穀商來了，你就別想買了。」

「嗯。」商人的顧慮一下被林鐸揭破了，心底一失去平衡，開始也沉思起來，煙圈都飛到髮上去。

「是啊，是啊。」打牛湳又恢復自信，謅著：「老闆是聰明人，要買就趁這一時。」

「你……你。」扁鼻子的萬福也口吃地說著：「你自己說的，萬事也得看時候。」

闊嘴鴦自然也不甘落在萬福仔的後面，他雖然正控告萬福的傷害罪，但對付外人時，打牛湳總是攏手的，她便也站到秋霜嫂的身邊來說：「秋霜姐，其實妳的穀子在打牛湳是最好的，若有人要來嫌棄，不要賣給他，看他到那裏去找這樣好的貨色。」

「老闆。」秋霜嫂看著大家幫她說話，一時間定了一點心，但還惶惶地與商人商量著：「五百，好不好，我是不會跟人家談生意的查某人。五百，我就把這裏的，連同已收倉的最好的部份賣給你。硬度、乾度都很夠，你可以想一想啦。」

「嗯。」商人很沉穩地抽完煙，把煙蒂踩熄，最後便說：「嗯，五百太高了，四百八怎樣？如果妳認爲可以，下午我的幫手還在廟裏，妳就找著去吧！」

說著，轉身去了，花耀的衣服閃著金光。

啇人走了，打牛湳的人自然就各自散去，但這個沒有好頭采的風聲一下子傳遍了打牛湳。

四百八啊！四百八啊！

大家都呼喊著，連已枯死的大道公廟裏那兩棵木瓜樹都抖動了。

那天下午，人們便看到秋霜嫂惶惶地走到廟裏頭，又看見啇人用三輛車把一部份稻穀運走，打牛湳的人一半都羨慕著秋霜嫂，一半都替自己擔憂。

但是，更重要的事，林白乙的風聲愈來愈大了。

五月十九日，天氣：晴

移到城裏去開武術館的火獅仔，據說開始向全省推出跌打損傷的藥，牌子叫做：金獅固筋運功散，打牛湳的人都感到很驕傲。

唸書的中學生，因考期愈發近，唸書的精神愈奮發，不再曬稻子的村活動中心都開放來給他們溫習功課，三更半夜都有人還點燈苦讀。

最大的新聞還是要屬於大道公廟裏的水龜，原來情形又有變化。老鼠仙又跳童，但這次他說這隻水龜早已轉生爲人了，祂是奉了大道公的命令要來救治打牛湳的人，現在靈異已經來到打牛湳，不久大家就要蒙受恩惠了。

粿葉樹的一夥人最高興，光榮靈率領著許多人，一有空就到大道公廟來燒香，闊嘴鴦在洗衣服時虔誠地告訴每個夥伴，不久打牛湳人的心底都在呼喊：打牛湳出了救世主了，打牛湳出了救世主！

但是，公教人員對這件事很生氣，他們告誡著小孩子，勿要去相信這個荒誕的神話！

五月二十日，天氣：晴，地點：活動中心

太陽依然高掛在天空，氣象報告果然靈驗得很，據說連續要一個禮拜的好天氣，然而，打牛湳只是很感謝天公的這番好意，因爲伊們現在並不見得怎麼愛這種天候。穀子早就曬乾了，他們都已經把稻子放在布袋裏，等待商人來問價，或者一袋袋地扛回自己家去。

「噼啪噼啪！碰！」

一陣的鞭炮響在活動中心的砌牆邊。
這時是晚間七點，天已黯了，但銀河光燦，活動中心現代的講臺上擺一個披著絨布的大講桌，上頭置兩盆花，兩盞日光燈耀亮光芒，講臺上的許多座椅上坐滿了人，有些沒座位的都站倚在牆邊，像看戲伊般。
但是這次可不是演戲，是重要的村里民大會，在打牛湳裏能逢到這樣多人的盛會可不容易，除了婚喪以外，打牛湳是不會完全聚齊的，即使往常的村里民大會他們也是懶得過問的，然則這一次竟然客滿了。
原來今天是縣政府的官員到打牛湳來探訪災情的日子，早晨便有一輛交通車停在村道上，走下的人都穿著西裝，梳著油頭，打牛湳本來是沒時間去關懷的，因爲進香團常常也是這種打扮，可是不久擴音器就播出縣長、官員、專家蒞臨的消息，這可引起大家的注目，縣長是大家辛苦選出來的，好歹像父母一樣，理會他是應該的。現代的選舉總歸是不易的，比如說當今教育比以前提高許多，若用舊時代的肥皀和味精來賄賂是行不通的。固然有些人還是經不起誘惑，要把這些賄禮收起來，但投票時可不一定選那個人，大家都有自己的意見主張，他們都選報紙和電視上廣播得最多的人；若不然則把身份證收成一疊委託一位熟悉的監票員拿去蓋章。近來在選舉中也從電視上認識投票的神聖，曾使投票率高達九八%，贏得模範選村的名譽。因之選出的縣長雖然當時並沒有人認識他，只聽說姓謝，但有見面的機會，大家還是不願放棄的，又何況縣長是要來探訪災情。

在這情況下，打牛湳的人都很興奮。

會場內，以李鐵道爲首的大道公廟派的人都坐在最前頭，由左至右分別是李台西、李高山、李清煙、孤獨林仔……他們咕著煙，似乎在等待什麼似的。你莫要小看了這個大道公廟派底人，一般說來，他們說話都是正聲正氣，有份有量的，這個特點從李鐵道的言行中可以完全表現出來。他們慣於出入在大大小小的婚宴葬儀中，懂得各類的禮節，因此，他們與村里長的關係最密切，你莫有看到，村長的兒子近來就是娶了李鐵道的女兒。由此看來，他們實在是村長的助手，好比打牛湳在新聞節目中聽到的，他們都是執政黨。

當然，李鐵道他們從來就不懂什麼執政黨，即使曾經競選過鄉民代表的李清煙也只略爲瞭解罷了。

大道公廟派後頭的就是以林鐸和鄭木森爲首的理髮店派，若拿村里自治的眼光來看，他們是較爲居中的，既不偏於有權有力的人也不偏於貧窮的一方，大致上伊們是較冷靜客觀的。最後面坐的則是粿葉樹派的人，包括扁鼻子萬福、新團仔……他們大半是最愚勇的一群，一向是最沒有近代政治知識的，但又愛講話，有時候講的話自己都不懂，說起話的姿勢又像革命伊般，全是笑話的來源。自然，粿葉樹的人今天也不是來湊熱鬧的，前些日子，稻子都還浸在水裏時，就有新聞記者到這裏來，他們拍了秋霜嫂早刈的稻子，還請闊嘴鳶仔發表意見，在電視上彷彿閃過這樣一幕訪問的情景，只可惜不很清楚，況且只有幾秒鐘，闊嘴鳶仔的嘴巴也只張大幾秒鐘而已，粿葉仔樹的人都說很可惜，如果把闊嘴鳶的話全播出來，大家一定會瞭解眞象。因之，粿葉樹的人是準備要來發言的。

果然，在鞭炮響過後，一群人便互相客套地從大門口走進來，爲首的是一個圓頭禿髮，戴著金邊眼鏡的人，胖胖的矮身子十分富泰，後面跟著一串穿西裝梳油髮的紳士，最後跟著赤腳、青蛙凸眼、短頸小額的村長，還有鄉公所職員和村幹事。

李鐵道很急速端莊地站起來拍手，後面的人也跟著拍手。

終於他們在講桌前就坐定了，村長當主席就坐在正中央，右上角坐著圓頭禿髮的人，其他的紳士分兩邊坐直。村幹事當司儀，笑哈哈地站在旁邊，大會還沒宣佈開始，村幹事就走到村民的群堆去，他說那個圓頭禿髮的人就是縣長。

大家很高興地喧嘩著。

「縣長。」李清煙便走過去遞一支長壽煙給他，好歹李清煙是競選過鄉民代表的，對這一套可是很內行。謝縣長點一點他的圓頭，很親民地把李清煙的煙接過來。

「謝謝，謝謝。」李清煙好像得到賞識一樣，很快地把煙點上了。粿葉樹的人看著，都齜著牙笑了，伊們最瞧不起大道公廟的人就是這樣，平時凶儼儼的，彷彿打牛湳的人都欠他們錢似的，但逢上了比他們高貴的人就搖頭擺尾，像一條軍用狗！

「縣長那有時間到敝村來？」李鐵道坐在前排，謙恭地問。

「看看你們的稻子啦。」縣長說：「聽說損失很大啊。」

「是的。」李鐵道抓住機會趕快說：「很糟，很糟，縣長若有空到我家看看就曉得。」他把「我家」二字說得最大聲。

「好，好。」縣長應著就又躺到後頭的椅背了，垂詢起村長。

鈴聲一響，司儀的村幹事就宣佈大會開始。村長講一陣，然後縣長便站起來，他說：「各位老兄弟，各位姐妹，今天我到鄉來找你們鄉長，」說著把頭轉到鄉長那邊看一下，鄉公所的人立即肅然坐正，接著說：「鄉長就提議到咱打牛湳來，打牛湳一向是很好的，社區做得壯觀徹底，在村長領導下又當選模範選村，實在是不簡單。」

縣長說著，金邊的眼鏡因爲點頭都落到鼻樑下來，大家都很高興。

「但是這次的水患對打牛湳來說實在是很不幸。」縣長又把話引入正題：「今天我們到這裏來就是要來替大家解決問題的，在還沒討論辦法以前，我要請一位農林專家來講解現階段的糧政。」

想不到縣長這樣親切，這樣有人味，打牛湳的人一聽都拍手。喧鬧一陣，農林專家便站起來，這個人穿著筆挺白襯衫，高級的夏褲，頭髮光亮，皮膚白皙，很有頭腦的樣子，他一上臺，很禮貌地向每一位父老行禮，然後就開始談到糧食價格政策。他首先就要來談中國歷史上的糧食政策，引用了許多秦始皇吞六國時期的典故，但因爲文言文太深，打牛湳的人聽不懂。後來看到大家菸抽得多，話說得少，就換縣府的財政單位官員來談稻米生產，大家一聽是屬於現代的話，就豎直耳朵。他後來就要大家提供意見，相互研究。打牛湳的人一時便呱噪起來。

「稻子發芽了，實在不行，希望縣政府向上反應，說好話，一定要設法把稻穀全賣出去。」李台西代表大道公廟的人先發言。

「我認爲要減低田賦。」李清煙也說。

「叫政府補助。」另一個也說。

粿葉樹的人看到大道公廟的人講話，也不甘示弱地說：

「對，對，田賦和一切稅金都全免了吧！」

專家聽了，不禁笑起來，他說：

「田賦和稅金全免是開玩笑啦，各位不知道我們縣政府的財源就是靠著這些田賦啊。」

林鐸也站起來說：

「若田賦不能免，今年繳賦穀，大家的稻都發芽，應該不分損害深淺，一律徵繳，用不著過份要求。」

專家說這個意見他會向省糧食局反映。

公務人員也提議說：

「要增加農民的收益應該增加收購稻穀數量，減少大小麥進口，還要鼓勵餘糧輸出。」

專家也說會向糧食局建議。

大夥兒七嘴八舌，整個會場亂哄哄起來。

但是這時窩在角落邊的廖樹忠忽然站起來，大約是昨天他用鼓風機把好壞的穀分開後，發現只有四、五成，因爲綠色的穀子一曬乾，都只剩一個殼，他的臉面自然是難看的，他一站起來就說：

「你們都很會講理論啦，但用不著說那麼多，我認爲現在最重要的是價錢問題。以前東西稍漲時我們還可賣到六百多，現在東西漲了，只賣四百八，少二百塊，日後我們怎麼生活？」

「對！」萬福也代表粿葉樹站起來：「伊娘咧！一天到晚在田裏拚死拚活，辛苦得像鬼，到頭來，穀子都沒人要，還鼓勵我們多種，什麼意思？」

「有道理。」公教人員比較有知識，馬上站起來說：「要想辦法提高穀價，如果現在不能無限制地徵購，也要多徵一點，一公頃只收九百七十公斤，實在是裝做表面罷了。」

「所以徵購爲第一重要。」廖樹忠終於走上來，砸著頭，便要來爲縣長點菸，他說：「縣長，我有個建議，倉庫我們去建吧，每個村子派一百人，一兩個月就建那麼大的一個，如果沒倉庫，我們家的眠床願意讓給糧食局存糧，怎麼樣？」

「駛伊娘，講到倉庫，駛伊娘！」卡春也搖著傻楞的頭說。他是要來說前年農會就說要建大倉庫，但到現在一個影子也見不到，但他一時不知道怎麼說，只好在縣長的面前比手劃腳起來。

全場大亂。

司儀的村幹事一看要惹禍，便喊一聲「肅靜」。於是大家又坐回原位，官員和專家都面露爲難的神色。

「以後發言的人請舉手。」村長說。

「我有意見。」這時坐在最後排的新團仔把手舉高，站起來說：「我建議政府撥一些款來救助我們。」

「對。」有人附議說：「撥款來補助補助。」

官員聽了，馬上站起來說：

「這是不可能的。縣政府也沒錢啊！」

「怎麼沒錢？」公教人員機敏的站起來說：「剛不是說每年都徵我們的賦稅當經費嗎？怎麼沒錢？何況還有其他財源。」

「太多村子浸水啊。」

「管他多少村子。」新團仔打斷官員的話說：「打牛湳村是最慘了，撥款來救助像打牛湳這樣的村子就可以。」

「這……這……」

「伊娘咧！」新團仔又說：「要賦穀時就得我們乖乖地一車車地運到農會去，硬度乾度差一些時就打回票，能刁難就盡情地刁難，一逢災害就都不理。」

會場又喧鬧起來。

「要諒解我們的苦衷啊！」

官員只好抹汗地哀求著。

「諒解什麼？」廖樹忠以三十年前在爪哇巴里島逃亡的雄姿說：「你們來諒解我們這個乾癟的肚皮才應該！」

鬧了半天，大家談不出一個好辦法。最後有一個人在門口邊發言，大家回過頭去，在昏晦的光影中沒能瞧清他底臉，大約是個胖壯的人吧。他說吵鬧不是辦法，大家要面對現實，什麼樣的穀糶什麼樣的價。他並且說再一二天，一批穀販要到打牛湳來，而且林白乙也開始要購穀了。

五月二十一日，天氣：晴

農會來了通知，要打牛湳的人去領美濃瓜及梨仔瓜的種子，因爲在第一期與第二期之間，打牛湳通常都善用地利，種這一種短期的果類。

林鐸準備在理髮店邊設一個小木板房，他本想賣農藥，但村子的人恐嚇他說：你賣了農藥，你老爹一定會把它當汽水喝。林鐸一聽，不敢貿然行事。於是又有人建議他，不如賣飼料，伊的瘋老爹若吃了飼料，頂多變成一條大肥豬，不礙事！

大道公廟永遠都有事。老鼠仔在晚間又跳童，他說靈異現在到了打牛湳的莊頭，一道霞光正籠罩在天空，不久打牛湳就可獲救了。他為了證實自己的話是大道公附身所說的，用著一根兩面尖利的鯊劍把自己的背部砍成血跡斑斑。粿葉樹的人都很欽佩。

五月二十二日，天氣晴，地點：粿葉樹附近

自從開完村里大會，打牛湳的人便分成三種樣態了。一種好比黑面祖師公一般，黯黑著臉，他們都信服著官員的話，這種事政府也是愛莫能助的。另一種好比是紅臉的關帝爺，過五關斬六將，橫著心，就想勒肚子來度難關了。伊們說：以前農村慘敗於都市的那段日子，還不是照樣地度過去，只是一期的欠收，怕什麼？當然偶而他們還是要罵著農林單位：幹伊娘，唆使我們種這樣多的稻，災殃一發生，竟什麼也提不出辦法。還有一種人就像彌勒佛，他們總是哈哈地笑著說：人生海海，要達觀啊！要達觀啊！

但是，不論那一種人，他們還都是冀望天窗會開個洞，稻價突發地漲起來。

然而，他們也絕然想不到，天無絕人之路，彌勒佛式的樂觀事實竟然在今天發生了。

在粿葉樹右邊的馬路，有著一幢竹造簡陋的舊房舍，在逐漸邁向現代化的農村，竹屋的確是少見了，在城市裏固然也有竹蘆之類的房子，但那是用來做咖啡廳或觀光用的。在打牛湳，竹屋是用來住窮人的。這一幢黑矮朽污的房子是屬於李罔生的，而毫無疑問的，李罔生是屬於粿葉樹那一派的。

早晨，太陽光耀耀的，這家人十分勤奮，把排除了粕穀的良穀又披晾一次，唯恐乾度不夠。而粿葉樹的人竟也不約而同地來到他家的大門歇坐。

原來李罔生的兒子李金河從城裏的鐵工廠回來，李金河是很肯用功的後生，在種田賺不了錢的那陣子，他就外出謀生，按月把錢寄回家補貼，二十七歲，任勞吃苦，從沒有娶某的表示。粿葉樹的人也有很多子弟在城裏，其中有些還和李金河一樣在鐵工廠。

屋簷下就聚了許多人，一時嘻嘻哈哈地談天著。

「金河仔，你不該回來呀，還是住在城裏的工廠好，回轉來只有多吃去你老爹的米糧。」新團仔用長輩教訓晚輩的話說。

「新團伯，你莫知啦。」李金河把耙穀的桿子放下，便伸出了右手來，在大家的前面晃著：「老闆答應我回來休息幾天。」

「喔。」大家睜眼一看，才看清，原來金河的右手只剩一支小指頭，像殘冬僅餘的枯枝在那裏瑟抖著。

粿葉樹的人本來也都知道李金河的右手指曾是殘缺過的，那是幾年前被機器軋去的三根，現在又少一根，八成也是被軋斷的。粿葉樹的人是最講感情的，所以驚異是不免的。

「金河仔，你眞是衰哪。」扁鼻子萬福和旁邊的人說：「怎的時常碰到這種衰事。」

「幹！」金河仔苦哈哈地笑著，擺一擺手：「眼看這隻手的手指就要用完了，只剩這根最無用的尾指了，當初我阿爸若多生給我幾根指頭就好了。」

粿葉樹的人一聽李金河的自我解嘲，便朝著李罔生的臉望著，要來看看他的反應。

「我早就勸他，不要再待在鐵工廠裏。」李罔生說：「他老不聽，講也莫用，現在吃飯都用左手了，我這次不放他走，如果穀價還好，我就強留他來種田。」

粿葉樹的人一聽都無意識地嘻嘻哈哈笑著。「喂，金河仔，廠方貼你多少錢。」到底是廖樹忠的頭腦反應快，他總是想到別人所理想不到的地方。

「怎樣?問這事幹嘛？」李金河說。

「探聽，探聽。」

粿葉樹的人一向都知道碰到這樣的事，總是有津貼的，對粿葉樹的人有時候往往會因意外的不幸而發一筆財，好比在路上被車子撞傷，破房子被風吹垮，小孩在學校被訓導人員打傷，他們都可以依法請求一筆賠償金，錢財要來時是擋不住的。
起先金河不肯說，最後把左手還齊全的指頭都伸出來，說：
「五萬！」
「五萬？」粿葉樹的人都震驚一下，他們從未聽過這樣好的代價。
「斷一根指頭五萬。」廖樹忠不禁很羨慕起來：「這樣算起來，五根指頭就二十五萬了，好價格！」
廖樹忠一面說一面砸頭，好比斷指的人是他一樣。
「嘿。」廖樹忠閃著亮亮的眼睛下結論說：「你們有誰給我二十五萬，我願意砍去這五根指頭。」
他一面說，一面把左手伸出來，再用右手來放在上面，做著切砍的模樣。
「幹您祖公！」光榮靈一看，氣起來，罵著：「你免費把頭砍掉，我都不要。」
說完，光榮靈爲了鄙薄廖樹忠，便做一個砍頭樣，粿葉樹的人一看笑得更大聲了。
也便在這時，庭院外駛來一輛三輪貨車。
碰碰碰，車停了。

車上跳下一個穿白色夏紗的人和三個打赤膊的後生。穿夏紗的人有個健梧高大的身子，中年後發胖的面頰垂掛一串的肉，腳登著木屐，穿一件短齊膝蓋灰藍褲子，小腿肚上浮著錯雜筋脈，大約是很善買賣，並且當過一陣子農夫的生意人吧。

「喂，罔生。糴穀的人來了。」扁鼻子萬福說。

糶葉樹的人立即站起來，倚著破陋的竹籬邊，打量著。

「頭也，坐坐。」

還是廖樹忠靈巧，趕快頭砸過去招呼伊。

「謝了，謝了。」

商人很和氣地就坐下來。

「頭也，你是那裏來的？等你們等死了。」廖樹忠說著。

「是啊！你們來的眞慢。」

大家都說。

「我是林白乙那裏來的。」商人掏出菸來請大家，說：「莊頭古厝的林白乙。」

「跛腳乙。我們知道。」廖樹忠點上菸，一面抽一面說：「我們幾天前就看到他回來，開村里大會時，又有人說他要開始購穀。」

「是的，那晚說話的就是我。」穿夏紗的這個生意人說：「我們要買很多，今天先看罔生和莊尾幾家。」

「罔生，他說先買你的。」

「好頭采啦。」光榮靈仔說。

「多少？」

粿葉樹的人一齊問起來。

「五百五。」商人說。

「哇！每百斤五百五十塊，好價格！」

粿葉樹的人終於大大地叫起來，幾乎要震垮竹屋。

五月二十三日，天氣：晴

想種小黃瓜和美濃瓜的人都舉棋不定，伊們不知道會不會有收穫，因爲只要一陣大風和大雨，所有的瓜仔就會遭到嚴重的摧殘，但是李鐵道認爲五月下了這麼多雨，六月七月一定是晴朗的好天氣。

今天全村子都傳頌著一個神讖，他們說廟裏的水龜和跛腳乙有密切的關係，靈異就降落在林家的古厝，跛腳乙會來拯救打牛湳，在粿葉樹下，竹篁裏，水栅邊……凡是暗地的角落都吱吱喳喳地傳動著這個傳說。

但是公教人員很生氣了，伊們憤怒地說：這是什麼時代，還信這種鬼話！這是什麼時代！

五月二十四日，天氣：大太陽，地點：大道公廟

太陽發狂般地掛在社區的上空，亮得像銀球，萬里的蒼穹一絲雲也沒有。樹梢紋風不動。

鷄鴨貓狗也不敢到外面來，它們窩在石榴樹叢、屋簷底下，吐著舌頭，伏著羽翼，一動不動地避暑。

便在這樣底日子，打牛湳的大道公廟前卻熙熙攘攘地停滿曳拉車，上頭載滿了穀，這廟場在還沒舖下水泥時爲了演戲，都設了樁洞，現在一根根的木柱都撐高起來，湛藍的帆布給搭在半空中，一波波的帆布像連綿的海浪，整個廟場就是個市集啊！

原來，自從林白乙開始購穀，因爲價格高出一般的糧商，又好買賣，從不分良穀劣穀，即使出芽得十分嚴重的，他開出的購價也不會低於五百，這樣終於把打牛湳的人給弄得沸騰起來。他們爭先恐後地跑到林白乙的古宅去，要來把稻穀賣給他。林白乙拐著腳，站在大門口那兩棵紅柿樹下，總是笑著要請鄉親來奉茶。

伊娘咧！跛腳仔對人眞禮貌。打牛湳的人都說。

自然林白乙派人挨家挨戶地去購穀就顯得像老牛拖破車伊樣的慢了，最後經協議，就在大道公的廟前搭棚子，凡是想賣給他的人都運過去。

果然從購穀以後，林白乙就公開露面了。小時候，剛光復不久吧，日據時代的小學改制成中國的小學，大地在戰亂中都還沒有甦醒過來，粿葉樹一帶，大道公廟一帶，理髮店一帶，在烽火中出生的小孩都一起玩耍在打牛湳這個破陋的村廓上。林白乙當然不例外，那時的林家剩一片廣大的田地，三七五減租就要來改革它，林烏順水推舟便賣了土地，向城市裏求發展，大約有其父必有其子吧，那時的林白乙不喜歡唸書，長得醜怪極了，右腳短一截，大家都跳到他背上玩騎馬打仗。但自小林白乙的頭腦就精得很，詭計是一流的，花樣眞不少。大概是跛腳的人總是多算計吧！

現在的林白乙果然不一樣了，他就站在秤邊，穿一件方塊狀白底襯衫，漩渦紋的領帶，西裝便脫下來掛在木桿上，銀亮的眼鏡閃著光，很是文明教化的樣子，和小孩時大大不同了。他是專門來決定買穀的價錢的，林白乙先聲明，糶穀時先領三成的現金，方今到銀行提款很不便的，等完全收購完後，大夥再到林家古厝去領錢。打牛湳都因爲能把穀子賣出去，而且馬上就可以領三成的現款而高興著。

太陽依舊火火地在天空怒張著，大道公廟前一列的菟子花給烤得枝葉軟垂，粉紅斑白的花瓣都睡著了。

慢慢地理髮店那幫人就輪靠到前頭來。打從天未亮，他們就排隊，量穀的速度眞慢，天又熱，林鐸、鄭木森、水金仙都坐到車底板下，用著笠子搧著風。

「終於翻身出頭了。」水金仙說：「我以爲沒救了，好在殺出了這個跛腳乙。」

「福氣到了都是難料的。」林鐸十分雀躍了：「我老爹的醫療費有著落了。」

「嗯，你老爹眞嚇人。」水金仙說：「一下子把釘子釘在頭上，一下子把刀片掛在頸上，他怎麼不會想到要把錢掛在腰帶邊？」

「沒伊法啦，我也想不通。」林鐸說。

「說不定在練功啦。」卡春嚴肅地說：「電視上都有人在表演著刀槍戮喉的神功啦。」

「練你的鳥功。」水金一聽，說：「不懂又愛說。」
說著他們笑動了。
「伊娘！」
忽然鄭木森大聲叫起來，像得了猴症一樣。
「什麼事？」水金仙問著。大家都把頭轉過去看他。
「我倒忘了，出芽的穀能賣這樣好的價錢，不但是打牛湳的奇蹟，也是我的公媽有靈有聖。」鄭木森點了點以前幹過保鑣的保鑣頭說：「我開個馬殺鷄店。」
「什麼？開什麼？」水金仙說。
「我說我想開馬殺鷄店。」
「開店？」林鐸不相信似的：「開在那裏？」
「在打牛湳啊。」鄭木森因爲突發的興奮而露了滿嘴黑牙：「在這裏。」
「這裏。」林鐸有些吃驚，但仍然不相信似的：「眞的？」
「眞的，還假得了？」鄭木森肯定地說。
「想不到你是這種人。」林鐸馬上由驚異變得沮喪起來：「這款的朋友。」
「怎樣？」鄭木森鬼迷心竅一般地說：「開了馬殺鷄，打牛湳一律八折。」

「哈！」卡春很興奮了。他說：「八折，我也八折吧。」

「當然。」

「我八折，水金仙，我八折。」卡春快樂地叫著。

「你冷靜一下吧。」水金仙說。

「你說你眞的要開。」林鐸終於變得憤慨起來，認眞地問。

「眞的。」鄭木森說。

「好，你去開吧！我也不怕你！」

林鐸氣憤得罵起來。

「喂！」忽然有一個人喊：「林鐸，換羅你的穀子。」

林鐸慌忙地站起來，上了曳拉機，把稻穀拉進涼棚裏去，幾個幫手就走來搬下稻穀。林鐸小時候是和林白乙一起在國民小學唸書的，當然曾欺侮過他那條腿。現看他那樣發達，便有些難爲情，像一條咬過人的狗，現在那個被咬的人反而要來餵養他一樣。

我林鐸是一條狗麼？偏不是人？他爲自己這種怪異底觀念而覺得突梯好笑起來，大約這是見到富人的自然反應吧！

「林鐸兄啦！」

林白乙一拐一拐便走過來，伸出手來要和他握著。

「哈哈，很高興，很高興。」

林鐸趕快伸出髒破的右手，笑嘻嘻地說。

「今年的稻子怎樣，嗯。」林白乙拐一下，從口袋掏出三五牌，遞一支過來：「很不錯吧？」

「發芽了。」林鐸說，但馬上又後悔，改了口氣：「一、二成吧，只有一二成發芽。」

「還幸運嘛！」林白乙說，一副大買賣的樣子。

林鐸有些被林白乙的這種大買賣迷惑住了。他是具有判斷力的人，很想問明原因。

「要這樣多的稻穀啊？」林鐸指著堆聚成山的穀子說。

「不多。」林白乙吸著煙，懇款地說：「我在別的村子也買很多，每年都一樣。」

「一定賺很多錢吧。」林鐸說。

「有時候賠。」林白乙說：「託我們村莊的福，希望今年不要讓我賠太多。」

說著，笑得很健朗，城市的商人都有這種笑。

「明年還來吧？」

林鐸終而覺得林白乙實在是可親得很，畢竟是同一塊泥，同底根來成長的呀！

「看情形。」林白乙說：「如果你們要價不高，我還會來。」

說著，量好的穀都堆上去了。

林鐸便走到會計小姐的旁邊來領三成的先付金。這裏有三個算錢的小姐，長得都很標緻，據說都是林白乙的姨太太。

嘿，跛腳的人也會有這樣旺盛的桃花命！

五月二十五日，天氣：大太陽

爲了種美濃瓜和梨仔瓜，打牛湳都陷在一種猜測中，有人又提出建議，他說去年瓜仔大豐收，中南部的瓜農狠狠賺了一把錢，今年一定有許多人爭著來種，價格也許要大跌了。所以有些人就決定不種瓜仔，改種小白菜或捲心菜，但是又有人認爲每年種菜都是不可靠的，每逢菜刈時，你到果菜運銷市場去看，黑壓壓地擠滿黧黑著手腳的菜農，一堆堆的菜像廢棄物般地堆滿市場，菜販連天的殺價，從早到晚熱哄哄地一片鬧，到頭來運走的只有幾百斤。每天新聞都報導，北部南部菜價大漲，一斤小白菜要賣到二十元，但鄉下菜農們的小白菜卻沒人要。

但是不論怎麼說，打牛湳的人是要選擇一樣來種植的，這一期的稻作損害得太厲害了，非要靠瓜果菜來補貼不可。

四健會和民衆服務站在鄉裏舉辦著土風舞會，晚間一輪殘月晶亮地掛在天空，星兒滴滴答答地明滅，大家跳得很高興，但是跳舞的人都不是打牛湳的農友，因爲老傢伙怎會跳舞？跳舞的人都是城裏的青年。

粿葉樹的人在晚間也暴發了大爭吵，以萬福仔和新團仔爲首的人認爲老鼠仔仙所說的靈異應該沒有疑問地指跛腳乙，伊們的論點是①水龜跛一隻腳，跛腳乙亦然；②他的購穀行動確實拯救了打牛湳。伊們認爲跛腳乙將來一定會當水利會長或議員。但是光榮靈仔和廖樹忠爲首的人固然也同意靈異就是跛腳乙，不過他們認爲跛腳乙只當水利會長是不夠的，因爲往後打牛湳還要遇到很多問題，非要更大的官來解決不可。他們認爲跛腳乙應該當農林廳長或糧食局長。

且莫要用公教人員的眼光來看粿葉樹的人，伊們是很有尊嚴，很正經的人，是很認眞來參與這個問題底。

五月二十六日，天氣：大太陽，地點：農會附近

林白乙的收穀消息立刻震動了打牛湳附近的村落。同樣浸著水的十二聯莊的人都親自跑到打牛湳來看這種的盛況，他們眞不相信有這樣的好買賣。但事實畢竟勝於強辯。當他們目睹了大道公廟場的景況，才知道打牛湳確實是走運的，難怪早前的地理仙就說過，打牛湳是個龍穴。

看來伊莊出了救世主也是眞的。

但是，並不是所有打牛湳的人都把稻穀糶給林白乙一人。比如說李高山就是把稻子賣給他一個做穀販的親戚，還拖了幾個人下水，當然價格是要少於林白乙的，不過也有好處，他們是銀貨兩訖，當場賣斷。最少賣給林白乙的是公教人員，這些公教人員一方面是領國家的薪水，不像其他純耕民只靠那些穀子來生存，種田只是副業；另一方面公教人員對稻價的消息頗有研究，頭腦都較靈光，像在國民學校當教員的陳文治，伊有三個小孩都唸著大專的經濟和財政；在鄉公所辦公的李太平，伊的兒子就在縣政府的財務課；至於像農會的廖大慶，秘書的李其然，鄉代表的柯百金……更不用說。

大約有三成吧，有三成的人截至這個時候還不願把稻穀賣給林白乙。

而不把稻子賣給林白乙的原因是從闊嘴鳶仔的嘴中吐露出來的。

原來闊嘴鳶仔和萬福仔的訴訟案現在告到高等法院去了，闊嘴鳶仔於是便接到一張傳票，她一向不識字，只知道重要的事來了，便找到陳文治的家來，她和陳文治的太太未嫁前同是貓子干的人，從小就認識了。她一眼瞧見陳文治家裏的廊道，洗澡間都放置著稻穀，一時七嘴八舌地就問上了。

「你不曉得。」陳文治老師便說：「你想想，林白乙怎麼會那麼好心，他一定有一種計策。」

闊嘴鳶仔問什麼計策。

「有的。」李老師說：「他一定要來冒用農民的名義，聯合農會的職員，以保證價格每百斤六百九十元把徵收穀賣去，其他的非徵收穀再在城裏市場拋售，因爲這是第一批稻穀，價格總會在五百五十上下，所以林白乙是要賺錢的。」

「哦。」闊嘴鳶仔似懂非懂地點頭。

她雖然似懂非懂，但老師說的話一定不會騙人，一定有道理。

因此，伊每逢上人就叫著：

「憨人！我們的錢都被林白乙賺去了！」

人們一聽，也把話傳開了，而闊嘴鴦因爲第一個揭發別人愚行的人，自然帶著媽祖婆一般未卜先知的心情，把「憨人，我們的錢都被林白乙賺去了！」這句話傳得更熱烈，彷彿忘了伊現在正與萬福仔在訴訟中。

今天是農會開始徵收保證價穀和繳納田賦的第三天，已經繳了兩天了，但是打牛湳的人彷若未聞一般，大約都被林白乙的購穀沖昏了頭，保證價穀他們也不準備運賣給農會了，因爲農會的驗收標準太高，專找麻煩，何況一公頃只有九百七十公斤，太少了，乾脆放棄權利，都賣給林白乙，至於田賦徵穀，伊們是一定得運去的，本來田賦是可以用錢來繳納的，但糧政單位爲了掌握糧源，所以規定一律用實穀繳納，而打牛湳都是守規定的人。這天，他們就大大地出動了，一載載的曳拉機響遍村道上；然而打牛湳卻慢了一步，原來十二聯莊的人早就運到了，從農會倉庫的秤子邊開始往外排隊，直排到野外的馬路去，怕有一、二公里吧。

今天，陳文治和李太平都來了。

天氣十分地炙悶，農人都縮著臉躲在笠子下，滿身是汗，爲了長等，伊們的家人都把飯送來了，吃著乾飯，飲著菜湯，汗滴在湯裏，也顧不得地飲下去，飲下去又化成汗從身子流出來。

前二天，打牛湳就聽說今年的農會絞緊了神經，從嚴來審核這些發芽的稻穀，不合規定地就遭到拒收，加以農會檢驗和過磅人員太少，必須一袋袋秤量，莫要看那小小一拖拉機的穀子，非要半個鐘頭是秤不完的。

伊娘咧！進展的速度像蝸牛，三進二退！等候的人都罵起來。

陳文治老師和李太平特別請了今天的假，種的田本來就不多，賦穀再加上保證價穀也只不過五六百斤，就借了手推車從打牛湳拉到農會來。他們依次排在馬路上，太陽毒辣得很，照得天地暈頭轉向，連竹笠子也快抵擋不住。每個人都希望快點把賦穀繳完，回家休息。但人數實在太多，他們只能遠遠地看著農會巨靈般的建築，那高牆上騰蒸著粼粼的水汽，像一座觸及不到的天堂。

「文治兄，」李太平抱怨起來：「大半天了，怎地一點移動的跡象都沒有？」

「八成又是農會那批人在搞鬼。」陳老師：「先秤他們認識的人。」

「今年還是這樣啊？」

「當然。」陳老師說：「積習難改！若沒有農會，農民還不見得怎樣，有了添麻煩。」

「哈！」李太平便因懊熱而苦笑著一張緺緺的臉：「我下一期不種稻了，要專門來養豬，好歹只有二三分地，用不著這樣費神費力。你看從收刈以來，又擔憂市價，擔憂出芽，又擔憂田賦……一大堆的，什麼意思？」

他們說著，扒了口飯。

便在此時，李太平看到前面一輛車往前移動了一點，於是慌忙放下飯來，把車子拉動了，便想擠進去，但立刻就被旁邊的一輛車佔了，還把他們擠向後頭去。

「好快。」陳文治說。

「喂！老兄弟，用不著那麼火急嘛！」李太平說。

「怎能不急？」那人回過一頭霧水的臉面說：「我等了兩天囉！第一天早晨開始，整整二天了！」

那人說著，還用手指著車上的蚊帳和枕頭。

伊們一起笑著了。

「喂，文治兄，」李太平說：「我看用不著繳賣保證價穀了，全賣給林白乙，省麻煩。」

「我也聽說市穀一直降低了。」陳文治考慮一回，便說：「我本不想賣給他，照這種情況看來，我只好全部賣給他了。」

這天晚上，陳文治和李太平都找跛腳乙去。伊們把賦穀也賣了，因為怕被農會打回票，他們寧願用現金買好的穀繳給農會，這樣他們便可省麻煩。

自然，他們對林白乙的疑慮就冰釋了。

五月二十七日，天氣：晴時多雲山區陣雨

雖然種瓜的人議論不一，但賺錢的志向則無兩樣，陳文治老師不打算種植的田就被廖樹忠租去了。他們分賬的辦法是這樣的，農藥、人工、搬運、肥料、除草費用都由廖樹忠支出，而淨賺的金額由他們兩人平分。廖樹忠一共準備種八分地，他是想狠狠發一筆財的，然則全村的人都笑他說：幹！死挑硬幹，生命都不要了！

農會又執行發展農村的政策，要來打牛湳推行耕作機械化，他們在大道公廟場展示一輛刈穀機，漂亮而新穎的，一次可刈六行稻，打牛湳的人很興味，便派光榮靈到上頭去騎。每個人也都想要有一輛，林鐸問農會一輛多少錢，農會說：二十萬！打牛湳的人一聽都張大眼睛伸長舌頭，光榮靈一聽便從座位上跌下來，一時之間沒有人說話！

五月二十八日，天氣：多雲

早上，老鼠仔仙召開大道公廟委員會，重要的人員都到齊，老鼠仔仙就以水龜顯聖的名義要求演一次布袋戲，並且請修廟頂的屋瓦，但村長說要再召開一次村民大會才能決定。

晚間，無事。

五月二十九日，天氣：多雲

無事。

六月一日，天氣：晴，地點：林白乙古厝

對於打牛湳來說，一連幾天的寧靜是稀有的，這是短暫性的寶貴的歇息時間，緊接就要忙碌了，爲了種瓜種菜，伊們就要開始去翻土了。

今天，大家似乎是不約而同的從床上爬起來，一大早就熙熙攘攘，他們在陽光還只透一點在東方的翳薄雲層時，已各自聚在粿葉樹下，理髮店裏，大道公廟，像歌仔戲裏要去赴霸王宴的劉漢武。

但是，他們不是去請客的，也不是去翻田，原來，今天是跛腳乙約定要淸帳的日子，伊們都磨拳擦掌要去領取那一大疊花花綠綠的鈔票。

陽光準八點亮亮地照在林白乙家古厝的琉璃瓦，嘎嘎的，一大群的人就擁來林家緊閉的大門前，一會兒，一個人便把大門打開，大夥兒因興奮而語音呱噪。

李鐵道一向在趨利奪錢上是不避艱難的，他排開衆人，以打牛湳僅存的大家族的榮譽身份，來站在隊伍的前頭，大家也都曉得他的稻穀是賣得最多的，所以都讓著他。

林家的厝地眞空曠，兩棵紅柿樹結滿果實，巨大的枝葉覆蓋在屋庭，已廢棄的廂房和豬舍都頗具規模，大家都不明白，放棄這樣一個大宅院而不使用是爲什麼？大廳早就打開了，看家的人要他們坐下來休息，抽煙、喝茶。

「這樣的陣勢，像打火的消防隊。」一度競選鄉民代表而落選的李淸煙看了這麼多人就說：「林白乙的鈔票一定得用卡車給裝來。」

「領這筆錢就富足了。」李鐵道說：「我就是不分家！」

「四萬塊呀！四萬塊呀。」卡春樂得語音顫抖。

「開馬殺鷄去。」大概是鄭木森說的。

「我也不控告萬福仔了。」女人聲，特別尖破，大約是闊嘴鳶仔。

至於許多的人，比如缺四根指頭的李金河說他不去工廠賣命了，陳文治老師和李太平都笑藹藹地和大家談著。

偌大的庭院像中了彩一樣。

喧鬧中，太陽已經爬升到屋簷邊了，時間大約九點鐘，東洋式的低矮側房攀爬著綠亮的牽牛花。大庭上偶而啄動著散養的土鷄，但是老不見林白乙走下來算帳。

大群的人竊竊私語起來。

這一來，李鐵道就很不耐了，他站到最前頭來，代表大道公廟派的人要來詢問林家的人。

正當伊想跨進去時，便走出一個穿白夏紗和短褲的商人。

李罔生一看，認得是買他穀子的人，趕快併腳地站到前頭來，他說：

「頭仔，先算算我那五千斤的帳目吧。」

但是商人只是和氣地看著大家，大約不是由他來結帳的吧，不見他拿錢箱之類的東西。

「各位父老們，」忽然他便說了：「各位父老們……」

嘿！偏著頭揚著手，像在講演哩。

於是大家像開鄉里大會似的，都把聲音給歇停下來。

「很抱歉，讓大家久等。」商人說：「其實我也與各位伊樣在等。」

等什麼？他也在等？打牛湳的人都驚奇了。

「林先生本來是決定今天要來算帳的，一定得在今天把錢給你們。林先生說你們都急著用錢。」

「對，對。」

「所以昨天，他就回城裏去提款。」商人說。

「到底是回來沒有？」李鐵道大聲地問著。村長的兒子也代表村長站到前面來。

「你們不必急。」商人說：「他一定會把款提到的。」

「什麼時候嘛。」村長的兒子問。

「當然是現在，」商人說：「但昨天臨走前他說若九點鐘前沒回來就是擱在銀行裏，要等明天才把錢給你們。」

「哇。」大家因猴急而嘯叫起來。

「現在都快十點了。」粿葉樹派的人都吱喳喳地講起來。

「想做一次富翁也得這樣煩等。」大道公廟的人也說。

「如若領不到，今晚去鳳凰閣酒家都要剝衣服，吊猴了。」理髮店的人也說。

而公教人員因爲教育程度高，都叉起手來靜觀變化。

太陽又把籬笆上的牽牛花影縮短了一寸，天氣逐漸酷熱，土鷄啄飽後都縮到草叢去。商人一面抹著汗勸大家用菸用茶，天地越發乾熱，扁鼻子萬福和新團仔趁著別人不注意時多拿幾支菸，躲到柿子樹下倚躺，其他的人不耐客廳的煩躁紛紛散聚到走道的陰涼角落。

陽光幾幾乎要筆直地照在大地，但是仍看不到林白乙的姿影。

漸漸大家不喧鬧了，興致大減。

「喂，阿吉桑，阿巴桑，」村長的兒子就站到客廳前，他說：「不用等了，既然林先生事先交待，我們還是明天來好了，現在都快十一點了，還是回去煮飯好了。」

大家聽了，還是不甘心就此走開，但慢慢有了往外移動的意思。

李鐵道最是依依不捨，但他也只得吩咐村長的兒子，若看到林白乙回來，就用擴音器通知；最後他才愛戀地離開，像離開情人似的！

夜裏，大道公廟前，村人聚得就尤其多了，因爲由這裏可直接看到林家古厝的動靜。

六月二日，天氣：晴，地點：林白乙古厝

鷄仔棲在矮牆上啼著，冷冷的一輪殘月搖擺在椰林梢，社區內潔挺的屋宇、破陋的房舍一齊朦朧地兀立在空中。

在這樣靜寂的時刻，正是福摩莎島所有的農村最舒適的時候，打牛湳的子民正沉沉地睡進五更天的夢鄉裏。

忽然，啪啦一聲，清脆的皮鞭聲在村道響起，一只牛和戴笠子的農夫出現了。哦！原來是勤奮的打牛湳人趕到田裏去翻土的。

等他們過去，村道又恢復寧靜。

林白乙的古宅在大清早也是寧靜的，高堵的牆垣依樣伸攀出那兩棵高聳的紅柿樹，門還是沉寂地關閉著，天地黯闃，往古宅飛張的屋脊向空望去，三兩顆晨星還高掛著。

但雖說靜寂，卻可以見到高牆下有著點點明滅的火星。

是螢火蟲吧？或是紅頭昨夜作法後留下的香火？

都不是！

都不是？

哦，原來是一叢人。一叢吸煙的耕民。

東方那一抹殘雲漸漸灰青了，清晨黯藍底天光罩在打牛湳，古宅邊農人們的臉便可以看清了，他們在這裏等了大半夜，有的披著草睡，有的支著肘仰望天空，像一堆渣滓。

轉眼，又不聲不響走來一群人。

唰地！陽光終於探出頭，像昨天一般地照在古宅的屋脊，鷄鵝一陣展翅，呱呱地便飛竄出每一個人家的欄柵了。

「喂！林鐸！守了一夜，你覺得怎樣？」理髮店派的鄭木森問林鐸，他抹一抹短髭邊宿了一夜的露珠。

「怎樣？」林鐸回答著，自從鄭木森心生異志想開馬殺鷄店後，就與他不談話了，他只用手捧著愛睏的臉。

「我是說你看到林白乙沒有？」

鄭木森惺忪地問著，從口袋掏出一支金馬牌，要遞給林鐸。

「沒看到！我是下半夜才來的，你問水金仙，他是昨天傍晚就窩在這裏了。」

林鐸見到他拿煙，本來要拒絕的，但又覺得可惜，終於很不情願地接過來，他徹底地不屑鄭木森這種見利思遷的朋友。

「幹您老爸，」鄭木森半睡半醒地搖著水金仙說：「守了一夜，像守墓伊樣，你究竟見到什麼沒有？」

「哦。」水金仙朦朧中聽到鄭木森和林鐸的話，但他委實很困乏，沒心來回答，只揮一揮手，又沉沉進入他底睡鄉去了。

八點了，大夥兒一齊躍動起來。所有該到的人都到了，並且有一些打牛湳底家人因爲聽說今日林白乙必能把錢發下來，都歇了作息，攜老扶幼地要來分享快樂底一刻。

終於，村長今天親自出馬了，他站到列子的前頭來，說：「你們把隊伍排好，先到的排在前面，後到的排後面，領錢時免得亂成一團。」

村長果然有領導力，三兩下，打牛湳便排好了。

「喂，領了錢，大家可要自己保管好。」

李鐵道以優越的家族身份大聲地吩咐所有排長龍的人，像副村長咧！

「大家跟我進去。」

村長一招手，於是所有的人就走動了。但大約是過度興奮的緣故，隊伍老是呱噪著。

不一會兒，他們就來到大廳，所不同的是，古宅已有準備，傢俱、家當都收拾得較爲乾淨齊整，大廳門口擺好了兩排長寬凳，兩邊放了兩桶冰水，大批的菸、檳榔。

村長走進大廳裏。不一會就和那商人走出來了，但身邊多幾個打雜的人，都是外地來的。

商人一走出來，李鐵道就踏到門檻上，說：「喂，頭仔，昨天你說林白乙會回來，到底回轉了莫？」

商人的臉一下子變得苦兮兮，但他還是很有禮貌地站到外面來說：

「用啦，用啦，不要客氣，吃檳榔，抽菸。」

他一邊說一邊比著手，像喪樂隊的指揮一般，有板有眼的。

「頭仔，我們可不是來坐涼的，我們急著拿錢。」

廖樹忠也不客氣地從隊伍後面跑到前頭來，他固然沒糶出很多的稻穀，但起碼是代表粿葉樹那一派的。

「喂，好歹今天不要又不來。林白乙是打牛湳有頭有臉的人，說話可要算數。」廖樹忠又說。

「不用急啦，不用急啦。」商人說。

「眞不夠意思，我在牆圍外睡了一夜的覺啊。」水金仙也說。

「失禮，失禮！」商人說：「現在他還沒回來。」

「什麼？」李鐵道眼睛睜得像天伊樣大：「還未回來？」

「是啦。」商人低聲下氣地說：「失禮啦失禮。」

「又騙我們。」林鐸說：「你不用在那裏應付敷衍，到底什麼時候他才要回來？」

「九點。」商人說。

「又是九點。」廖樹忠說：「昨天九點，今天也九點，明天又要九點。」

「幹，不夠意思。」

成群成隊的人便大叫起來。

「大家不要吵！」村長看了，便把手舉高來招呼：「俗語說：急事緩辦，用不著急，今天大家都在這裏，等一夜都等了，不妨再等幾十分鐘，有我村長在，大家免驚。」

衆人一聽村長的話，就又停了呱噪。但這時最排尾的人喊起來：

「來了！來了！」

大家都把頭擺過去看。

便看到門口停一輛嶄新的大貨車，車上跳下二個人，一個是司機，另一個穿一件很派頭的西裝，高大身材，一頭梳得亮潔的白頭髮，臉面紅潤，高貴而威嚴。這個人一出現，使得打牛湳最有威勢的李鐵道也變成一只小老鼠。

「哦，是林舍。」

打牛湳的人都雀躍地叫了起來，原來這個人就是林白乙的父親，林烏。風采真的好底。

「是鐵道兄和村長啦。」林烏走到門檻邊，就伸出手和他們握著。三十年終於碰在一起。

「久不見，久不見。」李鐵道和村長都說，熱絡起來。

打牛湳的人都弄不懂事情的究竟，但心底都喜歡得像娶媳婦，伊們知道只要林烏來了，錢一定也帶來。

「林桑。」廖樹忠就站出來說：「你兒子林白乙說今天要拿錢來，我們都等著咧。」

在林烏的面前，說話的口氣可溫得很。

「我知道。」林烏笑得很祥和，他說：「所以今天我才來。」

「哦，由你帶錢來。」林鐸說。

「莫莫莫。」林烏連連搖頭，說：「這就得對鄉親們說失禮了。其實鄉親們生活在打牛湳裏，不知道外面的變化，話到提款，那有那麼簡單的事，乙仔這次生意做得很大哪！幾千萬啊！他現在一直忙著，提款怕又要慢一兩天。」

「一兩天！」

打牛湳一聽，都露出失望的臉色，但是在林烏的面前卻都噤著，充其量只竊竊私語。

「嗯！林桑。」忽然便有人站出來說：「你說慢一兩天，這沒關係，你是有身份地位的人，大家都相信你，但也得指一個確定時日，大家有個依據，光這樣等著總不是辦法。」

大家一抬頭，才看清原來是陳文治老師發言，畢竟是受過教育的人較有膽識。

「這個當然。」林烏把手一揚，比了二天，說：「二天後，我叫乙仔和我媳婦親自把錢送到各位的府上去，好不好？」

「哦，親自送去，你說不用我們再等了。好！好！」

打牛湳都受寵若驚起來。

「各位，林桑是有地位的人，一言九鼎，不會食言底。」村長說：「他現在這樣說，大家就可以安心了。」

「林兄，」李鐵道也站起，像演歌仔戲的老旦一般拱手說：「就以你的話爲憑。」

「當然，當然。」林烏很開朗地笑。

打牛湳的人也都眉開眼笑，各自散去了。

六月三日，天氣：晴時多雲

這天，不管種瓜和種菜的人都開始翻土，遼闊的原野又見到勤耕的農人。李鐵道把兩甲地都種了瓜，管不著有無收成。

當公教人員的陳文治在今年秋季要把唸財政的兒子送到美國去，他用土地作抵押，向銀行借貸一筆款項，大家都不曉得去美國有什麼用，但聽說去美國的人，都十分偉大。

夜底，大道公廟場上聚了許多乘涼的人，大家數著星子來過夜，李太平一向祖傳著洞簫樂曲，就坐到防空洞上吹起東洋風的「霧夜的港口」，簫聲淒涼，大家都覺得有一種不祥的預兆。

六月四日，天氣：晴，地點：村道、村長家、林家古厝

固然，現代的農村因農藥噴灑多了，用來偵卜天候的蟲都死亡了，但打牛湳的人都曉得若蜻蜓、螞蟻紛然低飛時，天一定要落水了。若月亮濛一層濕濕的光暈一定會刮風。若夜裏大霧則是大晴天；反之，若大晴天的早晨也通常是有霧的。

果然，今晨霧就濃濃地罩在打牛湳的村莊和野外，大約得在十尺之內才見得到物體的影子。

可便在大霧的這個早上，事情終於爆發了。

大約六點鐘，大地濕濡，太陽被霧摒擋了，鄉道上來往種田的人也見不到彼此身影，只能聽到牛兒被鞭韃時發出的噼啪聲。

在這時，忽然村道上有人大喊了：

「壞了！壞了！」

因為大霧下的村路靜寂著，所以這句話像呼口號一般地響亮，一下子震動了所有的人。聽到的人都停下來，摸索地來到粿葉樹下，從霧裏便瞧見廖樹忠一臉露珠地站在那裏。

「喂，樹忠，什麼事情？」秋霜嫂和伊底老丈夫把一輛雙骨的腳踏車停了，問道：「什麼事壞了？」

「秋霜嫂，你們莫知呀！昨晚我去十二聯莊，伊們說林白乙也沒有把錢發給他們，十二聯莊底人大約也是慢了咱莊兩天才把稻子賣給林白乙的，伊們找到城裏頭的林白乙的公館，發現家門口貼了封條呢！」

「什麼封條？」秋霜嫂問。

「當然是法院的封條。」

「哦，夭壽，這不就是說林白乙的家就要被抵押了？」

「就是！」廖樹忠說：「林白乙倒閉了！」

秋霜嫂一聽，手腳一齊發慌起來。滿頭的霧珠像冰雹一樣，滾到頸項，涼到脊骨。

一會兒，在霧底的村道上，人們接續地出現了。

陽光融蝕了薄霧，終於在椰樹梢潑辣起來，照在每一家的厝瓦上，發出鬱暗暈花底光。這種天氣，像非洲。

但在這個熱炙的近午，村長的厝已經聚滿了打牛湳底人，他們從廖樹忠那裏得到了消息，顧不得再種果菜，從田裏趕來，伊們異常地騷動起來。

「村長。」李鐵道站到辦公室的桌前來，急切地說：「再用不著等了，直接就找去吧，伊在古厝裏不知變什麼把戲，我們在這裏鵠鵠等，像憨人，這是什麼道理？」

「林烏向不食言啊。」村長也亂了方寸，也不安地捲著褲筒，一張剛從田底混土回來的臉塗滿泥巴：「伊是有地位有面目底人啊。」

「管不了那麼多了，我們的錢要緊哪。」林鐸也站出來：「別莊既然有了壞消息，我們不趕著去看怎麼行，林烏說要把錢送到每一家去，八成是瞞騙著我們。」

「去去。」

打牛湳底人都呼喊起來。

「好。但別對林烏失禮才好。」村長說。

林家的牆壁還是那樣的高聳，陽光猛烈，使得景物都變得像鍋底的煎餅一樣。大夥的人就停在門口，鷹覷鶻望了一陣。林烏的聲名還在這時發揮著它底震懾作用。

「管那麼多。」光榮霻顧不得腳痛或什麼地，猛力就把門給踼開了，一班人走了進去，便到了大廳，但是，今日特別地奇怪，一個人也沒有。所有的東西全搬得乾乾淨淨。

「我們被騙了！」李鐵道終於大聲地叫起來了。

這一聲頗具驚動天地的威力，大家一下子彷若從惡夢中清醒過來，又從清醒中墮入惡夢，他們怔了好一會，忽然像刮颱風一般，呼呼地狂走起來。

「你說什麼，你說什麼？」李清煙一下子衝到前頭，像競選失敗時一樣地不相信地說：「我們被騙了！」

「林烏騙了我們嗎？他敢嗎？」萬福仔掀動扁鼻子，說話聲因驚惶而彷彿有些要嗚咽的樣子。

「駛伊娘！這下完了！」鄭木森痺痺顫地說：「完了！」

「啊！啊！」

全打牛湳的人都震動起來，他們奔到古厝的每個角落，想尋出林家的人，像狗扒墓一樣呼天搶地！

「村長，趕快想辦法呀。」

公教人員的陳文治和李太平趕到村長面前，究竟吃頭路的人心裏較安定。

「你要安頓大家。」李太平也說。

「是的，是的。」村長慌亂地站在臺階上，大聲地嚷：「不要慌恐吧，好歹惡賊不偷自家物，大家冷靜冷靜，還是有望的啊。」

一些人便站定了，用瘋憨伊般的臉來看著村長。

「鐵道兄！」村長終於恢復了他指揮的本領：「你現在立刻和陳文治兄到城裏去。一定要找到林烏，若沒找到也要問個究竟，現在去，快！快！」

六月五日，天氣：晴午後偶多雲

種下的小黃瓜和菜蔬正是必須要舖草的時候，但看起來，大家都沒有心情，只做了兩下就回家。女人們都倚在簷下看天，有些口裏一直唸著：夭壽，夭壽林烏，夭壽林白乙，眞沒良心，天譴雷劈！

暑假就在這刻開始，許多唸大專院校的打牛湳子弟都回鄉，他們對這件事略有所聞，但他們都沉溺在愛與眞善美中，無暇來管這件俗事。

花鼠仙又跳童，伊要來說明救世主實在還未出現，林白乙不過是假的邪孽。但許多人都不信伊了。光榮靈就曾當面罵伊：幹你祖公，你再跳童，我就打斷你的腿。

六月六日，天氣：晴，地點：陳文治家

午時，炊煙突突地從打牛湳家家戶戶的屋頂冒起，那種飄渺的味道使漂亮的社區變成像詩一般的卡通漫畫。現在正是吃飯的時候，但大家都沒有圍在自家的飯桌上。打牛湳一向是以食爲天的，好的菜飯也好，壞的菜飯也罷，打牛湳總是儘量來吃飽它，但現在他們或者沒有心情或者沒有時間。

他們都惶顫著一雙赤腳，來到陳文治的家。

陳文治自從去城裏找林烏後就忙到現在。因爲事情果然如十二聯莊的人所說，林烏的公館貼了封條，他回到打牛湳，把狀況講解一番，陳文治比較懂得新知識，就被推爲處理事情的代表。

從早晨，他們就開始圍在陳文治小小的平房裏。大致說來，社區後的人家不像社區前一樣敦親睦鄰，一堵堵的圍牆把每家隔開了，大家便各自爲政，因此家宅的設計亦各有不同。陳文治是一邊教書，一邊來承襲祖先耕業的，又栽培幾個小孩，宅屋是小格局的，紅牆、柏油庭院，養些鷄鴨，乾乾淨淨，大致上與粗亂式的民宅是不一樣的。爲此有時公教人員便和

耕民站在相反的地位，相互暗地的爭吵，但都像夫妻啦，床頭打床尾和，尤其在緊要的時節是相互來提攜的。

陳文治當然是拚生命也要爲打牛湳來與林烏爭到底的。

這時，他們圍在陳文治小小的會客室裏，嚼檳榔，流濕著汗，努力要檢討出一個好對策。

伊們都籠罩在一種憂慮及憤慨的情緒中。

大道公廟派的人一向都是走正路的，說話都是講求公理的，在這情況下，他們就來提出計議。

「陳老師，」李淸煙的臉掛著汗珠，他說：「我們應該向法院提出控告。」

「對。」李鐵道用張飛伊般的喉嚨大聲說：「控告他，我們這一方受害太大了，一定起訴，林烏非身敗名裂不可。」

「駛伊娘，這款僞君子，做出這種丟他十八代祖公的事。」李臺西也說：「我告他。」他們說著，李臺西還把袖子捲起來。

「聽說十二聯莊的人也提出告訴。」李淸煙又說：「這下子，林白乙一定受不了。」

大道公派的人果然具備了理法的本質，句句都站在法律觀點，伊們相信，只要告得有理，就是一個圓圓的地球也可以把它給告扁，據說美國總統犯法都遭到罷免啊！

理髮店的人自然是同意大道公廟派的主張，但善於層次分明的林鐸想一回，他說：

「告伊！告伊什麼罪？」

「詐欺！」李臺西氣怒地唾沫縱橫說：「詐欺了整個打牛湳的穀子，禽畜不如的東西。」

「對，詐欺，」李清煙說：「我們要求法院把穀子歸還我們。」

大道公廟派的人義正辭嚴地說著。

「不會起訴的。」忽然冷靜的陳文治老師搖頭說：「他沒詐欺。」

「怎麼沒有?他不是拿了我們的穀子。」李臺西問著，袖子都快捲破了。

「沒有證據，我們當初沒有叫他立據。」陳文治老師說：「我們太相信他了，偌大的打牛湳沒有一張憑據。我們只靠口頭，每百斤五百五是口頭底，賣了多少穀子也是口頭。只靠雙方講話成立協議是不會起訴的。」

「但是，這是事實啊！」李臺西掙扎地說著。

「好，你想，現在我們沒有憑據，如果你向院方控訴他拿了你一萬斤穀子，但林白乙說只拿你一千斤，你有什麼辦法。如果你說每斤五百五，他說每斤三百元，你又有什麼辦法？他也可以說穀金是三個月後才付的，你也沒有證據。」陳文治老師說：「這等於是我們把穀送給他啊。」

「哦。」李臺西一聽，像被迅雷給擊中的猛牛，顫著手腳，結結巴巴起來：「但是……但是啊！」

大夥兒一聽，才知道情形的嚴重。

從出生到現在，伊們固然是沒有看過或聽過法律的一字半句，但伊們都是相信法律的，好比天主教徒相信聖經一樣。伊們還從未想到法律是這樣的需要講解，大約人家說上法院要聘律師就是這個道理。

無措中，他們就更哄鬧了，汗也愈流愈多。

「對。」萬福仔想到一個絕妙的辦法，便代表粿葉樹派的人說：「我們抓他回來，等發完了錢，才放他離開打牛湳。」

「對，把林白乙捉回來，要林烏來談判。」光榮靈仔說：「由粿葉樹的人出馬，我們綁他回來，把他當成猴子伊樣吊在粿葉樹下，他做霸王買賣，我們可不能縱容伊。」

「不，不行。」陳文治又搖搖頭說：「這樣要犯綁架罪。」

打牛湳一聽犯罪，又嚇一跳。

天氣繼續炎熱，但伊們還是繞著圈子。

「對，告他搶劫。」卡春忽然興奮地跳著腳，衝出來說：「搶劫的罪是要判死刑的，他一定怕死了。」

「幹你祖公，」鄭木森聽了，啼笑皆非地罵他：「告個鬼！詐欺都不起訴，搶劫怎會起訴，他又沒搶你，是你自己把穀子送給他的。」

大家聽了，對著卡春苦笑，然則伊們更加深深地陷入憂鬱的哀愁中。

「陳老師，」秋霜嫂終因憂哀交迫而悲泣起來：「陳老師，我們到底要怎麼辦？」

「哦，妳不用著急啦。」陳文治趕快安慰著她，說：「我們還有一條路可走。」

「眞的。」光榮靈說：「那條路？」

「我們去求他。」

「求他？不幹！」廖樹忠憤慨起來，他說：「死了我也不去求他。怎麼，他騙了我們的穀子，竟要我們去求他歸還。」

「是的。」陳文治說：「唯有這個辦法了。」

「是麼?」

打牛湳的人這時都激動在一種狂燃的悲傷中。

「來，大家現在就要攜手起來。」陳文治說:「凡是與林白乙有親戚關係的人更要幫忙。我們要去求他，叫他多少看在同村的份上，來歸還一些穀子吧。」

「是麼?是麼?」

打牛湳都沉沉地憂愁起來。他們張著大大的嘴巴，要來問這個偌大的天地。

六月七日，天氣:晴午後陣雨

聯考日子到了，打牛湳的子弟一向艱苦向學，用不著陪考，有的隻身往北，有的隻身往南，李臺西因為心情不好，告誡他的兒子說:你若考不上省中，也不要回來種田，你將來若給我拿鋤頭，我就用鋤頭柄斃死你!

闊嘴鴦仔在二次上訴中遭到困難，因為她底傷並非全是萬福仔毆擊所致，是伊底宿疾。

李火獅因為聽說打牛湳被騙了，趕回來安慰，但他的拳頭在法律之下恐怕無用武之地。

晚上，大道公廟前第一次傳出林白乙的訊息。原來今天中午，李鐵道和李淸煙以及林烏的親戚在城裏遇到林白乙的妻子，大家就和伊議論起來。伊說白乙現在恐怕沒能力來付這批穀錢，其理由有三：①林白乙的城裏企業倒閉了；②林白乙目前急需一筆款項來另謀發展；③對林白乙而言，打牛湳只是許多村莊中的一個，微不足道。

李鐵道就懇求伊看在同一村莊的親份上來歸還穀錢，林白乙的妻子只是笑著，笑得很漂亮哩！伊應該去當影星！

六月八日，天氣：晴

一大早，光榮靈就失魂落魄地跑到廟裏去，他要來看那隻水龜，畢竟水龜曾帶給一些人的希望。但是今天卻見不著牠了！

伊娘咧！早就被捉去熬成甲魚湯了！

有人就笑話地告訴他。

老鼠仙則不敢再露面。

這天晚上，粿葉樹的人也有林白乙的大消息。原來廖樹忠和萬福仔與粿葉樹的人到城裏去，守在最熱鬧的地區，便發現了林白乙帶著他的姨太太在逛街。他們跳上去，就圍住他。廖樹忠警告他，若不還錢就把他打扁在街上。但林白乙可毫無懼色，他說若有人敢動手，他就控告那人傷害罪。後來小巷子又走出幾個笑嘻嘻的青年人，他們說，若有人敢對跛腳乙怎樣，他們也要對那個人怎樣，粿葉樹的人都被嚇住了。

秋霜嫂因憂愁而病倒了，大家去看她時，只見她黃疸著一張臉。

六月九日，天氣：晴時多雲，地點：林家古厝

太陽突然躲進雲層裏，氣象局報告有一個冷鋒中心往北移動。

但天氣炙悶。

在莊頭一帶，林家古厝的地方，人慢慢地愈聚愈多了，他們都捲高袖子，汗都流濕在前額，有些人還學著狗吐著舌頭。

一層鬱鬱的雲開始在天空凝聚，顏色由白逐漸黑濃，像很膠著的畫彩，停著、黏著，宛若在企待一種巨大的災變。

眞悶，眞悶呀！每個人都在心底叫著。

「幹！好歹錢、穀都沒有了，還客氣什麼！」一個人突然在人叢中跳出來，原來是光榮靈，他拿了一支手斧，比手劃腳：「用不著再看林烏的面子了。」

「對！沒有錢拿東西也好。」卡春呼嘯地說。

「你老爸！」鄭木森怨怒地拿卡春當出氣筒，罵他：「他們的東西都搬光了呀！」

「沒東西拆房屋也好。光榮靈仔大聲地對衆人叫：「誰先搶到古厝的那支中柱樑，就賺錢。」

「對！大家過去拆林家的厝，有事我負責！」李鐵道指揮著大家。

「拆呀！拆呀！」

碰地一聲，林家的大門就被踢開了，新團仔因爲新近壞了一個豬欄，一時間便看上了這個門板，在衝進去的同時趕快蹲下來，抱著門腳不放。

「我來鋸樹。」萬福仔尤其須要柴燒，所以早就準備一支鋼鋸，要來伐木，自然他的力量是不夠的，所以叫廖樹忠來做幫手，但廖樹忠進入庭院後，看到一個大理石的桌椅，便叫著：「你自己鋸好了，等一下才幫忙你。」說著趕快搶坐在那個桌面上。

李鐵道比較雄才大略，大早就看上了古厝的那些琉璃瓦，若把這些瓦搬來裝在他的房屋上，則打牛湳所有的光彩就屬於他了，他指揮著兒孫們，繩梯齊備，便要來拆除。

其他人就都佔好崗位。

正鬧著，村長和二個警員趕到。警察吹起哨子，於是大家都驚惶地歇了工作。

「你們這是幹什麼，嗯？」時常來戶口校正的那位林警員很生氣了，說：「這樣隨便地侵佔別人的財物，嗯！」

「這是犯法的啊！」比較親民的歐陽警員也趕過來，忙著解釋：「這是犯了侵占罪啊！」

「大人！」萬福仔捨不得那棵柿子樹，還拿著鋸子不肯放下，他說：「我們沒做什麼不對的，只是拿林烏的東西來抵帳。」

「這我曉得。」歐陽警員說：「但也得循法律途徑，你們隨便拆拿別人的東西是不行的，那位是帶頭的？」

大家一聽知道事情嚴重，便噤著了。因爲帶頭的人是要帶回警局去問口供的。

「我。」李鐵道卻站起來說：「我。」

「好。」林警員幹練地站起來：「李先生，是你，很對不起，你要跟我們去一趟。」

「去什麼？」李鐵道不知情地問。

「警局。」林警員說著，便來捉他。

「喂，林警員，慢一點。」林鐸一看情形不對，就出來理論說：「你說侵佔別人的東西是錯的，爲什麼你不去把林烏父子捉來，他拿我們那麼多穀子，你們吭都不吭聲，哦，今天我們只拆他一片瓦，你就捉我們，什麼意思？」

「對！伊娘！搶一塊錢判死刑，搶一百萬一千萬的人卻連一點罪也沒有，這款的法規！」廖樹忠也罵著。

打牛湳又洶湧欲動起來。

警察一看情形不對，就放了李鐵道。

村長也站出來說服雙方。

但警員要打牛湳退到大門外，之後林警察和歐陽警察就拿著警棍把守在那裏。

天地開始下起豆大的雨。

六月十日，天氣：西北雨

天開始變起臉了，天未亮，淅淅瀝瀝的雨就頂眞地下著，沒有穀曬的打牛湳現在冷清多了，看來社區愈發齊整漂亮，大家在雨中細細地思量起一個月前，浸滿著水的那些日子，從那時到現在，像夢伊般。

今晨，雨中，在候車牌下有兩個背著包袱的年輕夫婦在等客運。大家跑過去看，原來是林鳳尾夫婦，伊們又要到城裏去做工，再不種田了。伊們的父母都來送行。點點的雨珠落在小水渚，濺濕了伊們的褲角。

中午時，新團仔抱著他剛出生的小孩去找密醫，因爲他知道穀錢領不到時，就不讓小孩吃高貴底奶粉，只用米麵來餵養他，幼嬰一吃到米麵，肚子脹得像氣球。

最有趣的還是光榮靈，自從一個月前他在溝裏看到嬰仔鬼後就少在夜裏電魚。但如今爲了維持三餐，三更半夜都還在溝裏走。伊娘！若再看到嬰仔鬼，我也要把它電網回來，賣給參觀院！他說。

至於林白乙的消息，一點也沒有！

六月十一日，天氣：晴時偶陣雨

廖樹忠衰運不減，早晨許多債主都到達他家，要他來還錢，尤其以割稻班討得最兇，廖樹忠笑臉來接待，卻拿不出半文錢，大家就罵他是跛腳乙第二，眼睛鼻子都被揍歪，他底尊嚴都掃地了。

闊嘴鴦仔最爲忙碌，她這一次非告贏不可，若贏不了萬福仔的賠償金，她一定要餓扁。除此之外，她又往秋霜嫂的家跑，唯恐秋霜嫂經不起打擊去尋短見。

天下第一憨的是卡春，他此刻變得愈呆了，雨連天下著，他還是低頭在村路上走，老是唸著人生海海！人生海海！彷彿眞的要瘋起來。

大道公的廟裏沒有人再放錄音帶來誦經，因爲老鼠仙不敢再住裏頭，怕喪了生命。

六月十二日，天氣：小雨，地點：粿葉樹下、林家古厝

黃昏底雨還沒完全過去，一抹斜陽從西邊燦燦的彩霞中照射過來，小小的雨絲隨風飄飛，飄在大屋宅上，也飄在破陋的草房。

啪啦啪啦，成群的囝仔都打濕了腳丫子，奔到鄉道來，他們喊著：太陽雨咧！太陽雨咧！

這時，正是打牛滴下工回來不久的當兒。

粿葉樹下照樣聚集許多人，稻穀的事件還沒完全過去，伊們都沉澱在一種想望的天地裏。然則那個天地是由於伊們過度的受挫所產生的，若要伊們講出來，就會揭露自己的創傷，所以他們只是沉默著，而沉默使他們的臉更黯淡，都像嘔氣的小孩子哩。

「伊老母！」忽然光榮靈仔跳起來，伊佝著瘦巴巴的身子，背了手，開始踱蹀，眼睛因電魚失眠而充血，他說：「再做牛做馬來拖磨我都願意；再把我所有的稻子浸在海裏撈出來，我都願意；再怎麼困頓都無所謂；但被騙了實在不甘心，我……我光榮靈仔啊……」

「你發神經了，睡覺去吧！」萬福仔也跳起來，和他踱蹀，他說：「你不甘心，我們就甘心？」

他們都不耐這種沉默，實在需要跑到遠遠的天邊去和天公吵一架，或大哭大笑一陣。

他們倆人就來來往往地走，有時故意去推粿葉樹，杯狀的花和雨水就吧嗟吧嗟地掉在地上，有些就掉到人的頭上去了。

「對。」新團仔忽然叫起來，大約是剛剛一朵粿葉花掉在他底頭上令伊想起新觀念，他說：「我們何不寫一封信去給糧食局長或省主席，來表達我們這次遇到的災厄。」

「你做夢咧！」萬福仔說：「伊們大官又不是你親戚，他們的事多著，管不著你厝的私底事，而況知道又要怎樣？法院都沒伊法，大官就有辦法？」

「是啦！你爹若是大官員我們還可以寫給他，你爹現在只在地獄，寫去給閻羅王好了。」

粿葉樹的人都喧嘩起來，罵著新團仔的想望。

正在這刻，莊頭傳來一陣瑣吶和鼓聲，像荒涼天地裏傳出來的慶生節目。

「喂，莊頭大道公廟在演布袋戲。」光榮靈仔說：「我怎麼都沒聽老鼠仙說過。又沒有吩咐我們備辦牲禮。」

「八成是大頭崁仔演的布袋戲。」新團仔說：「伊搭的戲臺又快又好。」

正猜著，看見水金仙從那頭騎車過來，光榮靈仔就跑上去問。

「演你的祖公戲啦。」水金仙罵著他說：「人死了你們都不曉得，林鐸的老爹又釘一根五寸釘到腦殼上去了，這次沒救，明天準備出山。」

「哦，我好像聽到風聲說村中央死一個人，原來這樣。」光榮靈仔晃悟著腦袋。

「快，快去幫喪去，幫喪去。」
粿葉樹部份的人就站起來，像義勇軍伊樣地出發了。
「喂，水金仙，等一等，有些不對勁。」光榮靈仔說：「林鐸住在村中央的理髮店，不在莊頭，瑣吶聲怎會在莊頭？」
「憨人！」水金仙說：「林鐸把喪儀設到林烏的厝去了，他說他爹的死要由林烏來負責。」
「有這款事。」光榮靈吃一驚。
「對。」粿葉樹的人聽到林烏就又動怒起來，伊們說：「死也要死在林烏的家。」
像鴨伊般，粿葉樹的人便趕到祭處來，只見一個白帆布棚搭在林厝的庭院裏，剛巧在紅柿樹下，圍著樹四周設了煮菜的廚房、親朋的歇處、客人的坐席……棚外放滿了輓環、花圈、水燈、聯竹、像亭……宛若四健會舉辦的野營，只差外頭停一口紅棺，孝子賢孫哭得很頂眞，鐃鈸鏗鏘聲響，胡琴咿咿呀呀。
粿葉樹的人不都是按部就班的來，伊們先跑到道士誦經和兒孫跪拜的壇前來，看見八仙桌供滿了鮮花果菜，一只豬仔像待嫁的閨女，咬著鳳梨，怯怯趴在那裏，牲禮豐盛，伊們就放心了。

萬福仔和新團仔最快速，他們跑到後頭的廚房來，吃了幾塊大肉，才依依不捨地走到親友休息處來，要來安慰林鐸。

棚子早就擠滿了林鐸的遠戚，鄭木森、卡春和理髮店派的人都在這裏，尚有一隊牽亡陣。

林鐸整個臉面都黯黑了。他哀慟異常地和大家談著話。

「想不到這樣快就謝世了。」他說。

「是啊。」旁邊的友人說：「生死由命啦，林鐸。」

「去的時候，他說：我做神後會回來保佑你們。」林鐸轉過頭來看著每個人說：「你聽他說話多清醒，一點都沒有瘋模樣，但是怎會啊……怎會啊……」

說著，捧著臉。

「唉，天底下總多著想不到的事。」

「伊時，我們很火急送到醫院去，但上次我的債未清，院方不肯我辦住院。他看著這一切，你猜他怎麼說？」

大家都沉默。

「伊說：我沒救了，你們的稻穀被騙了，你們是沒錢的，用不著再浪費冤枉錢。」林鐸想持平一下，但終於忍不住要大叫起來：「你看，他還曉得打牛湳被騙的消息啊！」

「節哀啦，你要保重。」大家趕快過來安慰他。

「所以您一定要盡力。」林鐸忽然對牽亡的人說：「盡力引導他走向一個正確的，寬大的極樂世界去啊！」

說著，苦澀地噤聲了。

萬福仔和新團仔看得心裏難受起來。

「駛！」萬福仔說：「林鐸還幸運嘛，還能把他爹的靈魂安頓在這幢大房裏，不像我們一點報償也沒有。」

「喂，萬福仔！」新團又突發奇想說：「若讓你的靈魂住在這古厝，你願不願意死？」

「不願意！」萬福馬上回答，但想一回又說：「我是還不想死的，但如果能把古厝讓給我那些小孩當財產，我立刻死給你看！」

說著，他們一齊笑起來，然則，不知爲何，伊們的心沉向更深的一層憂愁中。

六月十三日，天氣：午後雷陣雨

大家還是不能看破林白乙的事件，吃飯、睡覺都不忘談論，但行動上則化整爲零，他們不再成群結隊去城裏了，只是單一個人偶到城裏買東西，就不忘跑到林烏的公館去看究竟，雖然明知沒有結果，還是習慣性地跑去，像兒童去逛樂園伊樣。

聯考已畢，打牛湳的一些人就叫他們的子弟去工作，光賴在家裏，會把米缶給打破的。

有一團賣補腎藥的康樂隊到打牛湳的廟場來表演，夜晚的燈光閃閃爍爍，裏頭的歌星儘量把衣服脫光來跳舞歌唱，但賣不到幾文錢，賣藥的人那裏知道打牛湳的口袋裏是空的。不過打牛湳的人都努力地拍手，來給予他們精神的鼓勵。

六月十四日，天氣：晴時多雲

擴音器裏廣播，今日來了一批社區生活示範小組，大家都要儘量把環境打掃乾淨，以便接受指導。這批人大半是城裏的學子，伊們拼命講解衛生底重要，還在李臺西的平房裏指摘著廳堂和廚房的擺置，由於說得過於眞善美，李臺西一時怒起來，他說：你們統統給我滾出去；並且叫了一只狗要來咬幽雅高尙的指導員。

賭博暫停。其中的原因很多，但主要的是沒錢。

六月十五日，天氣：晴

連續下的雨在今朝停了，陽光照在潔淨的田野，一點都不燠熱，大家便跑到菜田和瓜田裏去，細細地拔著草，伊們的手像極了細巧的鳥嘴，啄動在大地上，種子也開始長出嫩嫩綠綠底細葉。

近午時，打牛湳傳來一個驚動天地的消息，原來李鐵道終於要分家了，他的兒媳們都眉開眼笑起來。很多人說，從這個觀點來看林白乙，他底騙穀對於李家是有貢獻的，他在無形中把李家的兒媳給解救了。

傍晚時，城裏來了戲院的廣告車，大約是宣傳一齣歌舞團，漂亮的海報一貼到公告欄就被撕掉了，大家的情緒還未平靜。

六月十六日，天氣：晴

今日很意外地傳來好消息，說縣政府忽然大發良心，專案建議臺灣省政府，田賦准予折征現金，必要時再繳穀。看起來還是有人關懷著耕民的，打牛湳都很感動。

另外，有人在報紙的小隙縫中看到了嘉南一帶的發芽穀，現在沒人要，一百斤只要三百元，對於打牛湳而言，這個消息好像具有安慰作用，伊們說：若我們的穀子現在還在，也只能賣到三百元！

六月十七日，天氣：晴

十二聯莊到打牛湳來進香，把大道公的金身迎回去，並且要演戲，打牛湳就準備去讓他們請客。打牛湳的人說了：你看十二聯莊不也一樣遭了殃，但他們還不是一樣樂觀，我們爲什麼不學他們？

六月十八日，天氣：晴時多雲

瓜仔和菜長得好極了，要施肥了，大家都忙著。慢慢的，粿葉樹、理髮店、大道公廟都以果菜來當話題。

林白乙的事慢慢少人再提了。

六月二十日，天氣：晴

無事。

六月二十一日，天氣：晴時多雲

無事。

……………………

……………………

……………………

六月三十日，天氣：午後陣雨

晚上颱風警報。
但不在打牛湳過境。

七月一日，天氣：暴風雨

雨下得很大。
但無影響。

……………………
……………………
……………………
……………………

七月十四日，天氣：晴，地點：大道公廟場

連續幾天的好天氣，太陽像發光的寶石一樣亮在天穹，天氣比往常都熱，把打牛湳的柏油都曬得軟炙起來，這時也正是打牛湳逐漸從創傷中恢復過來的時候。

電視上播送著北部氣溫高達三十八度。

然則，打牛湳卻不怕熱，他們反而把肌膚裸露在外面。

在野地的田裏，到處是伊們勤奮的姿影。

原來，伊們的梨仔瓜和美濃瓜及蔬菜有收穫了。

市價高漲。

伊們得救了。

中午，炙陽又曬在大道公的廟場上，所有的人都從家裏跑出來了，有些人拿著竹桿，有些人拿著帆布，又要來搭蓋巨大的蓬帳，但這次不是商人搭的，而是伊們自己來動手。

午後，一個個瓜果的商販都駕著貨車來了。

大道公廟派的人早就佔了最靠近出口的位置，舖起髒木板和稻草，準備要來買賣，李鐵道不忘記要抽著煙來指導他的分家的小孩。他的聲音一向是最高的，但語調要謙和許多了。

萬福仔等粿葉樹派的人就被擠到靠排水溝的角落，他們種地不多，一些小商販就徘徊在這裏，用較高的價錢來購買。但是有一個人最揚眉吐氣，伊就是廖樹忠，他種了八分地，是粿葉樹派最多底人。他坐在曳拉機上大喊：「我說我要賺一筆就是賺一筆！」伊喊著，要用一分一毫的勝利再重新建構伊底尊嚴！

理髮店的人比較靈活，把東西給擺在路邊，連天和果販叫價。

「八塊三毛。」水金仙大叫著，一生都不曾這樣揚眉著：「八塊三毛，再低的價我就不賣你！」

商人都客客氣氣，小心地來撿選。

吵著，忽然大道公廟裏一陣山崩地裂。

卡春匆匆地跑出來說：「大家……大家來看啊！」

大夥好奇起來，就走進廟裏去。

原來是老鼠仔又作法，但這次可不同往日，破法鈴、符讖、經文都摔落在地面，三牲散得一地，他底人卻一下子竄到八仙桌下去，一顆癩痢頭塞在桌腳的楞隙中，正努力地拔不出來。

大家想不通是啥道理，好好一顆大頭怎能塞到那個小楞隙去。

只見他又一陣掙扎，咿咿呀呀地叫動了，聲音卻不像他的，也不像神的，卻像跛腳乙，至於一條腿也做出跛樣來。

「我曉得。」光榮靈仔就站到前頭來，他說：「大道公一定拘到跛腳乙的神靈，現在附在老鼠仙的身上，要來懲治他。」

「是麼？」大家都興味起來。

「就是。」光榮靈仔堅決地點著頭：「你莫有看到，他快被桌腳給夾死了。」

「呵！」

打牛湳的人都叫起來。

「喂，快點。」林鐸趕快叫卡春：「回去拿柴刀來，把神案砍了，救老鼠仙出來，快呀！快！」

卡春一陣慌亂，找不到手腳，大夥兒一起笑起來。

一群廟鳥停在廟頂啁叫著，由它們明朗底叫聲中，可以看出，他們也期望著一個光明的大晴天。

打牛湳村系列 4.

大頭崁仔的布袋戲

⓪莫要做個大頭崁第二！

一過三月，便是媽祖的生日。黃昏，太陽衰歇著，靜定地掛在打牛湳社區的柳梢上。村子的人都搬著板凳，咔噠咔噠響動他們的拖板，一逕趕往廟場的戲棚來。

大頭崁仔的戲啦！大頭崁仔的戲啦！村裏的人都狠命地吆喝著，人群便把一個小小的廟場擠成水洩不通，那戲棚子嶄新著青綠的龍虎構圖，沐著夕陽，像望空托出的七層塔。

「一江山報父仇，好啦。」也不知什麼時候，這個社區化後的打牛湳又興起一陣布袋戲熱，連周遭十二聯莊的人都慕名而來。大頭崁仔的名字像逝水掀動的小漣漪，似乎給這個日趨都市化的鄉村召喚回一點失落的古意。

但是打牛湳可不是未曾演過戲的，光就每年村廟用去的錢，一半以上都是用在這一端的。可是沒有一個人能比得上大頭崁仔這一齣「一江山報父仇」，一陣子電視裏的木偶戲也曾風靡過打牛湳，但終結人們還是喜愛大頭崁仔的戲，打牛湳都不知道爲什麼，他們在村店裏喝著酒都解釋道：莫非大頭崁仔有四隻手吧，你莫看到他舞動布袋戲的姿態，呵，木偶都變著活人咧！但他們著實不懂，因爲大頭崁仔以前曾經浪蕩過，又曾無業過，不像往城裏賺錢的那批年輕人，打牛湳曾警告他們的子弟，莫要做個大頭崁仔，因爲他成天都嚼著檳榔，在亮潔的社區裏吹口哨，滿身都破爛著窮苦貧病的味道。然而，自他父親逝去後，大頭崁便突然氣漲起來，一齣一江山演得出神入化，像他演戲的口頭禪：驚動武林，轟動萬教。尤其一江山殺起他父親的仇敵時，被殺的妖道都冒著鮮紅的血，硬像個眞人。莫非是父親生前剋著他吧，如今他父親死得好，全打牛湳都說，讓他兒子有出頭的一日。

1 魔蝦尊者

「轟轟！」臺上左邊的小鴨公奮力捶擊著炸藥兒。

「唷呵！」所有演戲的人員都拖著嗓子長叫著。一個綁著長髻、青著面、獠著牙的木偶轟然地騰升在戲臺上，塗金捺銀的錦織衣裳映著斜陽一閃一閃。

「口吞三山五嶽

氣懾五湖四海」

「咚咚！」

「唷呵！」

「貧道黑曠山魔蝦尊者！」

大頭崁仔打起赤膊，齜著牙朝擴音器叫著，他的右手撐著木偶，汗在手臂的體毛上躍泛著。他低啞著嗓子，厭惡著臉面，空的左手猛地做個手勢，徒弟們又喊叫起來，整個戲臺都搖撼了。

「終日鎮守在這座山寨，」魔蝦尊者說：「貧道功德圓滿，一身武功已到五花聚頂，登峰造極。可惡東南小子，以武林正義自居，打擊我西北一派。今日我奉同道萬世天尊命令，下山親自捉拿大江湖回到我黑曠山來拘禁，即刻出發，衆弟子呵！」

「唷呵！」

「把守山寨，伺候好音。」

一片嘹亮的樂音從播音器裏傳開了，魔蝦尊者擺開八字步，駕起彩霞，往山下去了。

「噹噹嚏啷。」樂音轉成了一片銅鑼，布景一變，呈現廣垠的綠山靜水。

「咿，咿，咿。」

南管的唱和慢慢散開，烏沉香煙自戲棚冉升，金光斂去，一個木偶閃著冠戴飄然出現。

「唷呵。」又一陣歡呼。

「無慾者剛，清心自涼。山人大江湖，數十年前因在大平原大戰西北群妖，殲滅妖道數百名，得接掌東南派教門，可恨西北孽種萬世天尊處處與我作對。妖道道行深厚，我派節節敗退。我子一江山整日遊浪，現今乃東南存亡之秋，若我不振，東南缺了繼承，來日堪憂。我兒何在？」

「來了！」

「轟轟。」

「聞聽父親喚，三步二步行。叩見父親。」

「免禮。」大江湖怒動著全身說：「你這不肖，全然未知現今江湖情勢，妖道萬世天尊欲滅東南。咱派命運全靠弟子奮力挽救，你每日不求上進，何時了得呀！」

「唉！唉！」大江湖又嘆道。

「咿，咿，咿，」南管又唏唏地響著了。

你這不肖子！全場爲之震動，看戲的打牛湳都呼喊起來。他們都陶醉在一種情緒裏，一種抗議孝道日薄的情緒。

你這不肖！當初大頭崁仔的父親也這樣怨罵過他。在一個傾頹的豬欄邊，父親瘦著一身骨骼，顫顫地說：「你祖父並不曾留給我們太多的家當，你是沒有田產的那類人啊！整天只玩著，不想做個好子弟。」

那時，大頭崁仔剛初中畢業，就會了嚼檳榔，抽煙。他是不在乎的，幼年時他曾看過祖父是天后宮宋江陣的拳師，耍一手好鍊條，但祖父是傻子，祖田都在拜拜宴會裏花光。小學時他受著成績好、家產富的同學欺凌。他母親始終痟癲著，全村只數他最窮，他本來就應該要墮落的。

「阿爸，我也莫知要怎麼辦，布袋戲的師傅說我沒用啦。我的手腳不靈光，所以回來了。」

「你這不肖，不知道我們的淸貧，」他父親震怒起來，躍到前頭，指著他的額面罵：「還不與我吐掉那口檳榔渣嗎?那截煙也給我扔掉。」

然而貧窮不曾改變著。他父親盲亂地打工，租來一畦的土地，他們守在稻作的旁邊，但沒有種植的經驗，一期逢到紋枯，二期逢到水旱，和著一些稅都繳出去了，還賠許多錢。負欠著一身的債，他們窟守著饑餓的到來。

打牛湳都譏諷著：那個不會謀生的傻瓜。

「嘭嘭，哇哇。」

一個小木偶亮一顆東瓜頭，頂尖束一撮髮，他狼狽地奔到教主的座前來。

「報告呀，報告。」東瓜頭的木偶喘著氣，他說：「啓稟教主，黑曠山的妖道前來叫陣，殺傷咱派弟子不計其數，他指名要教主親自出馬。教主裁奪。」

「這……」大江湖站直了身子，顫顫的肢體猶豫著。

「唷呵。」衆合的長聲又響開來。

「唉，也罷，」大江湖說：「合該我劫數來到，一江山，你到裏頭去吧，不必前來助陣，若我有三長兩短，你只須遣散東南，日後再圖復興，衆弟子！」

「唷呵！」

「堅守城池，待我親臨迎戰。」

「你這款人怎會這般死心眼。」

那天，門口碰碰地撞進火獅叔。他是父親幼時跟祖父學習武藝的老同伴，據說他離開鄉村到城裏去打了很久的工，這時在煤坑裏謀得好職業，下到鄉來要募集一批人力去。

「我要照顧這個妻。」父親指著昏睡的娘，又指著他：「還有崁仔這幾個小孩。」

「同年，不是我要笑著你吧，你一天能賺幾文錢，鄉下畢竟鄉下，現在煤坑缺了人手，你就跟著去。苦是苦一點，但賺的錢多。莫有關係啦。我們深交著，不會讓你吃虧。」

「這這……」那天父親陰苦著半邊臉，弟妹們都在廚房翻著找吃，乒乓的聲音震響了母親的熟睡，她翻翻身，呻吟起來。

「你們這群無用的東西，都在廚房裏尋什麼骨頭。」

他父親怒顫地衝到門邊去，聲嘶低啞地嚷道。只聽見嘩地一聲，鍋蓋掀翻在地上，弟妹們震懾住，一下子都溜到外頭去了。

「同年，犯不著這樣教示這批孩子，他們也著實可憐，你若再掙一點錢，他們便都乖巧起來。」

火獅叔這樣鼓舞著父親。唉，這個始作俑者的火獅叔。

「好罷。」他父親終於氣喘吁吁地摸著床沿餒坐著：「就是賣血我也幹。火獅兄，我去吧，一切得靠你幫忙。」

「咚咚咚咚。」戲臺上擂鼓的黑點仔掄起捶子，戰鼓有勁地響開了。

「轟轟。」小鴨公捶動著火藥兒。

「唷呵。」

「轟。」

戲臺上一齊出現了魔蝦尊者和大江湖。那魔蝦執一支紅穗綠毛拂塵，鼓脹著軀體，洋洋大笑著：「哈哈哈哈，大江湖，原來一脈的掌門者，膽敢憑你淺薄道行，對抗西北，今日本山人駕到，你跪在我面前，折劍謝罪，然後隨同貧道前往黑曠山囚禁，若不聽命，休怪山人蝕骨神功的無情。」

「住口！」大江湖怒顏著，他執著五瓣梅花劍，劍尖指向敵人的胸口。他說：「你這妖道，我東南與你黑曠山無冤無仇，今日你受萬世天尊使弄，無端與我作對，殺傷我東南弟子，來來，今聽我言，冤仇宜解不宜結，速回黑曠山，東南決不追究，若不聽言勸，今日難免在我梅花劍下傷勢慘重。」

「誇言不實，休怪無情。」魔蝦尊者忽然一跳，揮動拂塵，全身顫動，金光萬道。

「拚死應戰，給我注意了。」大江湖揮動梅花劍，待勢而發。

「轟轟。」

「唷呵。」

整個臺上都震盪開來。打牛湳的觀眾嘩嘩地都嚷著。

都嚷著！

父親背著行囊，和募集而去的村人都坐在卡車上，村子的人都來送行。他們相互祝福到北部的礦坑去會掙得一筆好工錢。

「崁仔，」父親坐在車屁股，俯身下來，對著他說：「崁仔，我去後，你得照顧著你媽和那幾個弟妹。幾分田地的租期未到，你得好好耕呀。對不對？不要再閒散著。」

只有這時父親的眼淚才流出來，早衰的手溫暖地撫過他的額頭。

「阿爸。」嵌仔想說什麼，但喉頭彷彿被什麼堵住了，他只有點著頭說：「阿爸。」

車子開動了，他見到父親的背影在地平線那端，還揮著手。所有的人都歡呼著。

「唷呵。」

魔蝦尊者一個側身，拂塵斜掃而出，金光暴漲，大江湖橫劍在胸，噹地一聲，金鐵交鳴，兩個身影隨即震退數步。魔蝦尊者哈哈笑道：「好個大江湖，不愧東南之主，但依我看來，還輸我一著，今番難逃我蝕骨神功。」

說罷揮拂而來，便戰成一團了。

大頭崁仔在臺上，他的雙手劇急舞弄。咻咻的嘯聲傳到麥克風上，變成巨大的聲響。猛然他整個身軀轉了一個圈。

「唷呵。」

魔蝦尊者和大江湖便左右翻換過去。他們都喘著氣，片刻間又接戰了幾招。

那果眞是糾結的日子。父親去後，他一早便到田裏去，但說什麼他是忙不過來的，要噴洒農藥、除草、施肥，又沒錢去雇工，那些稻子長不好的。他立在田埂上，心裏躁急著，想到許多的心事，包括師傅的布袋戲。

全村的人都這樣品評著：去煤坑吧，硬要這塊地來拖磨，稻子長得像莠草。

弟妹都要上學，母親在病痛中便爬起身子，她總是擔心弟妹攜帶的那團蕃薯簽，一叢糾結的頭髮散落在她蒼白的顏面上。

「娘。昨天農藥店的老板要討錢啦，到底我們存有錢莫？」

「你先告訴那個好心的老板，說一個月後，阿爸要寄錢來，我們再付給他吧。」

「不行呀，娘，我們又要去賒一瓶巴拉松，如果前帳不清，他便不再賒給我們的。」

「唉。」媽苦嘆著，佝著身體說：「你到後籬笆去吧，那裏剛孵三對鵝仔，賣著去。」

「娘。還沒長大呢！」

「賣著去吧！」

「轟！」

只聽見震天價響，魔蝦尊者的拂塵終於掃中了大江湖的胸膛。蹬蹬蹬，那大江湖便抱劍急退十餘步，血自口中流出來了。

「好！好！」打牛湳都被這樣逼真的場面撼動了。血！他們吆喝著，但有些人唏噓起來。他們都不希望大江湖敗退或損傷。

「哈哈哈哈。」魔蝦尊者大笑了，他邁動八字步，一腳踩在大江湖的肩膀說：「什麼梅花劍，今日也有慘敗的模樣吧，捉回黑曠山，永遠囚禁。」

說罷，哈哈又笑著了，便把大江湖一揹，逕往戲台下去了。

好不容易，經過兩個月，去了煤坑的父親把錢寄回。何等雀躍呀，花花綠綠地，一揑便是一大把，一生當中都沒見到那樣多的鈔票。

母親的病都好了，她站在鷄寮邊，拿一封信說：「阿炭，你唸給我聽，你爸寫來的吧。」

炭仔知道父親不識字，那信怕是別人捉刀的，但還是那樣傳情。他說：「來到北部煤坑近兩月，生活苦一點，但一切還好。雖然胸痛又發作，但是那是老病，無所謂啦。現在把薪水寄下，幫阿琳阿駒阿珠買雙好鞋子，還有阿炭向不用功，他心地是愛著阿爸阿娘，這我知道，只是意志不堅儘學壞模範。告訴他不嚼檳榔、不吸菸，要種那塊地啊，一切籠統要刻苦勤奮著啊。」

炭仔唸著，母親便點著頭。他想著，不吸菸是可以的，但他眞的不知道活著有什麼樂趣。種的水稻怕要收成不好，村子的人一定又要取笑。

「不好了，不好了。」

戲臺上跳出一個探馬來。這個木偶刷亮著髮，一副嬉笑臉。觀衆都叫著：「混江龍，老黑狗。」

「不好了，不好了，」那木偶奔竄著，便衝到一江山蟄居的地方來，他說：「啓稟少主，教主已被魔蝦擒拿了，請裁奪。」

「什麼!?」一江山大驚著，渾身抖動了：「唉唉，如何是好。」

「唷呵。」

「報告呀，報告。」

又一個小角色跳到臺上，他說：「稟告少主，據報妖道萬世天尊的大隊已來到城外十里之遙，東南一派，無力抵擋。」

「這這……」

「唷呵。」整個戲台都呼喊了。

「罷罷罷。」一江山說：「不如遵照父親所示，遣散東南，待我學藝成功，再圖救出我父。衆人聽著！」

「唷呵。」

「現在妖道來到，各人自奔去吧，所有庫銀一律開啓，所有徒衆各取所須，擔蔥賣菜，日後再圖復興。」

「唷呵。」

在緊緊的鑼鼓聲中，東南弟子兵慌馬亂。忽然，萬世天尊的喝聲已經來到。

幾月後，穀子賣去了。崁仔拿著淨賺的兩千元，一路趕到北部的煤坑去。那時天氣晴朗著，他在煤堆連天的鐵道口邊見到了父親。他剛從坑道出來，手推著一車黑煤渣。

「呵呵，阿崁，你來了。」父親戴著一個燈罩，渾身漆黑著，他笑動一張蒼悴的臉，雀躍地看著他，繼而怨怪起來，他說：「怎麼來了呢？家呢？母親還好吧？阿琳他們呢。」

「他們都好，母親病好了，康泰著。」

「好好，」父親愉悅地在陽光下搓著手，但他說話的聲音好像更沙啞了，他說：「對啦，收成了吧？」

「阿爸。」崁仔一時間吃吃地回不過去，怕父親又要怪他不學好，他只捏著小背包說：「收成了，但只賺兩千塊，阿爸，你是知道的，農藥錢、播田工……還有……」

父親揚揚黑柴般的手，便把話制住了，奇怪呢，這回父親不再責怪他，父親只說：「都知道了，那田地是不適合我們的，你只要還給人家，不耕算了，你再回到師傅那邊去學戲。」

「不好啦，」崁仔一時間火急起來，他說：「要花錢的。」

「不要緊，一切有阿爸撐著。」

說著，父親推起煤走著，嵌仔只把頭低下來，這才看到鐵道的後邊延伸著一個無可探尋的黑坑洞。

粉紅的霞光升至戲台之後，一片亮麗布景，山陡而不險，嶂衆而不雜，一座瓊樓在海光中展開。「咔咔」，梆子敲動了。一片仙樂裊裊揚升，廊道上出現一個道人。他慈光著臉，頭戴峨冠，身著八卦圖紋玄色大道袍。

「寄身山水中，

不知逝水流。」

「唷呵。」

「貧道，北極玄天眞人，爲東南前十五代掌門，隱退江湖後，數十年未聞江湖俗事，前日採藥靈芝山下，見著一個後生，滿身傷痕，顯然被追殺力盡，幸我及時趕到，未釀大憾，他亦是東南一門，大江湖之子，見他筋脈強健，是習武佳選，徒兒何在？」

「來了。」一江山便從戲台上跳出來。

「今日你已學成三分，爲師不願見你思父心亂，且放你下山，一挨尋到你父，盡快趕回，休要躭誤，否則學而難成。」

「爲徒遵命。」一江山收拾包袱，提著長劍，拜別師尊，起身去了。

終於，他向布袋戲的師傅請了兩天的假，一路趕回家來，那天還下著毛毛的春雨，打牛湳的小孩都在社區後的柏油路玩，椰子樹在雨中抖曳著，一片生氣盎然。

他一走進家門口，見著了母親，卻也看到父親。崁仔差點就不敢相信了，他父親的臉都皺了。在窗口下，母親和著他一齊瑟縮著，簷間雨滴一點一點地墜著。

「意外啊。」做父親說：「煤坑崩坍，幸好沒有多少人留在裏面，大半搶救出來了。」

「阿爸。」崁仔只待走過去，他望著父親愁慘的臉，竟不知安慰什麼好。

「煤坑老板說要補償我們，以免在停工這段日子受苦。」父親說：「我和火獅都等著！」

「阿爸。」

「如果錢拿到，到時再送一些給師傅吧，再半年你就出師了。」

父親嗆咳地說，崁仔便在父親的痰中見著絲絲的血跡，他很能瞭解父親不克再到煤坑裏去了。

② 萬世天尊的輪迴地獄

甫昏暮，夜就落下，月亮已攀到高聳的兩柱電桿子。十二聯莊的人都趕來吃拜拜，家戶裏都熙攘著猜拳聲，一大半的老少客人湧到戲棚來，嘩嘩像漲滿的海潮。

然則，這樣的盛會並不是第一次，大頭崁仔的戲原來就是很能引人入勝的。近日大頭崁仔的聲名逐一被一批年輕人認識了。那些以前以莫做大頭崁仔第二爲警告的青年人，於今從繁華的都市裏回來，也都由大頭崁仔的戲劇裏重認鄉土的趣味和芳香了。

時在二更，整個山區都罩在一片漆黑裏，景物都失去它的形象。

「啪！」爆炸聲響起，一顆綠火像鬼魅般地翻過山的稜線，微亮的光斜照而出，是一個谷地，寫著：黑曠谷，繼而是一幢小屋，屋楣上一個斗大的字：「禁」。

「啪！」那黑影跳下來，瞻前顧後，叫道：「父親、父親。」

但沒有回應。

時在二更，梆聲兎躍鵲起。

「轟！」

猛然一聲巨響，紅藍的燈光一起亮著了，整個戲棚激烈震盪。

「哈哈哈哈，無知的小子，竟敢夜探我黑曠山禁地。」一個赤拳的血口道人嘿嘿笑著。木偶在紅綠光波間凶殘著：「諒必吃了熊心豹膽，報上名來。」

「我乃大江湖之子一江山，妖道可是魔蝦尊者？」

「錯了，山人是魔蝦第一代弟子，奉命看守禁牢，早料著你會到來，你父親已移往萬世天尊的輪迴地獄去了，此是你自投羅網。」

「妖道該死。」

「小子該死。」

「唷呵。」

「咚咚咚咚。」

戰鼓擂得震天價響。

以後，崁仔就很少見到父親了。學著戲的那半年，他的父親開始電網著魚兒，這樣的工作原來也是打牛湳傳承下來的技巧。當初大約是鄉裏的溝澗多著魚，許多人便想到這樣絕妙的捕法。但近日許多的人都忙著城裏和農田的工作，況且圳溝經過土地重劃後都翻新了，魚類少了，這種謀生方法便少人用了。但是爲了補足家庭的費用，父親在白天裏出外打零工，晚上背起裝備，徹夜都在水圳裏打撈，漸漸村裏村外的溝圳都走遍了。

「你看那成群被電網回來的魚。」有一天，一位吃素的婆子走過他家的古井邊：「一條條睜著眼睛哪，很不甘心下鍋的樣子，崁仔的父親要遭到報應的。」

但是，父親的電魚似乎要更爲勤迫了。因爲一大堆的土鯽委實賣不到幾文錢，而，崁仔偶而回到家來，父親爲著補足晚上的睡眠，就躺到床上去。沒有一次，他是好端端跟父親談過話的。

這款無暝無日，黑白顚倒的日子！

「轟轟。」

幾聲巨響，戲臺上變景的燈光一起燦爛起來，兩個木偶突然在廝殺中分開。

「哇。」

那魔蝦尊者的一代弟子蹭蹬倒仆在地，口中鮮血直冒。

觀衆都在壯麗的變景和情節中喝采起來。

一江山忿怒著，一柄長劍望空劈下。

「慢著。」

忽然一聲大喝，一個道士用一支拂塵把劍擋開了。

「哈哈哈哈，小子天堂有路你不去，地獄無門偏闖進來。今日休想逃出我魔蝦的掌中！」

「狂言妖道，你的報應到了。」

報應到了，果然是一種不公允的天譴啊。

不久他出師離開師父的掌中班，回到家裏，父親已倒下去。

「崁仔，你來。」夜底在病床上，父親伸出乏力的手說：「你來，幫阿爸聽聽，外頭簷下有沒有許多的腳步聲。」

「沒有啦，阿爸。」崁仔說著，握著父親燙熱的手說：「你睡吧，阿爸，我回來了，一切都不會有問題。師傅說我去幫著他，一天可賺到一百塊咧。」

「啊。」父親放心笑著。他說：「這樣我們家就要好過些，但我睡不著，許多聲音在簷下，他們都想來捉拿我。」

「轟轟。」

「鏘鏘。」

強硬的刀劍在日光燈下觸碰而激起了火花，一江山逐漸在戰鬥中敗退下來，他的冠戴脫落了，長髮披散在肩頭，突然他的背脊重重地被拂塵掃中了。

「轟。」一聲，一江山踉蹌跌開。

觀衆都嚣鬧了。

整個村店也嚣鬧著。他們都謠傳著阿崁的家鬧著鬼。

鬼啊！許多的鬼，都在他家的屋簷下游動著，他們都是水圳裏的遊魂，在電魚時認識了崁仔的老爸！

放心不下呀！崁仔一遇有空就跑回來，演戲對他是不重要的，師傅的文戲壓根兒沒人看。這陣子，父親的異狀使他家陷在一片陰霾中。

「你到底怎麼著？」他母親顫著手足歇聲地說：「別盡想那些事，看看阿崁現在會謀生了。」

但他父親張大著血絲的眼睛，什麼也不說。

鼓掌的聲音逐一小去，月亮來到戲棚空中，人潮湧上村廟的臺階，有的攀到房屋的高牆上。

一幕幕的戲都像奔馬般地溜過，戲棚子貼了許多紅條子：

李萬金，賞金四〇〇元

店仔財，賞金五〇〇元

王罔飼，賞金二〇〇元

……

………

戲裏的樂音高嚷著，變動的速率越來越快了。

「唷呵。」

一江山終於學藝成功，威武上來了。他執一支萬里流星劍，四處去尋訪他的仇敵，終於來到萬世天尊的輪迴地獄。

窸窸窣窣。那天病院裏走動著衆多的腳步。在夜裏聽起來，眞的像鬼魅。

拔仔守在病床上，看著醫院旁邊小路的單燈，在明滅的光中，他眞的有些孤寂了。

他不明瞭阿爸怎會變成這樣子，他也不明白阿爸一生的窮困和飢饉要歸咎給誰，每個人吧，歸咎每個人，像生病的母親，要吃穿的弟妹，還有村莊的人，因爲村裏的人慫恿父親去煤坑，又譏諷著他的家，再更遠就想不起來了。

病院的醫生說，爸是嚴重肺疾，更重要的是生活反常造成的腦膜炎惡化。

好好的大人，怎麼犯著腦膜炎呢？打牛湳都說著。

隔不久，父親就回到家來，在一個溫煦的陽光日裏逝去了，看來是鮮活無憾的。

阿爸就這樣死滅了。而這雖然不知道歸咎誰，但拔仔總覺得虧欠了父親什麼。是這世間原本就瀰漫著一種黑鴉的勢力吧，像魔蝦尊者或萬世天尊這些妖道。他們隱伏在不知名的地方，一張口就把阿爸給吞噬了。

「轟轟轟。」

「妖道要出現了呀！妖道要出現了。」觀衆都呼喊了。

布景猛然間變換了一片參天的森林，都罩在紅光裏，像一片血。一陣陣的金光升至整個戲棚，把臺下觀衆的臉也照著了。

「轟轟。」小鴨公擊打著火藥兒。

「唷呵。」一聲叫嚷。

臺上升了三個高大的巨形人妖，把戲臺佔滿了。他們閃動珠亮的眼睛，轟然跨躍著他們暴脹的腳，詭譎的音樂在咚咚的鼓聲中震著耳膜。

又一聲響，一個披髮的劍士走上來，藍光直沖空中，音樂嘎然而止。

「呵呵呵呵，無知小輩，不知天高地厚，膽敢殺害我西北弟子，今我萬世天尊與弟兄三人連袂而來，小輩好好受死。」當中一個貓臉牛耳的巨形人妖嘩然說著，他舉起巨大的手掌忿怒地搖撼著。

「妖道。」一江山大喝：「你是武林公害罷了，罪惡勢力的創造者。你膽敢捉拿我父，今日將成我劍底遊魂。」

「呵呵呵。」妖道們都暴怒地張著血口：「小輩有何能耐，儘管使來。」

「你們已經逼進死亡的邊緣，首先讓你嚐嚐我流星十三劍的滋味。」

「試試我兄弟三人輪迴十八轉地獄神功。」

一聲大喝，巨大的聲響連天而起，所有的光焰一齊騰空。四具木偶自臺上沈下，炸藥連天震響，殺聲不絕。

「呼呼呼呼。」

「轟。」

只聽一聲慘叫，一個梟臉巨形人妖暴退到臺上來，他的右臂整個斷開了，血汩汩地浸淫著，隨即慢慢委頹下去，片刻間化成一灘血水。

又轟地一聲。

另一個黑面人妖摔落在疊嶂高峰上，慘叫一聲，摔落到萬丈深淵。

「轟轟。」

「妖道那裏遁去。」

一聲叫嚷，臺上同時現出對峙的萬世天尊和一江山，那人妖顫抖著身子，顯然懼怕著。

然則，崁仔想，阿爸一生都努力打拚著，爲著家吧，他應該要享福的，誰知在晚年時仍在懼怕中逝去。我崁仔是愧對著他的。

「妖道，今天你逃到天涯，我也要追到海角。」一江山咬牙說著，掄起流星劍便戳進人妖的腹中去。一陣鮮血自劍尖流下，妖道的手猛然下擊，一江山便躍開。

「哇。」巨大的人妖七竅都迸出血。又一聲喊，一江山的劍砍中萬世天尊右肩，嘩地，臂膀便掉到觀衆的群堆裏，觀衆都呼叫起來。

「父親，兒子爲你報仇了。」一江山一躍又上，終於把妖道龐然的肢體給肢解了。

一輪艷亮的日光重而普照戲棚上。

3 歇息的木偶

觀衆散去，廟場一片喜劇後的紙渣殘屑，月亮淸漾掛在蒼穹。

崁仔由戲臺走出，木偶一箱箱都裝好了，小鴨公和幫手們吵著。娘挑著點心來。

「喲呵。」幫手們猴急地叫：「阿姆的點心煮好了。」

「好了，好了。」崁仔的娘說：「等一下回到家還要請你們一席酒。」

「喲呵。」他們又叫了。

「阿崁，」他母親走來，把臉湊到他耳邊：「賭博靈仔的爸說要賣三分水田哪，你想要買下吧？還有舊莊的人在十五日請你去他們村裏公演，酬金五千元。」

「嗯。」崁仔只是漫應著：「不一定啦，看情形再說。」

然則，他冥冥中就不想再在鄉下待下去了。祖父的鍊條，阿爸的租田，他的布袋戲都會成爲過去的，他已在城裏買下一家機車店，他是有黑手天份的，屆時他只須到城裏去謀發展吧。

1

福爾摩沙紀事

From Far Formosa

馬偕台灣回憶錄

19世紀台灣的風土人情重現

百年前傳奇宣教英雄眼中的台灣

前衛出版 AVANGUARD

台灣經典寶庫

譯自1895年馬偕 著 《From Far Formosa》

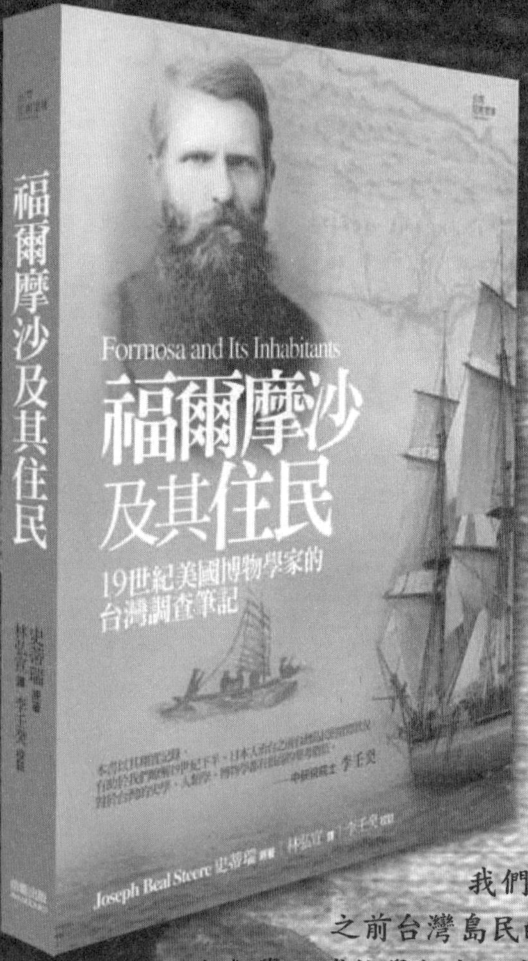

台灣經典寶庫4

封藏百餘年文獻 重現台灣

Formosa and Its Inhabitants

密西根大學教授
J. B. Steere（史蒂瑞）原著
美麗島受刑人 林弘宣 譯
中研院院士 李壬癸 校註
2009.12 前衛出版 312頁 定價 300元

本書以其翔實記錄，有助於我們瞭解19世紀下半、日本人治台之前台灣島民的實際狀況，對於台灣的史學、人類學、博物學都有很高的參考價值。

——中研院院士 李壬癸

◎本書英文原稿於1878年即已完成，卻一直被封存在密西根大學的博物館，直到最近，才被密大教授和中研院院士李壬癸挖掘出來。本書是首度問世的漢譯本，特請李壬癸院士親自校註，並搜羅近百張反映當時台灣狀況的珍貴相片及版畫，具有相當高的可讀性。

◎1873年，Steere親身踏查台灣，走訪各地平埔族、福佬人、客家人及部分高山族，以生動趣味的筆調，記述19世紀下半的台灣原貌，及史上西洋人在台灣的探險紀事，為後世留下這部不朽的珍貴經典。

台灣經典寶庫
Classic Taiwan
7

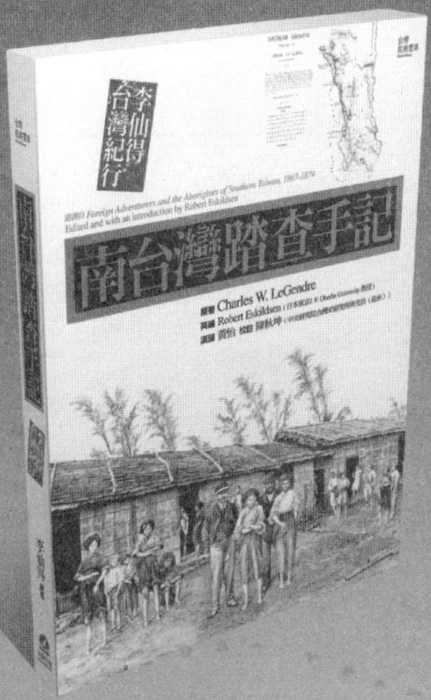

李仙得台灣紀行

南台灣踏查手記

原著｜ Charles W. LeGendre（李仙得）
英編｜ Robert Eskildsen 教授
漢譯｜ 黃怡
校註｜ 陳秋坤教授

2012.11 前衛出版 272 頁 定價 300 元

從未有人像李仙得那樣，如此深刻直接地介入1860、70年代南台灣原住民、閩客移民、清朝官方與外國勢力間的互動過程。

透過這本精彩的踏查手記，您將了解李氏為何被評價為「西方涉台事務史上，最多采多姿、最具爭議性的人物」！

節譯自 *Foreign Adventurers and the Aborigines of Southern Taiwan, 1867-1874*
Edited and with an introduction by Robert Eskildsen

國家圖書館出版品預行編目（CIP）資料

打牛湳村 / 宋澤萊作 . -- 初版 . -- 臺北市 : 前衛 ,
2013.12
360 面 ; 14.8×21 公分
大地驚雷：宋澤萊小說集（深情典藏紀念版）
ISBN 978-957-801-727-6（平裝）

863.57 102023739

大地驚雷：宋澤萊小說集 I（深情典藏紀念版）

打牛湳村

作者 宋澤萊
責任編輯 鄭清鴻
美術編輯 蘇品銓
出版者 前衛出版社
10468 台北市中山區農安街 153 號 4F 之 3
Tel: 02-25865708 Fax: 02-25863758
郵撥帳號 05625551
e-mail: a4791@ms15.hinet.net
http://www.avanguard.com.tw
出版總監 林文欽
法律顧問 南國春秋法律事務所林峰正律師
總經銷 紅螞蟻圖書有限公司
台北市內湖舊宗路二段 121 巷 28、32 號 4 樓
Tel: 02-27953656 Fax: 02-27954100
出版日期 2013 年 12 月初版一刷

定價 新台幣 350 元

Printed in Taiwan ISBN 978-957-801-727-6